Prolog:

Es war kalt. Der Schnee lag einen halben Meter hoch. Das Jahr 1631 verabschiedete sich mit Eiseskälte. Aber in der natürlichen Höhle war es warm. Ein hohes Feuer brannte und wärmte die Menschen, die sich versammelt hatten. Sie waren gekommen, um zum Abschluss zu bringen, was sie im Frühling begonnen hatten.

Alle waren gekommen. Sämtliche Mitglieder der fünf Familien Theiß, Köhler, Hennes, Stolz und Dahl. Jung und Alt stand in der Höhle im Wald und betete.

Sie beteten nicht zu Gott. Sie beteten zu einem anderen. Sie riefen den hohen Fürsten der Dunkelheit an.

So hatte es in dem uralten Buch gestanden, das Siegmund Theiß von seiner Reise mitgebracht hatte. Das Buch beschrieb die Rituale, die ausgeführt werden mussten, um den hohen Fürsten anzurufen. Sie hatten im Frühjahr die erste Messe in der Höhle gehalten. Es waren weitere gefolgt. Fünf Messen sollten es sein, so stand es geschrieben.

Und nach der fünften Messe erschien das Zeichen des Fürsten der Nacht. Die Familie Hennes war auserwählt worden, vom *Ihm*, dem hohen Fürsten der Nacht. Die Familie Hennes sollte dem Fürsten geben, was er verlangte. Dafür würde der Fürst ihnen Reichtum und Wohlstand ohne Ende schenken. Die Ältesten der fünf Familien hatten beschlossen, den Handel einzugehen und dem dunklen Fürsten zu geben, was er verlangte.

„Ihr sollt mir geben eine auserwählte Jungfrau, die nie zu einer werden wird." Das waren die Worte, die sie während der letzten Messe vernommen hatten. Eine dunkle Stimme aus dem Inneren der Erde war aus dem hinteren Teil der natürlichen Höhle gekommen und wie wabernder Dampf über die Köpfe der Leute gestrichen. Sie hatten Kälte

und Furcht gefühlt, aber auch Freude. Denn sie hatten es vollbracht. Sie hatten den Kontakt mit dem Dunklen hergestellt. Er war ihren Rufen gefolgt und hatte ihnen seine Gnade erwiesen.

Und heute Nacht, in der letzten Nacht des Jahres 1631, sollten sie dem Fürsten der Nacht geben, wonach ihn gelüstete.

Die Repräsentanten der fünf Familien hielten abwechselnd die Predigt. Nacheinander sprachen Siegmund Theiß, Dankmar Köhler, Arnold Hennes, Wernher Stolz und Marbod Dahl. Dann wandten sie sich zu fünft dem Ende der tiefen Höhle zu. „Hoher Fürst", riefen sie. „Wir rufen dich an. Komm und sei mit uns. Nimm an, was wir dir übergeben. Nimm unser Opfer gnädig an. Lass die kalte Flamme in ihrem Herzen brennen auf ewig, bis zum jüngsten Tag. Sie soll dein sein auf immer. Komm zu uns, hoher Herr. Wir bitten dich."

Aus dem Hintergrund der Höhle erhob sich eine dunkle Stimme: „Ich bin gekommen. So gehet hin und gebt mir, was mir gehört."

Die Anführer der fünf Familien verbeugten sich tief zum Höhlenende hin. „Wir danken dir, Erhabener", sprachen sie. „So soll es sein."

Die Ehefrauen gesellten sich zu ihren Männern. Sie führten ein Mädchen von zehn Jahren. Das Mädchen schaute die umstehenden Leute aus großen, vor Furcht geweiteten Augen an.

Marbod Dahl hob die Arme: „Lasst uns hingehen und tun, was zu tun ist. Wir gehen. Ihr anderen bleibt hier und betet."

Die fünf Männer und Frauen stellten sich hintereinander, rechts die Männer, links die Frauen. Das Paar in der Mitte der Kette führte das Mädchen. Mit langsamen Schritten gingen sie zur Höhle hinaus in die dunkle Silvesternacht. Gerlinde Theiß, die ganz vorne ging, trug eine Laterne, ebenso Sieglinde Dahl, die mit ihrem Mann Marbod als Letzte ging.

Schweigend lief die kleine Prozession durch den verschneiten Wald. Sie durchquerten das Waldstück, das zwischen dem Hügel und dem Dorf lag, einem Dorf, das bald einen neuen Namen haben würde. Sie kamen ins Dorf und betraten eins der Häuser. Sie gingen in den Keller hinunter und ganz hinten, wo der Keller endete, begann ein schmaler Gang. In mühevoller Arbeit hatten die Männer den Gang in den Sandsteinfelsen getrieben. Ziegelsteine lagen dort bereit, an der Wand des Kellers aufgeschichtet.

Die Leute betraten den Gang. Er war so eng, dass alle hintereinander gehen mussten. Das Mädchen hatten sie in ihrer Mitte.

Nach zwanzig Metern zeigte sich linker Hand im Gang eine Öffnung. An dieser Stelle war der Gang breiter. Die zehn Erwachsenen konnten sich versammeln. Es war genug Platz. Im Gang bei der Öffnung waren Ziegelsteine gestapelt. Eimer mit Wasser standen bereit, um Mörtel zu bereiten, einen ganz besonderen Mörtel, der sehr schnell aushärtete.

Die Männer machten sich daran, diesen Mörtel anzurühren. Noch immer schwiegen alle. Das Mädchen starrte die Öffnung in der Wand des Ganges an. Dort befand sich ein kleiner enger Raum, in dem man nicht aufrecht stehen konnte. Das Mädchen war außer sich vor Angst.

„Bitte!“, flehte es. „Nicht!“ Es wandte sich Hilfe suchend an Berta Hennes: „Mama, bitte nicht! Oh, bitte nicht!“

Ihre Mutter schaute stumm zu Boden.

„Mama!“, rief das Mädchen. „Mama, ich flehe dich an! Bitte nicht!“

Zwei der Männer packten das Mädchen. Sie bogen seine Arme nach hinten und einer fesselte dem Kind mit einem Seil die Hände hinterm Rücken.

„Nein! Nein!“, rief das Mädchen. „Hört auf! Bitte nicht!“

Sie hörten nicht auf ihr Flehen. Stattdessen band man ihr die Füße mit einem weiteren Seil zusammen. Sie duckten sich und schoben das gefesselte Mädchen in den kleinen Raum.

Dann begannen die fünf Männer, die enge, in den Stein gehauene Kammer mit den Ziegeln zuzumauern. Sie arbeiteten schnell, aber ohne Hast. Der spezielle Mörtel härtete schnell aus. Die Wand, die langsam in die Höhe stieg, stand stabil.

Während die Männer konzentriert arbeiteten, beteten die Frauen einen stetigen Singsang.

„Komm herbei, hoher Fürst der Dunkelheit, Herr der Finsternis, und sieh, was wir dir darbringen. Nimm unser Opfer gnädig an und gewähre uns deine Gunst." So ging es immer weiter, ein leiernder Gesang, nur begleitet von den kratzenden Geräuschen der Maurerkellen, die die Ziegel vermauerten, und dem unablässigen Flehen des Mädchens, das in der kleinen Kammer lebendig eingemauert wurde.

Stein auf Stein wuchs die Mauer, die die kleine Kammer verschloss. Die Männer mauerten. Die Frauen beteten. Das Mädchen in der Kammer flehte unaufhörlich. Es weinte. Es schluchzte. Es bettelte. Keiner schenkte seinem Flehen Gehör.

Nach einer Stunde war die Öffnung vermauert.

Die zehn Erwachsenen stellten sich im Halbkreis auf.

„Hoher Fürst", sprachen sie gemeinsam. „Komme zu uns und nimm unser Opfer gnädig an. Siehe, wir opfern dir eine auserwählte Jungfrau, die nie zu einer werden wird. Nimm an, was wir dir übergeben. Nimm unser Opfer gnädig an. Lass die kalte Flamme in ihrem Herzen brennen auf ewig, bis zum Jüngsten Tag. Sie soll dein sein auf immer. Komm zu uns, hoher Herr."

Und ER kam. Er sprach mit einer Stimme aus Dunkelheit und Kälte zu ihnen. Er nahm ihr Opfer gnädig an. Er war ihnen wohlgesonnen.

„Ich danke euch für das Opfer", raunte die dunkle Stimme durch den engen Gang. „Ich will die kalte Flamme in ihrem Herzen entzünden und sie brennen lassen auf ewig. Gehet nun und kehrt zurück zu den anderen und feiert die Messe für mich. Sagt ihnen, dass ich das Opfer annehme."

Sie nahmen die Wassereimer mit, als sie gingen. Dort, wo der Gang in den Keller mündete, mauerten sie den Gang zu. Sie arbeiteten konzentriert. Diesmal schwiegen die Frauen. Man hörte nichts als das Kratzen der Ziegel, wenn sie vermauert wurden, und das Streichen der Maurerkellen, die den Mörtel verteilten. Manchmal hörten sie von ganz tief drinnen im Gang das eingeschlossene Mädchen verzweifelt rufen. Aber nur ganz leise.

Nachdem der Eingang geschlossen war, kehrten die zehn Leute zu den anderen Familienmitgliedern zurück, die in der Höhle im Wald die dunkle Messe feierten.

Siegmund Theiß trat vor die Menschen. „Es ist vollbracht", sprach er mit getragener Stimme. „Der dunkle Fürst hat unser Opfer gnädig angenommen."

Schon bald sollte das Dorf einen neuen Namen erhalten.

*

Pascal Hennes lenkte seinen Wagen in die Ausfahrt. Endlich ging die Fahrt auf der Autobahn zu Ende. Der Weg von Süddeutschland hoch an die Saar war lang gewesen. In einem Kleinwagen machte die Fahrt auf der Autobahn keinen Spaß.

Pascal schnaufte. „Demnächst kann ich mir wahrscheinlich was Größeres zulegen“, sprach er zu sich selbst. „Wenn man dem Notar Glauben schenken kann. Kann sein, dass ich die letzten Jahre umsonst gespart habe.“

Pascal hatte den Kleinwagen angeschafft, weil er wenig kostete und auch im Unterhalt sehr günstig war. Er musste keine langen Wege zur Arbeit zurücklegen. Er arbeitete von zu Hause aus. Er brauchte das Auto nur zum Einkaufen und um zum Arzt zu fahren und Ähnliches.

Das Geld, das er mit dem Kleinwagen einsparte, legte er gut an. Er sparte seit seiner Lehrzeit eisern alles, was er zur Seite legen konnte. Auch das Erbe, das seine Eltern ihm hinterlassen hatten, hatte er nie angerührt. Nur den Wagen hatte er damit finanziert. Alles andere war mit seinen eigenen Ersparnissen zusammengelegt worden.

Viel hatten seine Eltern ihm nicht hinterlassen. Sie waren keine wohlhabenden Leute und hatten in einer kleinen Mietwohnung gelebt. Alles in allem besaß Pascal etwa dreißigtausend Euro. Zu wenig, um seinen großen Traum zu erfüllen. Dafür brauchte es noch ein paar Tausender mehr.

„Aber mit dieser Erbschaft in Silberberg könnte es hinhauen“, murmelte er, während er den Wagen über die Landstraße lenkte. „Wer weiß, vielleicht kann ich nächstes Jahr schon afloat gehen. Dann brauche ich wahrscheinlich kein gebrauchtes Boot zu kaufen. Stattdessen lasse ich mir eines nach meinen Vorstellungen bauen. Bespoke! Ich werde es heute erfahren.“

Er folgte den Straßenschildern.

Eine halbe Stunde später bog er von der Landstraße ab und folgte einer schmalen Straße durch dichten Wald. Irgendwann öffnete sich ein weites Tal vor ihm. Es war lang gestreckt und rechts und links von bewaldeten Hügeln eingerahmt.

Wald. Überall Wald. Das Saarland war das waldreichste Bundesland, fiel ihm ein. Hatten sie in der Schule gelernt. Früher auch das dreckigste Bundesland, höchstens noch vom Ruhrgebiet übertroffen. Kohleabbau und Eisenhütten. Umweltschutz hatte es damals nicht gegeben. Das Wort kannte man bis zu den Siebzigerjahren nicht einmal. Dann war es mit der Stahlindustrie bergab gegangen und das kleine Bundesland im Südwesten Deutschlands hatte sich in einen sauberen Flecken Erde im Herzen Europas verwandelt. Das war doch schon mal was.

Die Straße schlängelte sich zwischen Obstwiesen hindurch und dann kam er zu seinem Zielort.

Silberberg stand auf dem Ortsschild. Ein ungewöhnlicher Name für ein Dorf im Saarland. Aber es hatte tatsächlich einmal ein reiches Silbervorkommen gegeben. Er hatte im Internet recherchiert. Vor ungefähr vierhundert Jahren hatte man Silber entdeckt und mit dem Abbau begonnen. Die Silbermine von Silberberg war die einzige im Südwesten. Die nächsten Silbervorkommen gab es weiter nördlich in der Gegend von Koblenz. Es gab Minen in Bad Ems, Braubach, Lahnstein und Holzappel.

Aber an der Saar war Silberberg die einzige Mine. Gewesen. Im Jahr 1891 endete der Abbau des begehrten Edelmetalls. Laut Internet hatte damals ein Erdstoß die Mine verschüttet.

Pascal schaute sich um. Wo war denn nun das Haus? Der Notar hatte ihm am Telefon eine ungefähre Wegbeschreibung gegeben, aber Silberberg war ein Dorf, das aus lauter krummen Straßen bestand. Nicht eine einzige Straße führte geradeaus. Ständig mäanderten die Sträßchen in Schleifen und Biegungen dahin. Er erkannte südwestdeutsche Bauernhäuser, allesamt welche von der größeren Sorte. Hier hatte früher Wohlstand geherrscht, das konnte man sehen. Die Bauernhäuser waren von weiten Gärten und Wiesen umgeben. Keins lag direkt an der Straße und die Abstände zwischen den Höfen waren groß.

Nur im Zentrum Silberbergs standen die Häuser dichter beisammen an der Straße.

Schon war Pascal am anderen Ende des Dorfes angekommen. Er wendete und fuhr zurück. Etwa in der Dorfmitte bog er rechts ab. Irgendwo musste die Silberstraße doch sein!

Pascal fuhr eine Viertelstunde hin und her, aber er fand nicht, was er suchte. Er schaute auf seine Armbanduhr. Es war höchste Zeit. In weniger als fünfzehn Minuten war er mit Dr. Bendler verabredet, dem Notar, der ihn kontaktiert hatte.

Er sah auf der anderen Straßenseite eine junge Frau mit braunen schulterlangen Haaren in einem Bauerngarten arbeiten. Pascal fuhr auf die linke Straßenseite. Er hielt an und kurbelte das Seitenfenster herunter. „Entschuldigung, können Sie mir bitte helfen? Ich suche die Silberstraße, aber die scheint sich vor mir zu verstecken. Ich habe in einer Viertelstunde einen Termin."

Die junge Frau kam zum Gartenzaun. Sie trug einen moosgrünen Rock und eine luftige Leinenbluse in Naturfarbe. Sie hatte eine Gartenharke mit langem Holzstiel in der Hand. Als Pascal ihr in die Augen schaute, regte sich etwas in seinem Innern. Ihre Augen musterten ihn fragend. Sie waren grün, von einem Grün, wie man es im Wald manchmal sieht, wenn die Sommersonne durch dichtes Laub auf den moosbedeckten Boden fällt und die Moospolster mit goldenen Sprenkeln übersät sind.

Pascal Hennes glaubte nicht an Liebe auf den ersten Blick, aber was er gerade erlebte, kam dem ziemlich nahe, fand er. Er fühlte ein leises

Ziehen im Herzen und hatte das Gefühl, dieses Mädchen schon einmal gesehen zu haben. In seinen Träumen.

Die junge Frau schaute über den Zaun zu ihm herüber. Sie lächelte freundlich. „Sie haben sich verfahren? Sie sind wohl nicht von hier?"

„Ja und nein", antwortete Pascal. Sein Herz schlug einen Takt schneller, nur einen einzigen Takt, aber es klopfte fester als sonst. „Ich bin aus einer Stadt in der Nähe von München, aber meine Vorfahren stammen aus Silberberg. Ich heiße Pascal Hennes."

„Hennes? Hier aus dem Dorf?" Das Mädchen schien auf einmal sehr interessiert.

Pascal nickte. „Ja. Meine Ur-Ur-noch-was-Großeltern haben Silberberg zu Kaisers Zeiten verlassen und sind nach Süddeutschland gegangen. Anscheinend hat man sich hier im Ort aber an die Leutchen erinnert, denn ein Herr Armin Hennes hat mich in seinem Testament als Erben eingesetzt."

Die junge Frau nickte. „Armin und Ellen, ja. Sie sind von uns gegangen. Dieser Sturm vor zwei Wochen. Sie sind mit dem Auto durch den Wald gefahren. Ein Baum stürzte auf die Straße, genau in dem Moment, in dem sie vorbeifuhren. Er hat den Wagen voll getroffen. Armin und seine Frau waren auf der Stelle tot."

„Das tut mir leid", sagte Pascal. „Das war ein furchtbares Unglück. Ich kannte die beiden nicht, aber wir sind über ein paar Ecken miteinander verwandt."

„Armin war der Bürgermeister von Silberberg", sagte das Mädchen. Sie zeigte die Straße hinunter. „Sie sind gar nicht so falsch hier. Sehen Sie die Straße, die da vorne links abzweigt? Der müssen Sie folgen. Hinter der Obstwiese von Julius Theiß geht es nach rechts. Das ist die Silberstraße. Sie führt Richtung Waldrand und dort steht das alte Herrenhaus ganz am Ende der Straße. Das suchen Sie ja wohl?"

Pascal nickte. „Herrenhaus. Ja. Genauso hat Dr. Bendler es genannt. Dort muss ich hin. Vielen Dank für die Information. Sie haben mir das Leben gerettet. Die Straßen hier im Ort mäandern so wild durcheinander, dass man total die Orientierung verliert."

Das Mädchen lachte freundlich. „Das sagen alle Fremden, die ins Dorf kommen. Aber man gewöhnt sich daran. Wenn man erst mal eine Woche hier ist, kennt man sich aus."

Sie hatte einige Sommersprossen rund um die Nase, stellte Pascal fest. Ihre grünen Augen schienen im Sonnenlicht von innen heraus zu leuchten. Das Mädchen war etwa zwanzig Jahre alt und es war wunderschön. Pascal wäre gerne noch länger geblieben und hätte sich mit ihr unterhalten, aber der Notar wartete auf ihn.

„Nochmals danke, dass Sie mir geholfen haben", sagte er. „Ich muss los, sonst wird Dr. Bendler ungeduldig. Auf Wiedersehen."

Sie winkte, als er anfuhr. „Auf Wiedersehen, Pascal Hennes."

Als er die lange gebogene Straße hinunterfuhr, sah er in den Rückspiegel. Das hübsche Mädchen stand am Gartenzaun und schaute ihm nach. Nachdem er links eingebogen war, verlor er sie aus den Augen.

Autounfall, dachte er. Armin und Ellen Hennes waren bei einem Autounfall ums Leben gekommen. Seine Eltern vor drei Jahren bei einem Zugunglück. Auch da war ein Baum beteiligt. Der war auf eine Intercity-Strecke gefallen und hatte den mit über zweihundert Stundenkilometern fahrenden Zug entgleisen lassen. Zwei Dutzend Tote und rund hundert Verletzte.

Manchmal schien es im Leben Überschneidungen zu geben. Als er zehn Jahre alt war, war er mit seinen Eltern in den Ferien in die Berge gefahren. Sein Schulfreund hatte ihm prophezeit, dass er sich im Gebirge den Fuß verstauchen würde. Wer fuhr schon in die Berge, wenn man am

Meer Urlaub machen konnte!

Pascal hatte sich tatsächlich beim Kraxeln den linken Fuß verstaucht. Als er nach Hause kam und es seinem Schulfreund erzählte, gab der mit einem schiefen Grinsen zu, dass er sich im Urlaub ebenfalls den linken Fuß verstaucht hatte, und zwar, als er auf eine Klippe klettern wollte. Es stellte sich heraus, dass ihnen das Missgeschick am gleichen Tag und fast zur gleichen Uhrzeit passiert war. Manchmal schien es ein Echo in der Zeit zu geben. Irgendetwas musste es sein. Es gab Zusammenhänge.

Pascals Mutter hatte ihm erzählt, dass die alte Standuhr im Wohnzimmer, die sie von ihrer Mutter hatte, genau in dem Moment stehen blieb, als ihre Mutter starb.

Und nun das. Zwei Paare, die mit ihm verwandt waren, waren bei Unfällen ums Leben gekommen, bei denen ein Baum vom Sturm gefällt worden war.

„Sachen gibt's", murmelte Pascal. Er kam zur Abzweigung in die Silberstraße. Auch diese Straße verlief in Biegungen und Bögen. Nichts in Silberberg schien geradeaus gebaut zu sein. Rechts und links der Straße lagen Höfe und dann kam hinter einer Biegung das Herrenhaus in Sicht.

„Mann, ist das ein Kasten!", entfuhr es Pascal. „Sieh sich einer diesen Klotz an!"

Das Gebäude am Ende der Silberstraße war zweistöckig und groß. Es sah eher wie eine Dorfschule aus als wie ein normales Wohnhaus.

Bürgermeister, überlegte Pascal. Armin Hennes war der Bürgermeister von Silberberg. Vielleicht ist das das Bürgermeisteramt.

Es war ein Fachwerkhaus. Was Pascal wunderte, denn er wusste, dass es im Saarland so gut wie keine Fachwerkhäuser gab. Aber das hier war eines.

Vor dem Haus stand ein dunkelblauer Mercedes. Als Pascal seinen

Wagen parkte, stieg ein Mann in den Fünfzigern aus und kam auf ihn zu. „Herr Hennes?“, fragte der Mann. Er trug einen Anzug und hatte volles silbergraues Haar. „Ich bin Dr. Bendler.“

Sie reichten sich die Hände. Erst jetzt fiel Pascal ein, dass er nicht wusste, wie die freundliche junge Frau hieß, die ihm den Weg erklärt hatte.

„Das ist ja ein riesiger Bau“, sagte Pascal. Er zeigte auf das Herrenhaus. „Ist dort drinnen das Bürgermeisteramt untergebracht? Die Verwaltung?“

„Wo denken Sie hin!“, antwortete Bendler. „Es ist ein reines Wohngebäude. Die Verwaltung Silberbergs sitzt in einem Gebäude in der Dorfmitte, direkt neben dem Supermarkt.“

„Es gibt einen Supermarkt? In einem Dorf?“

„Ja, sicher. Sogar einen ziemlich großen. Silberberg hat über zweitausend Einwohner und die Leute aus den umliegenden Ortschaften kommen zu uns, um einzukaufen. Die nächste Stadt ist weit weg. Da müsste man über zehn Kilometer Anfahrtsweg in Kauf nehmen, um zu einem Supermarkt zu kommen. Kommen Sie, ich zeige Ihnen das Haus, in dem Sie wohnen werden.“

„Ich soll da drin wohnen? In diesem riesigen Kasten?“ Pascal wusste nicht, ob er das gut finden sollte. Was zum Kuckuck sollte er mit einem dermaßen großen Haus anfangen?

„Das gehört leider dazu“, sagte Bendler. „Es steht im Testament. Wenn Sie das Erbe antreten wollen, müssen Sie Ihren Wohnsitz nach Silberberg verlegen. Tut mir leid, das bedeutet natürlich, dass Sie Ihren Arbeitsplatz in der Münchner Gegend verlieren werden.“

„Halb so wild“, sagte Pascal, während sie zu dem Haus schritten. Ein Pflasterweg aus lehmroten Ziegeln führte durch einen gepflegten Rasen. Rechts stand ein Hausbaum, ein Walnussbaum, wie es aussah. „Ich arbeite von zu Hause aus. Ich arbeite am Computer. Ich stelle Bücher

her. Am Rechner, wissen Sie? Ich bringe Fotos und Texte zu einer druckreifen Fassung zusammen. Ich arbeite für mehrere Verlage, die Bücher über Gartenbau und Selbstversorgung herausbringen. Ich stelle Bücher zusammen, die von Gemüseanbau und Einkochen von Vorräten handeln, oder Bücher übers Heizen mit selbst geschlagenem Holz. Wie man Steinbacköfen selbst mauert. Windkraftanlagen für Häuser auf dem Land. Solarenergie für jedermann. Wasserwirtschaft und Fischzucht. Einfach alles, was mit dem Leben auf dem Land zu tun hat. Obstbau auch."

Bendler lächelte freundlich. „Dann werden Sie ja keine Probleme bekommen, wenn Sie hier einziehen. Das freut mich für Sie. Denn Sie müssen nach Silberberg umsiedeln. So viel steht fest." Er holte einen Schlüssel aus der Tasche und schloss die Haustür auf.

Innen sah das Herrenhaus nicht so groß aus. Die Räume waren zwar großzügig geschnitten, aber die Decken waren niedrig. Das Mobiliar war ländlich rustikal. Fast alle Möbel bestanden aus Eiche. Die Leute, die hier gewohnt hatten, waren wohlhabend gewesen. Das stand fest.

„Es ist riesig", sagte Pascal, während Dr. Bendler ihn von Raum zu Raum führte und alles erklärte. „Das muss ein Albtraum sein, wenn Putztag ist. Allein das Staubsaugen dauert doch einen halben Tag!"

„Armin und Ellen hatten eine Putzfrau", erzählte Bendler. „Eine Frau aus dem Dorf, Agnes Friedmann. Die kam einmal die Woche und kümmerte sich um alles. Ich kann Ihnen die Anschrift und Telefonnummer geben. Vielleicht wollen Sie Agnes ja als Putzfrau behalten. Agnes würde sich freuen. Sie kann das zusätzliche Geld gut gebrauchen. Sie und ihr Mann zahlen ein Haus ab."

„Eine Putzfrau?" Pascal dachte, er hätte sich verhört. „Das kostet doch ein kleines Vermögen."

„Geld ist mehr als genug da, Herr Hennes." Bendler lächelte. Er hatte ein gewinnendes Lächeln. „Wenn Sie das Erbe antreten, werden Sie zum Millionär. Nicht unbedingt in Bargeld, aber Sie erben auch viel Land im Umkreis von Silberberg. Land ist heutzutage eine hervorragende Investition in die Zukunft. Die Preise steigen stetig. Land ist gefragt."

Pascal versuchte, das Gehörte zu verdauen. Millionär! Damit hatte er nicht gerechnet. Plötzlich fand er die Sache mit der unverhofften Erbschaft so richtig gut.

„Wenn ich hierherziehe", fragte er den Notar. „Wie lange muss ich hier wohnen bleiben, um das Erbe antreten zu können?"

„Ja … eigentlich für immer. Silberberg soll Ihr Wohnsitz werden. Wollen Sie etwa woanders leben?"

Pascal zögerte. Er hatte plötzlich das Gefühl, dass es womöglich nicht gut wäre, mit der Wahrheit herauszurücken. Was, wenn Bendler das Erbe dann für nichtig erklären würde?

„Oh, ich dachte daran, mir vielleicht ein Boot anzuschaffen", sagte er. „Wissen Sie, eine Segeljacht vielleicht. In Kroatien oder Griechenland. Um jedes Jahr ein paar Monate segeln zu gehen. Ich weiß noch nicht so recht. Ich hatte nie das Geld, mir diesen Traum zu erfüllen. Ich habe es nie zu Ende gedacht. Es ist nur ein Wunschtraum."

Bendler lächelte wieder sein gewinnendes Lächeln: „Diesen Wunschtraum können Sie sich erfüllen, Herr Hennes. Nichts spricht dagegen, wenn Sie gelegentlich am Mittelmeer Urlaub machen, solange Sie hier Ihren Erstwohnsitz haben."

Gut so, dachte Pascal. Falls ich mir in England ein Narrowboat zulege, werde ich wohl kaum das ganze Jahr auf den Kanälen unterwegs sein. Vielleicht aber doch. Dann komme ich nur drei- oder viermal im Jahr hierher, um nach dem Rechten zu sehen und so zu tun, als wäre das hier mein Hauptwohnsitz. Muss ja keinem auf die Nase binden, dass es sich anders verhält. Ich richte mich erst mal hier ein. Dann sehe ich weiter.

Einziehen wollte er, auch wenn das Haus fürchterlich groß war. Was ihn hierher zog, war nicht das große Haus, sondern das Geld, das er erben würde. Und da war noch etwas. Wenn er hier einzog, würde er die hübsche junge Frau wiedersehen, die ihm die Wegebeschreibung gegeben hatte.

Dr. Bendler führte Pascal weiter durch das Haus. Pascal bestaunte die blitzblank gebohnerten Parkettfußböden und die teuren Teppiche. Man sah der Einrichtung des Hauses an, dass sie etwas gekostet hatte.

„Das Haus ist mit Silber bezahlt", erklärte Bendler, als hätte er Pascals Gedanken gelesen. „Das Dorf hat seinen Namen von der Silbermine im Wald. Nicht weit von hier ging es in einen Hügel hinein. Dort haben die fünf Familien vor etwa vierhundert Jahren Silber gefunden."

„Die fünf Familien?"

„So nennt man sie hier im Dorf. Die fünf Familien. Ihre ist eine davon, Herr Hennes. Dann noch Stolz, Köhler, Theiß und Dahl. Diese fünf Familien leben seit dem Mittelalter in Silberberg. Sie haben im Jahr 1632 das Silber entdeckt und wurden wohlhabend. Nun ja … wohlhabend waren sie schon vorher. Durch die Entdeckung der Mine wurden sie reich, richtig reich. Ihnen gehört auch heute noch das halbe Dorf und fast das ganze Land rund um den Ort. Sie haben sich auch weiter draußen eingekauft. Die Mine ist 1891 eingestürzt. Es gab ein Erdbeben. Man stelle sich vor: Ein Erdbeben hier in der Gegend. Aber es ist amtlich registriert. Die Mine gab nichts mehr her, doch die fünf Familien hatten schon genug Geld und Land erworben. Die können es sich bis heute gut gehen lassen."

Er winkte Pascal zur Haustür: „Gehen wir nach draußen. Ich zeige Ihnen das Grundstück. Es geht nach hinten und in Richtung Wald. Sie haben mehr als einen Hektar Land direkt beim Haus."

Als er die Haustür hinter sich schloss, fiel Pascals Blick auf einen wuchtigen Haken aus Bronze, der neben der Tür aus der Wand ragte: „Was ist das?“

Bendler zuckte die Achseln: „Keine Ahnung. Diese Haken gibt es auch an vielen anderen Häusern im Dorf. Vielleicht hat man früher Laternen dort aufgehängt, als es noch keine elektrische Straßenbeleuchtung gab.“ Er zeigte die Straße hoch: „Dort geht es in den Wald. Früher sind die Arbeiter zu Fuß zur Silbermine gegangen. Es gibt weiter hinten eine richtige Straße, auf der man das geförderte Erz abtransportierte, aber die Miner liefen hier entlang in den Wald.“ Er sprach das Wort in Englisch aus: *Meiner*. Minenarbeiter.

„Die Leute aus dem Haus sind durch den Wald zur Arbeit gegangen?“

„Wo denken Sie hin?“ Der Notar grinste spöttisch. „Von den fünf Familien ging keiner ins Bergwerk. Die haben ihr Leben nicht in den Stollen riskiert. Dafür waren die Weltlichen da.“

„Die Weltlichen?“ Pascal stutzte. „Was waren denn die fünf Familien? Die Göttlichen?“

„Nein. Sie gehörten einer besonderen Glaubensgemeinschaft an“, antwortete Bendler. „Ich weiß nicht genau, welcher. Vielleicht Methodisten oder Baptisten. Irgendwas in der Art. Sie waren immer tiefgläubig und feierten ihre Messe für sich, von den anderen Dorfbewohnern getrennt. Sie blieben immer unter sich. Ganz früher haben sie nicht einmal Weltliche geheiratet, sondern nur untereinander. Es fing erst in den achtzehnhundertvierziger Jahren oder so an. Früher gab es das nicht.“ Bendler lächelte. „Sie blieben für sich und sie verließen das Dorf nie, sagt man. Es heißt, sie seien so fest mit Silberberg verwurzelt, dass sie die Grenze dieser Gegend nicht überschreiten können.“ Der Notar feixte. „Das ist natürlich Unsinn. Die Leute reden nun mal. Das weiß man doch. Die fünf Familien sind einfach tief mit ihrem Dorf verbunden.“

„Bis auf meine", sagte Pascal. „Die sind 1891 abgewandert. Die waren also nicht hier am Silberberg angebunden." Er grinste. „Keine unsichtbaren Ketten hielten sie fest, als sie sich nach Süden aufmachten."
Bendler grinste nicht. „Jetzt, wo Sie es sagen, Herr Hennes ... Also, Roland Hennes war ein Halbblut und seine Frau eine Weltliche. Halbblüter, so sagen die Leute, können über die Grenze hinausgehen."
Pascal runzelte die Stirn. „Halbblüter?"
„Die Mutter von Roland Hennes war eine Weltliche", erklärte Bendler. „Ich weiß das, weil ich den ganzen Stammbaum durchgehen musste, um Sie ausfindig zu machen. Armin wusste anscheinend nicht genau, wo Sie zu finden sind. Er hat damals zufällig erfahren, dass Sie Ihre Eltern verloren haben, und Sie spontan als Erben eingesetzt. Ich glaube, er hat immer gehofft, dass der verschwundene Zweig der Familie Hennes eines Tages ins Dorf zurückkehrt. Deswegen müssen Sie hier wohnen. Das wird im Testament ausdrücklich verlangt."
Pascal schaute über die Straße. „Was ist das?" Er zeigte auf einen Hof, der in rund sechzig Metern Entfernung inmitten eines vernachlässigten Bauerngartens lag. Das Haus war ein südwestdeutsches Bauernhaus, wie die anderen Höfe im Dorf. Es war groß, aber lange nicht so riesig wie das Herrenhaus.
„Der alte Dahl-Hof", antwortete Bendler. „Dort lebte Alba Dahl, bis sie vor zehn Jahren starb. Rebekka Dahl war untröstlich, ihre geliebte Uroma zu verlieren, und erst recht untröstlich, als sie den Hof nicht erbte. Alba hatte ihrer Urenkelin immer versprochen, dass sie den Hof erben würde. Aber Alba starb, ohne ein Testament zu hinterlassen. Die Besitzverhältnisse waren kompliziert und es lief darauf hinaus, dass Rebekka das Bauernhaus nicht bekam. Armin Hennes behauptete, Alba Dahl hätte nur lebenslanges Wohnrecht im alten Hof gehabt. Das Bauernhaus habe ihr nicht gehört. Rebekka ist den Hennes-Leuten bis

heute gram deswegen. Sie lebt im Dorf auf dem Hof ihrer Eltern, aber ich glaube, sie hofft insgeheim immer noch, den Hof ihrer Urgroßmutter zu bekommen."

„Das Haus gehört mir?", fragte Pascal.

Bendler nickte. „Gehört zu Ihrem Besitz, Herr Hennes."

„Können wir es uns mal anschauen?"

„Selbstverständlich. Ich habe die Schlüssel dabei."

Sie überquerten die Straße und liefen in gemütlichem Tempo zu dem Hof. Pascal mochte das Bauernhaus auf den ersten Blick. Es war großzügig geschnitten und hatte einen Anbau. Aus der Luft sah das Haus aus wie ein großes L. Die Scheunenseite schien kein Wohnraum zu sein. Da hatte man wohl nicht umgebaut wie bei vielen anderen aufgegebenen Höfen, wo man die ehemalige Scheune zu Wohnraum umgebaut hatte. Das Dach hing durch und einige Fensterläden hingen schief in verrosteten Angeln. Auch die Fenster sahen aus, als täte ihnen eine Renovierung gut. Wer in diesem Haus leben wollte, hatte erst mal einiges zu tun.

Im Inneren des Hauses sah man erst recht, dass sich jahrelang niemand um das Gebäude gekümmert hatte. Aber Pascal verliebte sich sofort in den Bau. Das alte Bauernhaus war gemütlich. Kein Vergleich mit dem klotzigen Herrenhaus, das viel zu groß für eine Person war. Auch zu groß für zwei, fand er.

„Hören Sie, Dr. Bendler", fing er an. „Das Haus hier gehört also mir?" Der Notar nickte. „Dann könnte ich rein theoretisch hier wohnen statt im Herrenhaus, nicht wahr?"

„Natürlich", sagte der Notar. „Nichts spricht dagegen, Hauptsache, Sie haben Ihren ständigen Wohnsitz in Silberberg." Er machte eine allumfassende Geste. „Hier müsste aber so einiges getan werden, innen wie außen."

„Kein Problem“, meinte Pascal gut gelaunt. „Das Hofhaus hier gefällt mir viel besser als der Herrensitz. Das Herrenhaus ist doch viel zu groß für eine Person, die allein lebt.“

„Nun … vielleicht bleiben Sie ja nicht immer allein, Herr Hennes.“ Bendler schmunzelte. „Man heiratet ja auch hin und wieder und gründet eine Familie.“

„Egal“, gab Pascal zurück. „Auch mit Frau und zwei oder drei Kindern ist der Herrensitz zu groß, finde ich. Mir gefällt das hier viel besser.“ Er klatschte mit der flachen Hand auf den weißen Putz im Treppenhaus. „Es ist zweistöckig und der Anbau wäre perfekt, um ihn als Bibliothek zu benutzen. Man müsste wahrscheinlich den Boden von unten abstützen, Stempel im Keller aufstellen, meine ich. Bücher haben ein ziemliches Gewicht.“

„Ja, wenn Sie möchten, dann renovieren Sie den alten Kasten“, sagte Bendler. „Ein schönes Haus ist es ja. Mir gefallen die alten südwestdeutschen Bauernhäuser mit ihren Sprossenfenstern und den Holzläden. Geld für die Instandsetzung haben Sie. Mehr als genug.“

„Cool“, sagte Pascal. „Das werde ich machen. Solange wohne ich im Herrenhaus, gezwungenermaßen. Ich sollte mich schleunigst mit dieser Frau Friedmann in Verbindung setzen, damit ich mich nicht zu Tode putze. Hausarbeit war noch nie meine Stärke. In meiner kleinen Wohnung habe ich nur das Notwendigste gemacht, und das ungern.“

„Ich schreibe Ihnen die Adresse und Telefonnummer von Agnes Friedmann auf“, sagte der Notar. „Agnes wird sich freuen, weiter im Herrenhaus arbeiten zu können. Wie gesagt: Sie und ihr Mann haben ein Haus abzuzahlen. Da ist jeder zusätzlich verdiente Euro hochwillkommen.“

Sie verließen den alten Hof und gingen zum Herrenhaus zurück.

„Können Sie mir einen Architekten empfehlen, der den alten Hof für mich herrichtet?", fragte Pascal. „Es müsste einer sein, der sich mit dem Renovieren alter Bauernhäuser auskennt."

„Gehen Sie zu Arno Brill. Er wohnt im Dorf. Arno kann Ihren Hof originalgetreu restaurieren. Er hat die richtigen Kontakte. Zu Leuten, die die alten Sprossenfenster originalgetreu neu bauen können und so weiter." Bendler holte eine Visitenkarte aus der Tasche: „Hier. Seine Karte."

„Sie haben seine Karte?"

Bendler lächelte wieder sein gewinnendes Lächeln. „Nun ... wir sind verwandt, wissen Sie."

Pascal lachte. „Vetternwirtschaft!"

Bendler zuckte die Achseln: „Wir sind hier auf dem Dorf."

„Jeder kennt jeden", sagte Pascal.

„Ganz recht, und das sorgt dafür, dass Sie hier unmöglich an einen Pfuscher geraten können. Denn wenn einer Pfusch liefern würde, wüsste es das Dorf sofort und auch in den umliegenden Ortschaften brauchte so ein Handwerker nicht mehr aufzutauchen. Das hat was, finden Sie nicht?"

„Ja", sagte Pascal. „Das hat was." Er verlangsamte seine Schritte.

„Hennes?" Der Notar schaute ihn von der Seite an.

Pascal schaute zum Herrenhaus hin. Aus diesem Blickwinkel betrachtet, wirkte es seltsam fremd. Irgendetwas schien nicht zu stimmen. Er konnte nicht sagen, was es war. Das Haus war nicht schief. Es war nicht asymmetrisch gebaut. Alles war am Platz. Trotzdem wirkte der große Kasten irgendwie seltsam. Das Haus war nicht krumm gebaut, aber es schaute irgendwie krumm aus. Er betrachtete die Sprossenfenster in der Fachwerkfassade. Die Fensterrahmen waren nicht im üblichen Weiß gestrichen, wie man es an den alten Bauernhäusern der Gegend sonst sah. Sie waren in einem tiefen Rotton angemalt. Das Rot hatte die Farbe

von geronnenem Blut. Es sah beinahe rostig aus. Die Fensterstürze waren in der gleichen Farbe gehalten. Die Farbe gab dem ganzen Haus etwas Düsteres. Es schien beinahe bösartig dazuhocken, klotzig und breit und wie zum Sprung geduckt.
Pascal fühlte sich unwohl. Das Herrenhaus gefiel ihm nicht. Die Aussicht, in diesem düsteren Kasten zu leben, behagte ihm nicht.
Bendler schubste ihn an: „Kommen Sie, gehen wir. Ich übergebe Ihnen die Schlüssel, dann können Sie im Herrenhaus übernachten. Sie sollten sich so schnell wie möglich auf dem Amt anmelden. Ich brauche die Anmeldung, um das Testament zu vollstrecken. Das können Sie gleich morgen erledigen, wenn Sie möchten."
„Ich muss noch zurück und meine Wohnung auflösen und mich um alles kümmern", sagte Pascal. Er wollte nicht in diesem großen Kasten übernachten. Das Haus wirkte grimmig auf ihn. Als ob es ihn nicht mochte. Nein, er würde nach Hause fahren und erst, wenn alles erledigt war, zurückkehren. „Meinen Computer muss ich auch noch holen. Und meine Bücher und alles Sonstige. Möbel brauche ich keine. Da habe ich auch nichts Besonderes. Das muss ich loswerden oder vielleicht übernimmt es mein Nachmieter."
Bendler schien nicht zufrieden zu sein. „Müssen Sie wirklich sofort zurück? Möchten Sie sich nicht erst im Amt anmelden? Es ist wegen der Bestimmungen im Testament. Solange Sie in Silberberg nicht Ihren Wohnsitz haben, kann ich Ihnen nicht weiterhelfen. Dann können Sie nicht an das Vermögen heran und haben keinerlei Verfügungsgewalt über Ihren Landbesitz."
Pascal sah noch einmal das Herrenhaus an. Es gefiel ihm mit jeder Sekunde weniger. Nein, hier würde er heute Nacht nicht schlafen.
„Ich fahre nach Hause", sagte er. „Ich muss meinen Computer holen und Bettzeug …"

„Das Herrenhaus ist fertig eingerichtet“, hielt Bendler dagegen. „Sie können im Ehebett von Armin und Ellen schlafen. Bettzeug ist da.“
„Danke, aber ich schlafe lieber im eigenen Zeug“, sagte Pascal. „Ich kümmere mich um alles. Ich bin bald wieder da. Vielleicht in drei oder vier Tagen.“
„Ja dann ...“ Bendler klang nicht erfreut. „Wie Sie meinen. Gute Heimfahrt. Sobald Sie zurück sind, melden Sie sich bitte an und dann suchen Sie mich auf. Dann erledige ich alles für Sie. Erst dann sind Sie wirklich der Besitzer des Herrenhauses.“
Mir egal, dachte Pascal. In dem klotzigen Kasten wohne ich nur solange, bis der Bauernhof hergerichtet ist. Keinen Tag länger!

*

Pascal saß an dem wuchtigen Schreibtisch im Erdgeschoss, wo er seinen Arbeitsplatz eingerichtet hatte. Nicht nur das Haus selbst war klobig. Alles im Herrenhaus schien klobig und klotzig zu sein.
„So ein Monstrum von Schreibtisch kommt mir nicht auf meinen Hof!“, murmelte Pascal, während er Fotos für sein neuestes Buchprojekt zusammenstellte.
Er arbeitete an einem Buch über Rosenzucht. Er hatte sich für ein zweispaltiges Layout entschieden, war sich aber noch nicht ganz sicher, ob er es beibehalten würde. Es kam darauf an, wie die Fotos wirkten. Sie durften auf keinen Fall zu klein werden. Aber zu groß auch wieder nicht. Es kam aufs rechte Maß an.
Er passte das Bild einer rosafarbenen Zuchtrose in den Text ein. „Fertig!“, sagte er laut in das leere Zimmer. „Genug für heute.“ Er speicherte alles und beendete seine Arbeit.
Danach ging er ins Internet. Er wählte eine Seite aus England an, auf der sämtliche Bootsbauer der Insel gelistet waren, die Narrowboats bauten. In aller Ruhe ging er die Liste durch. Er klickte Homepages an und sah

sich an, was die englischen Boatbuilder zu bieten hatten. Er suchte im Internet nach Erfahrungsberichten. Bald hatte er eine Liste von Bootsbauern erstellt, die ihm passend erschienen.
Nun suchte er im Web nach Videos und schaute sich an, wie ein solches Narrowboat auf dem Wasser aussah, welchen Eindruck die Innenausstattung machte. Es war ein Wahnsinnsgefühl, das zu tun. Zum ersten Mal tat er es nicht als armer Schlucker, der nur davon träumen konnte, solch ein Boot zu besitzen. Er sah sich die Videos an als einer, der demnächst ein Narrowboat anzuschaffen gedachte. Wahrhaftig ein Wahnsinnsgefühl. Pascal fühlte sich unbeschreiblich wohl.
Neben dem Computerbildschirm hatte er die neuesten Ausgaben von *Canal Boat* und *Waterways World* liegen. Er hatte die englischen Bootmagazine seit Jahren abonniert. Sie informierten ihn über die neuesten Boote, über Technik und Ausrüstung und über die Kanäle Englands. Ganz England war von schmalen Kanälen durchzogen. Von etwa 1750 bis 1900 hatte man die schmalen Kanäle kreuz und quer durchs Land gebaut, um Güter zu transportieren. Der erste Kanal war gegraben worden, um Kohle zu entfernten Gegenden zu bringen. Der Transport mit Pferde- oder Ochsenkarren war absolut unwirtschaftlich.
Die Kanäle machten den Transport ungleich billiger. Anfangs von Pferden getreidelt, waren die schmalen Boote später mit Dampfmaschinen ausgerüstet worden und schließlich hatte man wirtschaftliche Dieselmotoren eingebaut.
Die industrielle Nutzung der Kanäle endete einige Zeit nach dem Zweiten Weltkrieg und das Kanalsystem begann zu verfallen, bis in den Achtzigerjahren ein neuer Bootstyp aufkam: das Leisureboat, zu deutsch: Freizeitboot. Es hatte bereits ab den Fünfzigerjahren solche Boote gegeben, aber in den Achtzigern traten sie ihren Siegeszug an. Das Narrowboat verwandelte sich in einen Caravan zu Wasser, seine

Außenmaße von den kleinen Schleusen und den niedrigen Tunnels begrenzt. Gerade mal 2,2 Meter war ein solches Boot breit. Vor Jahrhunderten war man noch nicht in der Lage gewesen, große und breite Schleusen, auf Englisch *locks*, zu bauen. Also kamen die Schmalboote, auf Englisch Narrowboats, auch heute noch mit diesen Maßen daher. Die Länge variierte. Das gebräuchlichste Maß waren 57 Fuß Länge. Diese Boote waren etwa siebzehn Meter lang. Es gab Narrowboats bis zweiundzwanzig Meter Länge, aber die konnten nicht auf allen Kanälen fahren.

Zufrieden schaute sich Pascal die Videos an. Mit jedem Clip, den er sich ansah, bekam er mehr Lust, sich einen solchen Caravan zu Wasser anzuschaffen. Finanzielle Hürden gab es keine mehr.

Er hatte sich auf dem Amt angemeldet und war jetzt offiziell ein Bürger Silberbergs. Er hatte seine alte Wohnung aufgelöst und war mit dem wenigen, was er behalten wollte, ins Herrenhaus gezogen. Nun gehörte der gesamte Nachlass von Armin und Ellen Hennes ihm. Keiner konnte ihm das Geld, die Häuser und das Land streitig machen.

„Ich kann mir ein nagelneues Narrowboat kaufen", murmelte er. Seine Stimme verlor sich in dem weiten Raum. Sie klang seltsam dünn und substanzlos. Als würde das Haus einen Teil seiner Stimme verschlucken. Noch ein Grund, warum Pascal das Herrenhaus nicht mochte. Der Kasten wirkte ablehnend auf ihn. Er konnte nicht sagen, woher sein Gefühl kam, aber er glaubte zu spüren, dass das Haus ihn nicht mochte.

Nun, ewig werde ich hier nicht wohnen, dachte er. Arno Brill wird demnächst mit der Restaurierung des alten Hofes anfangen. Spätestens im Winter kann ich dann dort einziehen.

Er war am Überlegen, ob er das klotzige Herrenhaus nicht umbauen lassen sollte. Man könnte vielleicht mehrere Mietwohnungen daraus machen. Das würde Geld einbringen. Warum nicht?

Pascal ging auf die Webseite eines Bootsbauers. Ich könnte ein Narrowboat für zwei oder drei Wochen mieten, dachte er. Ich fahre gemütlich auf den Kanälen spazieren und danach verbringe ich ein oder zwei Tage in der Werft des Boatbuilders und wir besprechen mein neues Boot. Muss ja keiner hier aus dem Dorf davon erfahren. Das geht die nichts an.

Erst recht würde er nicht sagen, dass er vielleicht das ganze Jahr afloat leben würde, wie die Engländer das nannten. Afloat - auf dem Wasser. Und Leute, die das ganze Jahr auf den Kanälen fuhren, nannte man Continuous Cruisers.

Die Haustürklingel schlug an, ein lautes Dingdong.

Pascal ging und machte auf. Zwei Männer im Alter von etwa fünfzig Jahren standen draußen. Sie lächelten ihn freundlich an.

„Hallo, Pascal", sagte einer von ihnen, ein breitschultriger Kerl von mindestens einem Meter achtzig. „Ich bin Adam Stolz und das ist Julius Theiß. Wir kommen dich besuchen. Du gehörst ja gewissermaßen zur Familie." Sein Lächeln verbreiterte sich. „Zum Kreis der fünf Familien von Silberberg. Du bist ein Hennes."

„Ja", sagte Pascal. Er fühlte sich überrumpelt.

„Dürfen wir reinkommen?", fragte Stolz.

Pascal trat zur Seite: „Bitte." Er machte eine einladende Geste. „Vielleicht gehen wir in die Küche. Sie liegt …"

„Wir wissen, wo die Küche ist", rief Stolz fröhlich. „Wir sind hier oft zu Gast gewesen, genau wie Armin und Ellen in unseren Häusern. Die fünf Familien halten zusammen. Das war schon immer so." Er und Theiß marschierten schnurstracks zur Küche. Sie setzten sich an den großen hölzernen Tisch, der in der Mitte des Raumes stand.

Pascal warf einen misstrauischen Blick auf das blau gemusterte Wachstischtuch. Es hätte gewiss nicht geschadet, da mal Staub zu wischen, aber er war bisher nicht dazu gekommen. Wurde Zeit, sich mit Agnes Friedmann kurzzuschließen.

„Möchten Sie einen Kaffee?“, fragte er. „Ich habe welchen mitgebracht … aus meiner alten Wohnung. Ich muss erst noch groß einkaufen gehen. Ich bin noch nicht lange hier.“

„Bitte nicht siezen“, bat Stolz. „Ich bin Adam, und das ist Julius und du bist Pascal. Ja, ein Kaffee wäre nett. Und alles, was du brauchst, erhältst du im Supermarkt. Die haben ein breites Angebot. Auch Werkzeuge und Gartenbedarf und solche Sachen.“

Während Pascal die Kaffeemaschine füllte, wandte er sich an Adam. „Hier ist es nicht so sauber. Bin noch nicht zum Putzen gekommen. Demnächst werde ich eine Frau Friedmann anrufen. Der Notar Dr. Bendler hat sie mir empfohlen.“

„Agnes? Aber ja. Die hat hier immer geputzt. Mit der machst du nichts falsch, Junge.“

Junge, dachte Pascal. So jung bin ich nun auch wieder nicht. Es passte ihm nicht, wie der Mann ihn behandelte, ein wenig von oben herab, jovial und fast schon übertrieben gönnerhaft, aber auch, als stünde er wesentlich höher als Pascal.

Der ist hier wohl der stellvertretende Dorfking, überlegte er. Vorher war es mein Verwandter Armin Hennes. Auf dem Dorf sind die Bürgermeister anscheinend noch so was wie Respektspersonen.

„Lass dich von der Agnes aber nicht über den Tisch ziehen“, sagte Julius. „Bezahle ihr nicht mehr, als Ellen ihr gezahlt hat. Die Weltlichen neigen dazu, die Hand aufzuhalten, wenn du verstehst, was ich meine.“

Pascal nickte und holte Tassen und Untertassen aus dem wuchtigen Küchenschrank. Der bestand aus Birnenholz. Von Hand geschreinert, wie es aussah.

Klar verstehe ich, was du meinst, dachte er. Und ob! Meine Ur-Ur-Ursonst-was-Tante Ellen war also ein Knack. Sie war geizig. Nicht mit mir, mein Lieber. Ich habe sparsam gelebt, um Geld für meinen Traum zusammenzubekommen, aber jetzt bin ich nicht mehr arm. Ich werde ganz gewiss nicht geizig sein. Aber das brauche ich dir ja nicht auf die Nase zu binden.

Der Kaffee war durchgelaufen. Pascal brachte die Kanne zum Tisch. Er schenkte ein, stellte Zucker und Kaffeeweißer dazu und setzte sich den beiden Männern gegenüber an den Tisch.

„Es ist schön, dass du zurückgekommen bist", sagte Julius. Er trank einen Schluck Kaffee. „Mmmm, der ist gut."

Das ist Zeugs aus dem Sonderangebot, dachte Pascal. Das habe ich aus der alten Wohnung mitgebracht. Was sagt der da?

„Ja", sagte Adam. „Es ist ganz wunderbar, dass du zurückgekommen bist, Pascal. Es hat all die Jahre etwas gefehlt in Silberberg, seit deine Vorfahren 1891 weggegangen sind. In unserer Mitte klaffte eine Lücke. Nun kann sich der Kreis wieder schließen. Bist du verheiratet?"

„Nein", antwortete Pascal. „Ich bin solo im Moment."

Das schien Adam zu gefallen. Sein Lächeln wurde eine Spur breiter und herzlicher. „Vielleicht findest du hier im Dorf eine Frau."

„Was hast du denn gearbeitet, wenn man fragen darf?", fragte Julius. „Du musstest die Arbeitsstelle leider aufgeben, als du hierhergezogen bist."

„Musste ich nicht", sagte Pascal. Er erklärte dem Mann, dass er von zu Hause aus arbeitete, dass er Bücher zusammenstellte und zu einer druckreifen Datei machte.

„Das ist ja eine gute Nachricht." Julius schaute Adam an. „Nicht wahr, Adam? Da verliert der Junge nicht seine Arbeit. Eine anständige Arbeit gibt Halt und man hat etwas, auf das man mit Stolz schauen kann."

„Ein Mann stellt sich ein Stück weit über seine Arbeit dar", gab Adam seinem Tischnachbarn recht. Er nickte energisch. „So ist es!"

„Leb dich erst mal hier in Silberberg ein", sagte Julius. „Schau dich um. Geh durchs Dorf. Du kannst jederzeit eine von den Familien besuchen. Man wird dich überall gerne empfangen. Sie sind alle schon sehr gespannt auf den Neuen." Er lächelte breit. „Den Neuen, der in den Schoß der Familien zurückgekehrt ist."

„Mag sein, dass du unter den Mitgliedern der Familien eine Partnerin findest", meinte Adam. „Das wäre sicher besser, als eine Weltliche zu nehmen."

„Weltliche?", fragte Pascal. Schon wieder dieses komische Wort.

Adam lachte kurz. Es klang gekünstelt. „So nennen wir sie. Wir von den fünf Familien haben unseren eigenen Glauben. Wir halten uns von den Weltlichen fern, so gut es geht. Das wirst du noch herausfinden. Aber leb dich erst mal in Silberberg ein, mein Junge."

Pascal gefiel die gönnerhafte Art der beiden Männer immer weniger, je länger das Gespräch andauerte. Die zwei Kerle fragten ihn nach allem Möglichen. Sie kamen vom Hundertsten ins Tausendste. Pascal empfand die Männer als aufdringlich. Er beantwortete die Fragen nicht immer ausführlich. Was ging die zwei Typen sein Privatleben an?

Die tun so, als wäre ich bereits in die Dorfgemeinschaft integriert, dachte er. Hier scheinen gewisse Regeln zu herrschen. Mal sehen, ob ich bereit bin, mich an die zu halten. Ich mag es nicht, wenn mir einer in mein Leben reinredet. Ihr habt mir nicht vorzuschreiben, mit welcher Frau ich zusammenkomme. Von wegen, halte dich von den Weltlichen fern. Das geht euch gar nichts an!

Er überlegte, ob das Mädchen mit den grünen Augen, das ihm den Weg gewiesen hatte, eine Weltliche war. Wahrscheinlich war das so. Das Mädchen gefiel ihm aber. Er würde sich weder von Adam Stolz noch von Julius Theiß vorschreiben lassen, was er zu tun und zu lassen hatte.

Wenn er das Mädchen kennenlernte und etwas mit ihnen werden sollte, hatte ihm keiner reinzureden, basta!

„Ahm, Pascal", Julius Theiß klang, als wolle er etwas hinauszögern. „Was ich dich gerne fragen würde: Hat deine Familie je mit dir über … die Vergangenheit gesprochen? Über Silberberg und warum sie damals von hier weggegangen sind?" Der Mann sah gespannt zu ihm hin.

„Nein", sagte Pascal, ohne zu zögern. Etwas hielt ihn zurück, die Wahrheit zu sagen. Er konnte nicht sagen, was es war. Ein Gefühl nur. Das Gefühl, dass Theiß nicht wissen sollte, was Pascal wusste. Viel war es nicht. Sein Großvater war eines Tages darüber zugekommen, als Pascal in alten Fotoalben stöberte. Er war damals dreizehn gewesen und die alten Fotografien hatten es ihm angetan. Schon immer hatte er gerne die alten Schwarz-Weiß-Aufnahmen betrachtet, die seine Urgroßeltern als Kinder zeigten, Hochzeitspaare in altmodischen Klamotten, Geburtstagsgesellschaften, Leute auf Wanderungen und im Urlaub und so weiter.

Im ältesten Album gab es ganz vorne ein nicht sehr scharfes Foto von einem Mann und einer Frau, die vor einem Haus standen. Das Haus war nur teilweise abgebildet. Unter dem Foto hatte jemand mit Tusche und Feder geschrieben: Roland und Irene 1890 vorm Haus in …

Das letzte Wort war mehrfach durchgestrichen und absolut unkenntlich gemacht. Man konnte es nicht entziffern.

Das Ehepaar stand steif nebeneinander und beide starrten konzentriert in die Kameralinse. Sie standen direkt vor der Haustür. Rechts neben der Tür befand sich ein offen stehendes Fenster. Ein Mädchen von etwa acht Jahren schaute heraus. Das Mädchen lächelte.

Pascal hatte zu seinem Großvater aufgeblickt und auf das alte Foto gezeigt: „Opa, wieso ist das letzte Wort durchgestrichen? Wo stand denn dieses Haus? Und was sind das für Leute?"

Sein Großvater hatte das Bild angesehen und geseufzt. „Das sind deine Vorfahren, die damals aus Silberberg weggingen, hierher nach Süddeutschland. Das Mädchen im Fenster ist ihre Tochter Gertrud. Das Foto ist in Silberberg aufgenommen. Vor ihrem Haus."

„Silberberg." Pascal hatte das Foto angeschaut. „Die hatten dort ein Haus. Sieht aus, als wäre es nicht gerade klein, auch wenn man es nicht komplett sehen kann. Was soll der komische Haken an der Wand neben der Tür? Und wieso sind die damals dort weggegangen, wenn sie ein so schönes Haus hatten? Es muss ihnen doch gut gegangen sein."

„Sie hatten Gründe, Pascal", hatte sein Großvater geantwortet. „Silberberg war nicht gut. Sie haben beschlossen, dort wegzugehen."

„Nicht gut? Wie meinst du das, Opa?"

„So wie ich es sage. Nicht gut. Silberberg ist kein guter Ort. Es gibt dort nichts Gutes." Sein Großvater hatte ihn ernst angesehen: „Pascal, komm niemals auf die Idee, dorthin zu gehen. Es hatte einen Grund, warum Roland und Irene damals mit ihren Kindern von Silberberg weggingen. Es war kein guter Ort und ist bis heute keiner. Gehe nie dorthin."

Mehr war aus seinem Großvater nicht herauszubekommen.

Als Pascal seinen Vater danach fragte, blieb der seltsam einsilbig. Er wirkte ablehnend, als sein Sohn Silberberg erwähnte. „Da gehst du mir nicht hin, Pascal!", hatte er gesagt und dabei ein strenges Gesicht aufgesetzt. „Es ist ein schlechter Ort! Wir gehen dort nie wieder hin!"

Das fiel Pascal in dem Moment wieder ein, als Julius Theiß seine Frage stellte. Sein Vater und sein Großvater wollten nicht, dass Pascal nach Silberberg ging. Und hatte Dr. Bendler nicht gesagt, dass Adam Hennes Pascal erst in sein Testament eingesetzt hatte, nachdem er herausgefunden hatte, dass Pascals Eltern ums Leben gekommen waren? Das war mehr als seltsam, fand Pascal. Als ob Adam geahnt hat, dass Vater mich davon abhalten würde, mich auf das Testament einzulassen.

Wirklich komisch.

Jedenfalls beschloss er, Julius Theiß kein Sterbenswörtchen von den Warnungen seines Opas und seines Vaters zu erzählen.

Es ging noch eine Weile hin und her. Julius und Adam spielten sich gegenseitig den Ball zu. Sie versuchten, so viel wie möglich aus Pascal herauszubekommen. Der wiederum wurde immer einsilbiger. Er versuchte, nicht unhöflich zu erscheinen, aber er rückte mit so wenig wie möglich heraus. Nur als sie ihn nach seiner Arbeit fragten und wie das vonstattenging, erklärte er alles bis ins kleinste Detail.

„Beinahe wie die Arbeit eines Architekten", sagte Adam. Er nickte. „Ja, wie Arno. Der macht auch alles am Computer. Nur dass er danach natürlich direkt in und an den Häusern tätig wird. Du hingegen sendest die fertige Druckdatei an den Verlag und die produzieren die Bücher, so wie du sie gestaltet hast. Du musst stolz sein, wenn du so ein Buch nach dem Drucken in der Hand hältst."

Das war er, aber Pascal mochte das nicht zugeben. „Ich bringe ja nur das Manuskript eines anderen zur Druckreife", sagte er. „Geschrieben habe ich es nicht. Ich produziere nur die Druckdatei."

„Stell dein Licht nicht unter den Scheffel, Junge", sagte Adam. Er trank seinen Kaffee aus und erhob sich. „Wir wollen dann mal wieder. War schön, dich zu treffen, Pascal. Du kannst jederzeit einen Besuch abstatten." Er holte ein zusammengefaltetes Stück Papier aus der Tasche und reichte es Pascal. „Hier steht, wo Leute aus den fünf Familien wohnen. Sie freuen sich über deinen Besuch. Geh ruhig hin und stell dich vor. Sie warten schon auf dich."

Pascal brachte seine Gäste zur Haustür und verabschiedete sie, so freundlich er konnte. Aber als er die Haustür hinter sich schloss, fühlte er Erleichterung. Er war froh, Adam und Julius los zu sein. Die beiden waren anstrengend gewesen. Pascal konnte es nicht in Worte fassen, aber

er hatte ein komisches Gefühl bei den beiden. Sie hatten geklungen, als erwarteten sie etwas Bestimmtes von ihm. Aber offen gesagt hatten sie es nicht. Sie hatten immer um den heißen Brei herumgeredet. Als ob ein Geheimnis über den fünf Familien liegen würde. Kein gutes Geheimnis.
Wir werden ja sehen, dachte er. Vielleicht mache ich wirklich ein paar Besuche. Aber zuerst kümmere ich mich morgen um meine Putzfrau. Und dann spaziere ich mal durchs Dorf. Vielleicht komme ich ja zufällig bei dem Haus vorbei, wo das schöne grünäugige Mädchen wohnt. Könnte doch sein, dass sie wieder im Garten arbeitet. Dann kann ich mich für die Wegebeschreibung bedanken.

*

Am nächsten Morgen klingelte es gegen neun Uhr. Draußen stand eine Frau Anfang dreißig mit schwarzem Haar und hellblauen Augen. Neben ihr stand ein zehnjähriges Mädchen, das aussah wie eine Miniaturausgabe der Frau, nur dass seine Augen von einem sehr dunklen Blau waren.
„Guten Morgen, Herr Hennes", sagte die Frau. „Ich bin Agnes Friedmann. Wir sind verabredet." Sie legte dem Mädchen neben sich einen Arm um die Schultern. „Das ist meine Tochter Johanna. Ich habe sie mitgebracht, weil sie heute schulfrei hat. Ihre Lehrer machen einen Ausflug."
Pascal schüttelte den beiden die Hand. Er machte eine einladende Geste: „Kommen Sie herein. Setzen wir uns in die Küche."
Am Küchentisch besprachen Pascal und Agnes die Arbeit. „Hier gibt es viel zu tun", meinte er. „Der Kasten ist ziemlich groß. Was hat Ihnen Ellen denn bezahlt?"
Agnes nannte ihm den Stundenlohn.
Pascal blieb die Spucke weg. „Das zahle ich nicht!", sagte er. „Das kann ja wohl nicht sein!"

Agnes sah ihn erschrocken an. „Ist es zu viel?"
„Zu viel? Viel zu wenig!" Pascal schüttelte den Kopf. „Das nenne ich Ausbeutung. Das regeln wir anders." Er nannte einen sehr viel höheren Betrag.
Agnes blieb der Mund offenstehen. „So viel?" Sie war sichtlich erfreut. „Ja gerne, Herr Hennes."
„Was die Putzerei angeht, muss ich Ihnen wohl nichts erklären", meinte Pascal. „Sie kennen sich aus, schätze ich."
Agnes nickte. „Ja, tue ich. Ich besorge auch immer die Sachen, die ich brauche: Reinigungsmittel fürs Bad, Teppichschaum, Staubsaugerbeutel und all das. Ich lege Ihnen dann immer den Kassenzettel aus dem Supermarkt vor."
„Ist ein ziemliches Ding", meinte Pascal. „Ein Supermarkt in einem solch kleinen Dorf."
„Er ist groß", sagte Agnes. „Die Leute aus den umliegenden Dörfern kommen zum Einkaufen hierher. Der nächste Supermarkt liegt fast fünfzehn Kilometer weit weg in einer Kleinstadt. Die Leute aus den fünf Familien vermeiden es möglichst, das Dorf zu verlassen. Sie kaufen nur hier ein oder bestellen Sachen im Versandhandel."
Pascal musste an das denken, was der Notar ihm erzählt hatte. Dass die fünf Familien tief im Dorf verwurzelt waren und nie weggingen.
Scheinen komische Käuze zu sein, überlegte er. Er schaute zu Johanna hin, die neben dem Tisch stand. Das Mädchen hatte sich nicht gesetzt. „Gehst du immer mit deiner Mutter mit, wenn sie zum Putzen kommt?"
Johanna schüttelte den Kopf. „Nein. Nie. Nur wenn ich schulfrei habe", sagte sie.
Die Kleine mochte wohl meine liebe Verwandte nicht, dachte Pascal. Wenn Ellen so geizig war, dass sie Agnes nur einen Hungerlohn zahlte, war sie gewiss ein unangenehmer Mensch. Kinder spüren so etwas.

Kinder haben feine Antennen.
„Du mochtest die vorherige Hausherrin wohl nicht besonders?“, fragte er rundheraus.
Johanna schaute zu Boden. Dann blickte sie auf. „Geht so“, sagte sie.
„Warum bist du dann nicht bei deiner Mutter, wenn sie putzt?“
„Ich gehe doch zur Schule, wenn Mama putzen kommt“, sagte das Mädchen. „Außerdem …“ Sie biss sich auf die Unterlippe.
„Außerdem?“, fragte Pascal nach.
„Ich bin nicht gerne im Herrenhaus.“
„So? Und weshalb nicht?“
Johanna schaute ihn aus großen Augen an. „Unten im Keller soll es ein Verlies geben, sagt man. Da sperren die Hennesleute Kinder ein.“
Pascal unterdrückte ein Grinsen. „Ein geheimer Kerker oder etwas in der Art?“ Nun musste er doch schmunzeln. „So wie dieser riesige Kasten von außen aussieht, kann ich mir gut vorstellen, dass man sich solche Sachen ausdenkt.“
„Ach, das ist eine uralte Geschichte“, sagte Agnes. „Man erzählt sie, um Kindern damit ein bisschen Angst einzujagen.“
„In jeder Geschichte steckt ein wenig Wahrheit, oder?“, fragte Pascal. Er sah, wie Agnes zusammenzuckte. Er tat, als hätte er es nicht bemerkt, und zwinkerte Johanna zu: „Ich war noch nicht im Keller. Ich bin ja gerade erst eingezogen. Sollen wir runtergehen und nachschauen, ob wir das Verlies finden?“
Das Mädchen schüttelte den Kopf. „Nein. Auf keinen Fall! In den Keller geh ich nicht. Mama auch nicht. Sie putzt nur hier und im oberen Stockwerk.“ Sie linste zur Tür. „Aber …“
„Ja?“, fragte Pascal.
Johanna warf ihrer Mutter einen Seitenblick zu. „Mama sagt, ich soll nicht im Haus herumstreifen. Aber …“ Sie zeigte zur Tür. „In dem

großen Zimmer da hinten … da hängen Bilder an der Wand. Im Zimmer daneben auch. Die würde ich mir gerne ansehen."

„Nur zu", ermunterte Pascal seinen kleinen Gast. „Schau dir alles an, was dich interessiert. Vom Angeschautwerden gehen Bilder schließlich nicht kaputt."

„Die Frau …", begann Johanna. „Die wollte nicht, dass ich es mir anschaue."

„Sie ist nicht mehr hier", sagte Pascal. „Sie kann dir nichts mehr verbieten. Ich erlaube dir, die Bilder so lange anzusehen, wie du willst. Ich habe sie mir selbst noch nicht richtig angeschaut. Scheinen alte Dorfansichten zu sein und ein paar Porträts von irgendwelchen Vorfahren. Geh nur." Er grinste. „Du musst bloß aufpassen, dass du dich nicht verirrst, so groß wie dieses Haus ist."

„Danke", sagte Johanna. Sie verließ die Küche.

Agnes wartete, bis das Mädchen weg war. Dann lehnte sie sich über den Tisch. „Die Geschichte hat tatsächlich so etwas wie einen wahren Kern", sagte sie. Sie sprach leise. „In Silberberg sind in der Vergangenheit manchmal Kinder verschwunden. Einfach so. Von einem Tag auf den anderen."

„Kinder verschwunden?", fragte Pascal.

Agnes nickte. „Es waren immer Mädchen. Noch ganz jung. Acht bis zwölf Jahre alt. Manche noch jünger. Sagt man jedenfalls."

„Was ist aus ihnen geworden? Sind sie ausgerissen?"

„Das weiß man nicht. Jedenfalls sollen sie nie wieder aufgetaucht sein. Sie blieben verschwunden. Das war früher, vor langer Zeit. Es ist lange her." Agnes schaute ihn aus ihren hellblauen Augen an. „Es waren immer Mädchen aus den fünf Familien. Aus den Familien Stolz, Hennes, Theiß, Dahl und Köhler." Sie lehnte sich zurück. „Sagt man jedenfalls. Man spricht nicht viel darüber. Nur hinter vorgehaltener Hand. Die fünf

Familien haben ziemliche Macht, sage ich jetzt mal. Sie haben Einfluss im Dorf und über das Dorf hinaus. Man spricht als Weltliche nicht über solche Sachen, wenn einer aus den Familien das aufschnappen könnte. Das könnte Konsequenzen haben."

„Tatsächlich?" Pascal wusste nicht, was er dazu sagen sollte. Aber er musste daran denken, wie ablehnend ihm das Herrenhaus vorgekommen war, als er zum ersten Mal davorstand. Er erinnerte sich an das komische Gefühl, das ihn beschlichen hatte. Mit diesem Haus stimmt etwas nicht, hatte er gedacht. Es sieht irgendwie unangenehm aus.

„Die fünf Familien haben ihre Geheimnisse", sagte Agnes. „So viel steht fest. Das mit den verschwundenen Kindern ist so ein Geheimnis. Man sagt, es ging da nicht mit rechten Dingen zu. Man schnüffelt besser nicht im Privatleben der fünf Familien herum." Ihr schien etwas einzufallen. „Nun ja … Sie sind ja einer von denen …" Sie sah aus, als mache sie sich Sorgen, dass Pascal das, was sie gesagt hatte, an die Familien weitertragen könnte.

„Ich fühle mich nicht dazugehörig", sagte Pascal. „Ich fühle mich wie jemand, der von außerhalb ins Dorf gezogen ist."

Agnes nickte. „Ja, Ihre Leute sind damals weggegangen, als das Erdbeben die Silbermine zum Einsturz brachte." Sie stand auf. „Wir gehen dann mal. Wenn es Ihnen recht ist, komme ich dann jede Woche am gleichen Tag wie früher zum Putzen."

Pascal erhob sich. „Ist mir recht, Frau Friedmann." Sie gingen ins Zimmer nebenan, wo Johanna vor einem Bild stand, das an der Wand aufgehängt war.

Pascal trat neben sie. Auf dem Bild war ein Mädchen in Johannas Alter zu sehen. Das Mädchen hatte ein schmales, hellhäutiges Gesicht, das von dunkelblondem Haar eingerahmt wurde. Die Augen in dem hellen

Gesicht waren von dunklem Blau.

Im geschnitzten Bilderrahmen gab es eine Inschrift: Magdalena Hennes, 1631

„Sieht aus wie eine Verwandte aus fernen Zeiten“, sagte Pascal. „Sechzehnhunderteinunddreißig. Wow! Das Gemälde ist bemerkenswert gut erhalten. Die Kleine sieht richtig lebendig aus.“

„Sie sieht traurig aus“, sagte Johanna. Ihre Stimme war so leise, dass man sie fast nicht verstand. „Als ob sie sich vor etwas fürchtet, das auf sie zukommt. Immer wenn ich dieses Bild anschaue, tut das Mädchen mir leid.“

*

Nachdem Agnes Friedmann mit ihrer Tochter gegangen war, steckte Pascal eine zusammengefaltete Stofftasche in seine Jackentasche. Er verließ das Haus und machte sich auf den Weg zur Dorfmitte. Er wollte sich ein wenig umsehen und schauen, ob er im Supermarkt frisches Brot und Wurst auftreiben konnte. Im Herrenhaus gab es massig Vorräte, Sachen in Gläsern und Dosen, aber das Brot im Brotkasten war steinhart gewesen. Ellen und Adam waren schon viele Tage tot.

Pascal spazierte in aller Ruhe die in Kurven und Schleifen mäandernden Straßen entlang. Mal bog er rechts ab, dann links, um bald wieder auf die Straße zurückzukehren, die ihn vor einiger Zeit zum Herrenhaus gebracht hatte. Überall standen alte südwestdeutsche Bauernhäuser. Sie waren alle größer als üblich und beinahe jeder Hof hatte einen L-förmigen Grundriss. Man konnte den Wohlstand der Bewohner erkennen. Diese großen Höfe hatten Geld gekostet. Da war beim Bauen nicht gespart worden.

Die Dorfstraßen, die die Gehöfte weiträumig umkurvten, schienen an den Grundstücksgrenzen entlangzuführen. Oft standen die Höfe zwanzig Meter und mehr von der Straße entfernt.

Als ob keine Straße über privaten Grund und Boden führen dürfte, dachte Pascal.

Er kam an vielen Häusern vorbei, deren Bewohner vorm Haus standen und saßen. Sie schienen auf ihn gewartet zu haben, denn sobald sie seiner ansichtig wurden, kamen sie zur Straße und begrüßten ihn freundlich, um ein kleines Schwätzchen anzufangen. Man teilte ihm mit, dass man sich freue, dass er nach Hause zurückgekehrt war.

„Es ist schön, dass du da bist", sagte eine Frau, die sich als Alice Stolz vorstellte. „Du bist wieder zu Hause, Pascal. Das ist gut."

Alle sagten Ähnliches. Alle freuten sich, dass er nach Silberberg gezogen war. Sie begrüßten ihn und luden ihn ein. Alle trugen die gleichen Nachnamen - die Namen der fünf Familien: Stolz, Hennes, Theiß, Dahl und Köhler. Nur Leute aus den fünf Familien begrüßten ihn und wünschten ihm ein warmes Willkommen. Die Weltlichen taten nichts dergleichen.

Es gab Menschen, die Pascal geradezu misstrauisch anschauten, und andere winkten nur kurz, wenn er grüßte. Es war seltsam.

Als ob sie nicht damit einverstanden sind, dass ich nach Silberberg gekommen bin, überlegte Pascal. Und die „lieben Verwandten" tun so enthusiastisch. Die übertreiben fast mit ihren Glückwünschen und dem Willkommensgetue.

Er kehrte auf die Straße zurück, die ihn zur Dorfmitte bringen würde. Er kam an dem Haus vorbei, wo die hübsche junge Frau mit den grünen Augen im Garten gearbeitet hatte, das entzückende Mädchen, das ihm den Weg zum Herrenhaus beschrieben hatte. Im Vorgarten war niemand zu sehen. Das Mädchen war nicht da. Pascal fühlte leise Enttäuschung in sich aufsteigen.

Zwei Häuser weiter überfielen ihn Mitglieder der Familie Theiß. Sie freuten sich, ihn zu sehen. „Willkommen zu Hause, Pascal", sagte die

Frau des Hauses. „Es ist gut, dich hier zu haben. Fühl dich wie zu Hause, denn hier ist dein wahres Zuhause. Willkommen zurück aus der Fremde."

Pascal hätte gerne nach dem grünäugigen Mädchen gefragt, aber er traute sich nicht recht.

Der Supermarkt hatte etwas mit dem alten Herrenhaus gemeinsam: Es war ein riesiger Kasten.

„Junge, Junge!", murmelte Pascal, als er das Gebäude und den großen Parkplatz erblickte.

Es war wirklich groß. Er holte sich einen Einkaufswagen und betrat den Markt. Drinnen sah er sich ausgiebig um. Es war, wie man ihm gesagt hatte. Hier gab es alles. Lebensmittel, Bekleidung, Gartengeräte, Werkzeuge, Gebrauchsartikel aller Art, Elektrogeräte, Fernseher, Computer, Smartphones, Autozubehör und vieles mehr. Man konnte in Silberbergs großem Supermarkt so gut wie alles kaufen. Es gab sogar eine Möbelabteilung.

An der Fleisch- und Wursttheke ließ Pascal sich Salami und Bierschinken abwiegen. Er nahm Butter und ein Glas Erdbeermarmelade mit und eine Tüte Milch. Er hätte gerne mehr gekauft, aber er musste das Zeug in der kleinen Stofftasche unterbringen.

Während er an der Kasse bezahlte, nahm er sich vor, demnächst mit dem Auto anzurücken und noch mehr einzukaufen.

Im Gang vor den Kassen gab es einen Zeitschriftenladen, wo man auch Tabakwaren bekam und man Lotto spielen konnte. Direkt daneben lag eine Bäckerei mit einem kleinen Nebenraum, der als Café eingerichtet war. An Tischen konnte man Kaffee und Kuchen genießen.

Pascal stellte sich an die Brottheke und fragte nach einem Ein-Pfund-Mischbrot. „Ich bin neu im Dorf", sagte er zu der Verkäuferin, einer

rothaarigen Endzwanzigerin mit grünen Augen, die denen des hübschen Gartenmädchens glichen. „Mein Name ist Pascal Hennes. Ich habe das Herrenhaus in der Silberstraße geerbt."
„Habe ich mir gleich gedacht, dass Sie der Neue sind", antwortete die Frau. Sie wirkte freundlich und aufgeschlossen auf Pascal. Er spürte nichts von dem Misstrauen, das einige Leute im Dorf ihm entgegengebracht hatten. Wahrscheinlich war sie eine Frau aus einer der fünf Familien.
„Astrid Kluding", stellte die Frau sich vor. Sie grinste Pascal schelmisch an. „Eine Weltliche. Willkommen in Silberberg." Sie packte das Brot in eine braune Papiertüte und reichte es Pascal. Plötzlich wirkte sie ernst. „Sind Sie sicher, dass es eine gute Idee war, nach Silberberg zurückzukommen, Herr Hennes? Sie sind doch ein Nachkomme von denen, die das Dorf 1891 verlassen haben, nicht wahr?"
„Ja", gab Pascal zur Antwort. Er wusste nicht recht, was er von Astrids Frage halten sollte. War es eine gute Idee gewesen, nach Silberberg zu kommen? Zurückzukommen, korrigierte er sich in Gedanken. Er dachte an die Worte seines Großvaters: „Silberberg ist kein guter Ort. Es gibt dort nichts Gutes. Pascal, komm niemals auf die Idee, dorthin zu gehen. Es hatte einen Grund, warum Roland und Irene damals mit ihren Kindern von Silberberg weggingen. Es war kein guter Ort und ist bis heute keiner. Gehe nie dorthin."
Er war nach Silberberg gekommen, um ein Erbe anzutreten, allen Warnungen seines Großvaters zum Trotz. Und nun stand er vor einer Frau, die ihn fragte, ob er es für eine gute Idee hielt, nach Silberberg zu kommen. Er fühlte ein seltsames kaltes Gefühl in der Magengegend. Da war etwas, das er nicht richtig benennen konnte, etwas am Rand seiner Wahrnehmung. Ein Gefühl. Ein warnendes Gefühl. Aber dann wischte er den Gedanken beiseite. Er musste an die Worte von Agnes Friedmann

denken. Verschwundene Kinder. Geheimniskrämerei im Kreis der fünf Familien. Alte Geschichten, Geschichten, von denen wahrscheinlich nicht mal die Hälfte auf Wahrheit beruhte. Gerüchte. Geschichten. Geschwätz.

Er war hier und er hatte das Erbe angetreten. Basta.

„Ich weiß nicht, was Sie meinen", sagte er zu Astrid. „Warum sollte es keine gute Idee sein, nach Silberberg zu kommen?"

Astrid zuckte mit den Schultern. „Die alten Geschichten halt. Nichts von Bedeutung. Aber Ihre Vorfahren haben Silberberg verlassen." Sie warf einen Blick in die Runde, ob jemand ihr Gespräch belauschen konnte. Dann beugte sie sich über die Theke und sagte leise: „Sie sind nicht einfach weggegangen, Herr Hennes. Ihre Leute sind damals geflohen!"

Pascal hob die Augenbrauen. „Geflohen?"

Astrid Kluding nickte. „Geflohen!"

„Geflohen vor was oder wem?", fragte Pascal. Er überlegte angestrengt. Hatte es einen Dorfkrieg gegeben? Streit unter den fünf Familien? Eine Ehrensache?

„Sie wollten nicht …" Astrid zögerte. Noch einmal sah sie sich um. „Sie wollten sich schützen. Mehr weiß man nicht. Sie sind damals Hals über Kopf geflohen. Meine Großmutter hat es mir erzählt. Die hatte es von ihrer Großmutter. Roland und Irene Hennes sind mit ihren Kindern aus Silberberg geflohen."

„Kinder?", fragte Pascal.

Astrid nickte. „Ja, sie hatten Kinder. Zwei. Gertrud war neun Jahre alt, ihr kleiner Bruder Otto war zwei."

Pascal fühlte einen Schauder seinen Rücken hinunterlaufen. Die Worte seines Großvaters gingen ihm erneut durch den Kopf: „Silberberg ist kein guter Ort. Es gibt dort nichts Gutes. Pascal, komm niemals auf die Idee, dorthin zu gehen. Es hatte einen Grund, warum Roland und Irene damals mit ihren Kindern von Silberberg weggingen. Es war kein guter Ort und ist bis heute keiner. Gehe nie dorthin."

Es hatte einen Grund, warum Roland und Irene damals mit ihren Kindern von Silberberg weggingen.

Weggingen, nicht flohen. Aber wenn es einen triftigen Grund gegeben hatte zu gehen, vielleicht war es wirklich eine Flucht gewesen. Eine Flucht wovor?

Sie wollten sich schützen, hatte Astrid gesagt. Schützen vor was? Vor einer Bedrohung?

Astrid nahm das Geld für das Brot von ihm an. Sie gab ihm Wechselgeld zurück. „Passen Sie gut auf sich auf, Herr Hennes", sagte sie. „Ich wünsche Ihnen alles Gute."

Als Pascal den großen Parkplatz draußen vor dem Supermarkt überquerte, war er nachdenklich. „Passen Sie gut auf sich auf, Herr Hennes." Wovor sollte er sich hüten? Wozu sollte er auf sich aufpassen?

Eine Weltliche hatte ihm diesen Rat gegeben. Die Leute aus den fünf Familien hatten ihn nicht gewarnt. Sie hatten ihn überschwänglich willkommen geheißen. Wie den verlorenen Sohn, der nach Jahren in der Fremde nach Hause zurückgekommen war.

Als er die Straße nahm, die ihn zum Herrenhaus bringen würde, kam ein Wagen angefahren. Die Fahrerin winkte ihm grüßend zu. Es dauerte eine Sekunde, bis Pascal sie erkannte. Es war das grünäugige Gartenmädchen. Er winkte zurück. Als sie vorbei war, schaute er ihr hinterher. Sie bog auf den Parkplatz des Supermarktes ein.

Pascal überlegte, umzukehren. Er konnte sagen, er habe etwas vergessen und müsse deswegen noch mal zurück in den Markt. Aber das war ein wenig zu auffällig, fand er. Wie sähe das denn aus? Er beschloss, es bleiben zu lassen. Stattdessen würde er in den nächsten Tagen immer wieder mit dem Auto zum Supermarkt fahren. Schließlich brauchte er

Vorräte. Einen Kasten Mineralwasser. Zwei Sechserpacks Cola Light. Zucker. Mehl. Jede Menge Sachen. Vielleicht würde er das hübsche Mädchen mit den grünen Augen zufällig treffen. Dann konnte man weitersehen.
Plötzlich war Pascal in Bestlaune. Das kleine komische Gefühl in seiner Magengegend löste sich auf. Er schritt frohgemut aus. Mit weit ausholenden, federnden Schritten ging er die Straße entlang. Er fand, dass der Tag schön war. So richtig schön.

*

Pascal surfte im Internet. Immer wieder klickte er Seiten an, die englische Bootsbauer vorstellten und Reklame für die verschiedenen Bauformen der schmalen Boote machten. Zwischendurch schaute er sich Seiten an, wo man Narrowboote leihen konnte, um eine oder zwei Wochen damit die englischen Kanäle zu befahren.
Das hatte er schon zweimal in den vergangenen Jahren gemacht. Es hatte ihm immer gefallen.
Er ging auf YouTube und schaute nach, ob es neue Clips von den Vloggern gab, denen er folgte. Tatsächlich gab es ein neues Video von David Jones, der den YouTube-Kanal *„Cruising the Cut"* betrieb. Er war mit Anfang fünfzig auf ein Narrowboat umgezogen und fuhr seit mehreren Jahren auf allen englischen Kanälen und Flüssen herum. Er filmte mit mehreren Kameras an Bord die Fahrten und machte Clips, in denen der geneigte Zuschauer zusehen konnte, wie man am Dieselmotor des Bootes einen Ölwechsel vornahm, wie man leere Gasflaschen austauschte oder wie man den Ofen im Boot mit Kohlen bestückte und ansteckte. Die Clips von *„Cruising the Cut"* waren immer spannend und informativ. Pascal verpasste keine Folge.
Inzwischen gab es zweihundertvierzig Filmchen von acht bis fünfzehn Minuten Länge auf David Jones` Kanal. Der Vlogger hatte sagenhafte

hundertvierundachtzigtausend Abonnenten. Pascal war einer von ihnen. In der neuesten Folge ging es um die sogenannten *Lockies*. Das waren freiwillige Lockkeeper, Männer und Frauen, die ehrenamtlich die Schleusen bedienten, vor allem an Orten, wo mehrere Schleusen dicht hintereinander lagen. Für einen Singleboater, einen Bootsfahrer, der allein unterwegs war, war das eine feine Sache, denn es war nicht immer leicht, als Einzelperson ein Narrowboat in eine Schleuse zu bugsieren und die Schleusentore zu bedienen. Pascal genoss den kleinen Film.

„Das würde mir gerade passen", sagte er halblaut, während der Film über seinen Computerbildschirm flimmerte. „Ich muss ja auch alles allein machen. Wer weiß, vielleicht treffe ich David nächstes Jahr auf dem Cut."

The Cut. Der Einschnitt. So nannten die Engländer die Kanäle. Es waren Einschnitte im Gelände. Daher der Name.

Nach dem Film über freiwillige Schleusenwärter klickte Pascal noch schnell auf den Kanal von „*Narrowboat Girl*". Dort stellte die jugendliche Emma, die mit ihrer Mutter und mehreren Hunden auf einem Narrowboat lebte, ihre selbst gedrehten Filmchen vor. Auch hier gab es einen neuen Beitrag. Wie immer blickte man ins Gesicht Emmas und sie legte sofort los: „Hey guys, it`s Emma here. Today I´m gonna show you …" Und dann wurde in kurzen Sätzen erklärt, was es im neuen Video zu sehen gab.

Als Emma vor einigen Jahren mit ihrer Mutter aufs Wasser zog, war sie ein kleiner Fratz von zehn Jahren gewesen. Inzwischen war sie vierzehn und sie hatte sich ein paar Pickel zugelegt, aber ihre Videoclips waren noch immer nett anzuschauen.

Heute ging es ums Magnetfischen. Man band einen starken Magneten an ein Seil und warf ihn in den Kanal. Dann zog man den Magneten ein und manchmal hing etwas dran. Das konnte eine rostige Schraube sein, eine Münze oder ein Löffel, der jemandem ins Wasser gefallen war. Im Laufe des Clips fischte Emma ein rostiges Kinderfahrrädchen aus dem Kanal. Pascal musste lachen.

„Als Nächstes kommt ein Moped", grölte er. „Und danach ein abgesoffenes Auto!"

Er stellte sich vor, wie er mit Computergrafik ein spezielles Video erstellen würde. Darin fischte Emma, das Narrowboat Girl, jede Menge Zeugs aus dem Kanal: ein abgesoffenes Auto, eine rostige Dampflok, einen Torpedo und ein deutsches U-Boot aus dem Zweiten Weltkrieg.

Ich könnte ein solches Video drehen, überlegte er. Wenn ich selbst afloat gehe, mache ich meinen eigenen Kanal auf YouTube auf und werde ein Vlogger. Warum auch nicht? Das macht Spaß.

Das neueste Video von Narrowboat Girl Emma war zu Ende. Pascal surfte auf Seiten herum, die die sogenannten Hirer, die Vermieter von Leihbooten, vorstellten.

Ja, dachte er. Auf alle Fälle mach ich wieder Urlaub auf dem Wasser und ich lege mir ganz bestimmt ein eigenes Boot zu. Geld ist wahrlich mehr als genug da.

Die Idee, auf Englands Kanalnetz afloat zu gehen, hatte was. Seit seiner Kindheit fand er den Gedanken reizvoll, auf einem Narrowboot zu leben und die Kanäle zu befahren.

Heute bin ich jung und fit, dachte er. Das schaffe ich locker, ganz allein Boot zu fahren. Später vielleicht nicht mehr so. Wenn man erst mal über sechzig ist, klappt es nicht mehr so recht. Da hat man Probleme mit den Knien und mit dem Kreuz und was weiß ich. Nein, wenn ich es mache, muss ich es jetzt angehen.

Pascal hatte nicht den leisesten Schimmer, ob ihm das Leben auf dem Wasser so gut gefallen würde, dass er auf Jahre hinaus so leben würde. Den meisten Leuten ging es jedenfalls so. In den Filmbeiträgen im

Internet und in Artikeln in den Bootmagazinen sprachen die Leute von *downsizing*, dass man sein Leben ein Stück zurückfuhr. Man ließ eine Menge unnötigen Ballast an Land zurück und führte ein ruhiges, einfaches Leben.

Testen sollte ich es auf alle Fälle, dachte Pascal. Wenn es mir nicht behagt, kehre ich nach Deutschland zurück. Das Boot kann ich verkaufen. Gebrauchte Boote in gutem Zustand sind gesucht.

Aber er würde nicht über seine Pläne sprechen. Seit Julius Theiß und Adam Stolz ihn besucht hatten und die Familien solch ein Gewese um Pascal machten, war er zurückhaltend, was Informationen zu seiner Person und seinen Plänen anging.

Er musste an Astrid Kludings Warnung denken. Und an die seines Großvaters.

Auf dem Bildschirm lief ein Videoclip über eine Bootsfahrt auf dem Grand Union Canal. Ein Radfahrer kurbelte auf dem Treidelpfad vorbei.

Fahrrad, dachte Pascal. Gute Idee. Ich fange morgen an, die Gegend mit dem Fahrrad zu erkunden. Zu Fuß sind die Strecken zu weit. Sogar im Dorf. Silberberg ist weit auseinandergezogen. Ab morgen wird geradelt.

*

„Er hat sich im Dorf umgesehen."

Sie saßen in der guten Stube und redeten. Sie sprachen leise, als wollten sie vermeiden, dass jemand mithören konnte, was sie zu bereden hatten.

„Was sagen die Leute?"

„Er ist freundlich und aufgeschlossen. Kein Anzeichen von Misstrauen."

„Und wenn seine Leute mit ihm gesprochen haben?"

„Das glaubst du doch selbst nicht! *Davon* erzählen? Nie im Leben! Die haben ihm nichts gesagt. Höchstens, er solle nicht nach Silberberg gehen. Aber die Erbschaft hat ihn angelockt."

„Habe gehört, er mag das Herrenhaus nicht. Er will den alten Hof herrichten lassen, um dort zu leben."

„Ist doch prima! Das zeigt, dass er hierbleiben will. Er schlägt Wurzeln."

„Es wird erst wieder gut, wenn er voll und ganz in die Familien eingeht. Dann wird sich der Kreis schließen, der vor so langer Zeit zerrissen wurde. Das bedeutet natürlich, dass er mitmachen muss, wenn es so weit ist."

„Wir müssen vorsichtig sein, es langsam angehen lassen. Bis Silvester ist es noch lange hin. Dieses Jahr ist es wieder an der Zeit."

„Er wird tun müssen, was zu tun ist, wenn er an der Reihe ist."

„Er ist ja nicht mal verheiratet und hat keine Kinder."

„Das kommt schon noch."

„Hoffen wir es."

„Es wird kommen. Er wird in den Schoß der Familien zurückkehren. Dann schließt sich der Kreis und der alte Wohlstand wird wieder in Silberberg herrschen. Kein Wohlstand. Reichtum!"

„Wie früher."

„Wie früher, als die fünf Familien taten, was zu tun war."

*

Pascal fuhr mit dem Rad durch den Wald. Er war direkt am Ende der Silberstraße dem Waldweg gefolgt und nun ging es leicht aufwärts durch lichten Laubwald. Es gab mehrere Abzweigungen. Alle führten nach links, wo es zum Waldrand ging. Die Wege waren breit. Der Hauptweg hingegen wurde immer schmaler. Bald war es nur noch ein breiter Pfad. Mit dem Auto kam man hier nicht durch.

Das muss der alte Weg zur Silbermine sein, überlegte Pascal. Nachdem die Mine eingestürzt ist, wurde er nicht mehr regelmäßig benutzt und ist immer mehr zugewuchert.

Aber ganz überwuchert war der Pfad nicht. Wenn niemand diesen Weg mehr nutzte, hätte er nach über hundert Jahren verschwunden sein müssen. Der Wald hätte ihn sich zurückgeholt. Aber er war da.

Natürlich ist er noch da, dachte Pascal. Der Pfad wird von Spaziergängern benutzt.

Der Weg stieg weiter an. Er verlief um einen bewaldeten Hügel herum. Neben dem Weg stieg eine Felswand auf. Hinter einer Rechtskurve führte der Pfad auf einen großen freien Platz. In der Felswand gähnte eine riesige Öffnung. Das musste das alte Silberbergwerk sein.

Pascal hielt vor der Höhlung. Er stieg ab. Was er sah, war kein von Menschenhand erschaffener Stollen, sondern eine natürliche Höhle. Sie war gut und gerne vier Meter hoch. Massive Holzstämme stützten die Höhle ab. Rechts und links neben der Öffnung im Fels standen Schilder:

ACHTUNG! LEBENSGEFAHR!

BETRETEN VERBOTEN!

EINSTURZGEFAHR!

Pascals Blick schwenkte von den Schildern zu den mächtigen Holzstempeln, die die Höhle stützten. Er schüttelte den Kopf. Warum zum Kuckuck hatte man die Höhle mit diesen Stempeln abgestützt, wenn man sie nicht betreten durfte? Es herrschte Einsturzgefahr. Hier konnte keiner rein. Das war lebensgefährlich.

Er trat näher an das gähnende Loch in der Felswand heran. Rechts und links und teilweise auch vor dem Höhleneingang war der Boden dicht mit einer krautigen Pflanze bewachsen. Wie ein dicker Teppich bedeckte das Kraut den Waldboden. Es war etwa vierzig Zentimeter hoch. Die Pflanzen hatten große eiförmige Blätter, winzige weiße Blüten und die Stängel waren behaart.

„Circaea lutitiana“, murmelte Pascal. Er kannte die Pflanze von seiner Arbeit mit den Gartenbaubüchern her. Circaea lutitiana. Hexenkraut. Hier war alles mit Hexenkraut überwuchert.

Pascal sah näher hin. Nicht alles. Er trat noch weiter auf den Eingang zu.

Er sah, dass das dicht stehende Kraut an einigen Stellen niedergetreten war.

Hier ist jemand reingegangen, dachte er. Allen Warnungen zum Trotz.

Er schaute in die natürliche Höhlung hinein. Es ging wohl zehn Meter weit in die Felswand hinein. Dann war die Höhle verstopft. Er sah Steine und große Felsen kreuz und quer durcheinander liegen.

Der Felssturz, der von dem Erdbeben erzeugt wurde, das 1891 die Gegend erschütterte, dachte er. Das muss die alte Silbermine sein.

Aber er fand kein Anzeichen dafür. Kein Schild, keine Inschrift in der Felswand, keine gemauerten Steine am Stolleneingang, keine Schienen auf dem Boden. Da war nichts.

Aber irgendeiner ist da reingelaufen! Ein Lebensmüder. Warum nur? Wollte der nach Silber graben? Im Internet stand doch, die Mine konnte nicht wieder aktiviert werden. Alles zusammengekracht. Komisch! Aber vielleicht ist das nicht die Silbermine. Vielleicht ist es eine natürliche Höhle.

Er blickte sich um. Von hier führte jedenfalls keine Straße fort. Wenn das die alte Mine wäre, müsste man die Straße noch erkennen, auf der man das Silber abtransportiert hat. Hier ist nichts.

Dann musste das alte Bergwerk weiter im Wald drinnen liegen.

Pascal machte sich auf den Weg. Aber er fand nichts. Das kam ihm seltsam vor. Sollte diese Höhle in der Felswand wirklich die alte Silbermine sein?

Er schaute auf die Ladeanzeige seines Akkus. Er hatte nur einen Akku ans Rad gehängt, weil er nicht weit hinausfahren wollte. Die Ladung stand auf 45 %.

Nun ja, ich bin viel bergauf gefahren, und das auf sandigen Waldwegen, dachte er. Aber von so wenigen Kilometern halb leer?

Dann fiel ihm ein, dass er die Akkus nicht neu aufgeladen hatte, seit er in

seiner neuen Bleibe wohnte.
„Ach, Mist!“ Er wendete und fuhr nach Hause. Er hängte beide Akkus ans Ladegerät und ging duschen.
Ich brauche noch Brot, fiel ihm ein, als er sich abtrocknete. Er zog sich an, setzte sich ins Auto und fuhr zum Supermarkt. Bei Astrid Kluding kaufte er ein kleines Mischbrot.
„Sagen Sie, kennen Sie sich im Wald hinter der Silberstraße aus?“, fragte er, einer Eingebung folgend. „Ich bin mit dem Rad den Waldweg entlanggefahren, der am Ende der Straße beginnt. Ich habe das ehemalige Silberbergwerk gesucht, aber alles, was ich fand, war eine Höhle in der Felswand mit Warnschildern davor.“
„Oh weh!“, sagte Astrid. „Gehen Sie da bloß nicht rein! Das ist lebensgefährlich. Steht ja auf den Schildern: Einsturzgefahr. Das war die Silbermine. Sie wurde in einer natürlichen Höhle entdeckt damals im Mittelalter. Sie hat den Reichtum Silberbergs begründet. Aber im Jahr 1891 gab es ein Erdbeben hier in der Gegend und die Mine stürzte ein. Man konnte sie nicht mehr öffnen. Überall war nur zerbrochenes Gestein. Wenn man versuchte, sich hineinzugraben, stürzte sofort alles ein. Die Erde rutschte nach. Gehen Sie bloß nicht in die Höhle. Die kann jeden Moment zusammenkrachen, auch wenn da diese Holzstempel aufgestellt wurden. Zu sehen gibt es eh nichts. Die Höhle führt ein Dutzend Meter in die Erde und dann kommt ganz hinten der Erdrutsch. Da ist nichts.“
„Ich habe niedergetretenes Kraut vor der Höhle gesehen“, sagte Pascal. „Es sah so aus, als wäre jemand in die Höhle gegangen. Warum sollte einer das tun, wenn es doch so gefährlich ist?“
Astrid warf einen raschen Blick in die Runde. Dann beugte sie sich über die Verkaufstheke.
„Es heißt, die haben früher dort drinnen ihre Messen abgehalten“, raunte

sie. „Die gehören ja keiner regulären Kirche an. Das ist eine Sekte. Keiner weiß so recht Bescheid über diese Leute. Wer weiß, vielleicht gehen sie auch heute noch gelegentlich dorthin, auch wenn es verboten ist."
„Welche Leute?"
„Die fünf Familien. Die Silberfamilien. Aber niemand weiß etwas Genaues. Die halten dicht. Die bleiben unter sich." Astrid schaute ihn fragend an. „Aber Sie gehören doch zu den Familien. Hat man Ihnen denn nicht gesagt, was da draußen vorgeht?"
Pascal schüttelte den Kopf. „Nein. Alle sind freundlich und wollen mich einladen, aber über Religion hat noch keiner mit mir gesprochen."
Astrid presste die Lippen zusammen. „Wundert mich nicht." Wieder schaute sie sich verstohlen um. „Wissen Sie, es heißt, das sei keine gewöhnliche Sekte. Hinter vorgehaltener Hand wird von schwarzen Ritualen gesprochen. Hexenfeiern und so ein Zeug. Wahrscheinlich sind das bloß Gerüchte, weil die Familien solche Geheimniskrämer sind. Ich weiß nicht, wie viel davon wahr ist. Aber sagt man nicht, dass jede Geschichte einen wahren Kern hat?"
„Ja, so sagt man", antwortete Pascal. „Eine Sekte also …"
„Es heißt, die fünf Familien haben im Mittelalter in der Höhle irgendwelche Messen gefeiert und dabei … wie soll ich es ausdrücken? … etwas angerufen. Dann haben sie die Silbermine entdeckt und wurden reich. Den fünf Familien gehört hier sehr viel: Häuser, Höfe, fast alles Land rundherum. Sie besitzen ausgedehnte Waldstücke. Obwohl die Silbermine nicht mehr ist, sind die Familien wohlhabend."
„Etwas angerufen", sagte Pascal. „Eine Messe gehalten und etwas angerufen."
Astrid nickte. „Wie in den Filmen, Sie wissen schon. Da versammeln sich irgendwelche Leute. Sie beten etwas an, einen Geist oder so und dann bringen sie ein Opfer dar und sie bekommen dafür etwas: Land, Gold-

und Silberminen oder ein fast ewig währendes Leben. Ich hab mal einen Film gesehen, da wurden alle zweitgeborenen Babys geopfert." Astrid lachte. „Ja, ja, diese Filme! Hier bei uns ist es natürlich nicht so. So etwas wie Geister, die man beschwören kann, gibt es nicht."
Pascal lachte mit. „Nein, die gibt es nicht. Sonst würde so manche Schwiegermutter von der Geisterwelt verschlungen werden, was?"
Sie lachten beide.
Pascal verabschiedete sich. Als er über den Parkplatz zu seinem Auto lief, dachte er über das soeben Gehörte nach. Opfer. Bei geheimen Messen, in denen etwas angerufen wurde, wurden Opfer dargebracht. Hatte seine Putzfrau nicht erzählt, dass in der Vergangenheit Mädchen verschwunden waren? Einfach verschwunden?"
Auf dem Nachhauseweg kam ihm ein Wagen entgegen, der ihm bekannt vorkam. Er schaute genauer hin. Die Fahrerin winkte ihm im Vorbeifahren zu. Er winkte freundlich zurück. Es war das grünäugige Gartenmädchen.

*

Am nächsten Tag kam Arno Brill vorbei. Der Architekt sah sich den alten Hof an und besprach mit Pascal, was zu tun war, um das Haus wieder in Schuss zu bringen.
„Eine gute Idee", meinte Brill, als Pascal ihm erklärte, dass er im Bauernhaus leben wollte. „Das Herrenhaus ist doch viel zu groß für eine einzelne Person. Das ist kein Haus, das ist ein Schloss."
Sie gingen durch die Räume und Brill sah sich alles genau an. „Viele der alten Möbel sind noch gut in Schuss. Muss man nur mal sauber machen. Das sind teilweise richtige Antiquitäten. Ich würde Ihnen empfehlen, sie zu behalten. Sie geben dem Haus Charakter."
Pascal war es zufrieden. Der Architekt machte sich Notizen.
Er ging mit Pascal zu dem Anbau, der den Hof von oben aussehen ließ

wie ein großes L. „Hier könnten Sie Ihre Bibliothek einrichten, Herr Hennes. Sehen Sie nur, wie viel Platz hier ist." Er betrachtete den Fußboden. Er war mit poliertem Holzparkett belegt. „Man müsste vielleicht von unten Stützstempel unterstellen. Ich weiß nicht, ob diese Decke das Gewicht von Hunderten Büchern aushält. Bücher sind verdammt schwer. Lassen Sie uns in den Keller gehen und nachsehen."

Der Keller hatte einen Boden aus gestampftem Lehm. „Gut für Vorratshaltung", meinte Brill. „Aber wenn Sie tatsächlich eine Bibliothek im Anbau einrichten wollen, wie Sie mir am Telefon gesagt haben, müssen wir unter den Räumen ein Fundament anlegen und Stützstempel aufstellen. Man kann das so machen, dass Sie zwischen den Stempeln Regale aufstellen können, um Verschiedenes zu lagern."

„Klingt gescheit", sagte Pascal. „Ich möchte nicht, dass mir der Boden unter den Füßen wegbricht." Er schaute sich in den Kellerräumen um. Viel zu sehen gab es nicht. Der gesamte Keller war anscheinend vor Jahren leer geräumt worden.

Er ließ Brill im Keller unterm Anbau zurück und stromerte durch die anderen Kellerräume. Licht kam von funzeligen Schiffsarmaturen an der Decke.

Hier sollten mal LED-Lampen rein, überlegte er. Erstens ist es dann hell genug, um etwas zu sehen, und zweitens verbrauchen Diodenlampen viel weniger Strom.

Im hintersten Kellerraum stieß er auf etwas Ungewöhnliches. Er trat näher zu der hintersten Wand. „Nanu?" Er berührte die Wand. „Ist hier etwas zugemauert worden?" Die Wand bestand aus massiven Sandsteinblöcken, aber direkt vor ihm gab es einen Bereich aus gemauerten Ziegeln. Die Stelle war mannshoch und etwa einen Meter breit. Oben war sie abgerundet. Es sah tatsächlich so aus, als hätte man etwas zugemauert.

„Was sollte man mit einer Ziegelmauer verschließen?“, fragte Pascal halblaut. Seine Stimme klang in dem Kellerraum seltsam kraftlos. „Vielleicht gab es an dieser Stelle einen Naturkeller unter der Erde, eine Art Höhle, wo man Vorräte lagern konnte. Dann ist das Ding eingestürzt oder teilweise eingestürzt und wegen der Gefahr, verschüttet zu werden, hat man das Ganze mit Ziegelsteinen vermauert. Da war doch dieses Erdbeben.“ Das Mauerwerk war jedenfalls alt. Er hörte Arno Brill rufen und ging zu dem Architekten zurück.

„Es gibt leider keine Baupläne“, sagte Brill. „Ich muss das gesamte Haus von Hand ausmessen und auf meinen Computer übertragen. Dann kann ich loslegen. In zwei Wochen spätestens haben Sie einen ersten Entwurf in der Hand. Dann können Sie nach Lust und Laune dran ändern, was immer Sie wollen. Es muss einiges neu gemacht werden. Die Fenster sind nicht mehr gut. Vielleicht muss man sogar beim Dach ran.“

Pascal war es recht. Je schneller Brill mit der Restaurierung anfing, desto besser. Geld war kein Problem. Er hatte genug geerbt.

*

Nachdem Arno Brill mit seinen Vermessungen fertig war, fuhr Pascal zum Supermarkt. Er brauchte Brot. In der Bäckerei erlebte er eine Überraschung. An der Theke stand eine junge Frau mit schulterlangem Haar. Als sie ihn hörte, drehte sie sich zu ihm um und blickte ihn an. Es war das grünäugige Gartenmädchen.

„Hallo“, sagte Pascal.

Sie lächelte ihn an. „Hallo. Haben Sie das Herrenhaus gefunden?“

Er nickte. „Ja, dank Ihrer Beschreibung war es ganz leicht zu finden.“ Er zeigte auf den kleinen Nebenraum neben der Bäckereitheke, wo mehrere Tische standen. „Darf ich Sie zum Dank zu einem Kaffee einladen?“ Bitte sag Ja!, dachte er. Er konnte den Blick nicht von den grünen Augen lösen. Komm schon! Nur ein Kaffee!

Das Lächeln der jungen Frau verbreiterte sich. „Gerne. Ich bezahle nur schnell mein Brot."
Jetzt war es an Pascal, zu lächeln. „Fein. Ich kauf auch noch rasch ein Brot. Nicht dass ich es nachher vergesse und ohne dastehe."
Er kaufte ein Mischbrot und tat es in seine Stofftasche. Dann ging er mit dem Mädchen zu einem der Tische. Sie setzten sich und bestellten bei Astrid Kluding Kaffee und Schwarzwälder Kirschtorte.
„Danke für die Einladung", sagte das Gartenmädchen.
„Keine Ursache", entgegnete Pascal. „Sie haben mir das Leben gerettet. Ohne Ihre Hilfe wäre ich stundenlang auf diesen krummen Straßen herumgeirrt. Wahrscheinlich wäre mir irgendwann das Benzin ausgegangen."
Sie lachte. Es war ein nettes Lachen, fand Pascal. „So schlimm ist es nun auch wieder nicht", sagte sie. „Aber die Straßen verlaufen wirklich ungewöhnlich. Das kommt von früher. In den alten Zeiten verliefen die Wege im Dorf immer an den Grenzen der Höfe entlang. Jeder Hof hatte ein Stück Land drumherum. Als man richtige Straßen anlegte, hat man einfach die alten Wege gepflastert."
„Darf ich fragen, wie Sie heißen?", fragte Pascal.
„Rebekka", erwiderte sie. „Rebekka Dahl."
„Ich bin …"
„Sie sind Pascal Hennes, der Erbe des Herrenhauses. Ich weiß. Sie haben sich vorgestellt, als Sie nach dem Weg fragten, und selbst wenn nicht, wüsste ich Bescheid. Die Familien reden über nichts anderes, seit Sie angekommen sind. Die Leute freuen sich mächtig, dass die Familie Hennes wiedervereint ist." Sie grinste belustigt. „Passen Sie bloß auf. Am Ende machen die Sie zum Bürgermeister. Wo Sie doch ein direkter Nachfahre von Armin Hennes sind."
Mit einem Seitenblick erkannte Pascal, dass Astrid Kluding ihrer

Unterhaltung lauschte. Sie tat, als ordne sie Backwaren, aber sie war hinter der Verkaufstheke immer näher herangerückt.
Dorfmenschen, dachte er. Immer neugierig auf die neuesten Nachrichten. Es störte ihn nicht. Ein anderer hätte sich vielleicht an Astrids Verhalten gestört, aber er nicht.
„So weit wird es nicht kommen", sagte er lachend. „Sie übertreiben."
„Nicht im Mindesten!" Ihre grünen Augen blitzten schalkhaft. „Höchstens ein klitzekleines bisschen. Im Ernst, die fünf Familien sind glücklich, dass Sie nach Silberberg gekommen sind."
„Dahl?", sagte Pascal. „Sind nicht die Dahls eine der fünf Familien?"
Rebekka nickte. „Ja. Stolz, Hennes, Köhler, Theiß und Dahl. Diese fünf Familien haben den Reichtum von Silberberg begründet. Sie haben im Jahr 1632 die Silbermine im Wald entdeckt."
„Ganz schön ungewöhnlich für diese Gegend", sagte Pascal. „Im weiten Umkreis gibt es kein Silbervorkommen. Das nächstgelegene Gebiet mit Silberminen liegt in der Gegend von Koblenz."
Rebekka nickte: „Stimmt. Es war ein Zufallsfund, sagt man. Jedenfalls hat es die fünf Familien reich gemacht. Sehen Sie sich nur das Herrenhaus an, das Sie geerbt haben. Das war mal kleiner, aber nachdem die Familie Hennes reich wurde, wurde der Bau stark erweitert."
Pascal winkte ab. „Ein fürchterlicher Kasten. Viel zu groß. Nein, ehrlich, das ist ein Klotz in der Landschaft. Ich wohne nur vorläufig dort. Arno Brill wird mir den alten Hof herrichten. Das Bauernhaus ist genau richtig für mich. Im Herrenhaus bleibe ich nicht."
„Der alte Hof." Ein Schatten flog über Rebekkas Gesicht. „Dort hat meine Urgroßmutter Alba gelebt. Ich habe sie geliebt. Als Kind war ich ständig bei ihr zu Besuch. Sie konnte fantastisch kochen und sie hat die besten Kuchen der Welt gebacken." Rebekka seufzte. „Sie hat mir immer versprochen, dass ich den Hof eines Tages erben würde, wenn sie stirbt.

Aber es ist nicht so gekommen."
„Das tut mir leid", sagte Pascal. Ihm fiel nichts Besseres ein.
Rebekka zuckte mit den Schultern. „Sie können ja nichts dafür. Es war irgendwas mit der Erbfolge. Ich war damals erst zwölf und habe es nicht recht verstanden. Es wurde kein Testament gefunden und es gab keine Besitzurkunde. Dann hieß es, Uroma Alba hätte dort auf dem Hof nur Wohnrecht gehabt. Es war nicht schön. Ich war bitter enttäuscht. Ich mochte den alten Hof."
„Ich möchte nicht zudringlich erscheinen", begann Pascal, „aber sind die Familien nicht wohlhabend? Konnten Sie den Hof nicht kaufen?"
Rebekka machte ein finsteres Gesicht. „Das hat Armin und Ellen nicht in den Kram gepasst. Sie wollten den Hof unbedingt behalten. Dabei hatten sie nichts damit zu schaffen. Sie haben nach dem Tod meiner Urgroßmutter alles verkommen lassen." Sie schaute ihn mit ihren umwerfenden grünen Augen an. „Man soll nicht schlecht über Tote reden, aber was damals ablief, fand ich gemein. Schlicht und ergreifend gemein!"
Das fand Pascal auch. Gleichzeitig wurde ihm klar, dass er sich auf dünnem Eis bewegte. Die junge Frau trauerte um den Hof, den sie nicht bekommen hatte, und er erzählte, dass er genau den als Wohnsitz erkoren hatte. Damit mache ich mich hoffentlich nicht total unbeliebt, überlegte er. Das wäre das Letzte, das ich gebrauchen könnte.
Denn er wollte nicht, dass Rebekka schlecht über ihn dachte. Er hatte sich nämlich in dieses bezaubernde Gartenmädchen verliebt.
Liebe auf den ersten Blick. An so etwas hatte er nie geglaubt. Das gab es nur in Büchern. Aber als er mit Rebekka am Gartenzaun gesprochen hatte, war etwas in seinem Innersten geschehen. Es war, als wäre ein Samenkorn in sein Herz gepflanzt worden, und nun war der Samen gekeimt. Pascal war einigermaßen fassungslos. Etwas Ähnliches war ihm

noch nie passiert. Er war schlicht und ergreifend in Rebekka verknallt.
Eine Idee blitzte in seinem Kopf auf. Es war eine verrückte Idee, aber auch eine gute, fand er. Er schaute Rebekka in die Augen: „Rebekka? Darf ich Sie etwas fragen?"
Sie nickte stumm. Ihre Augen machten ihn kirre.
„Wie wäre es, wenn ich Ihnen den Hof verkaufe?"
Ihre ohnehin großen Augen wurden noch größer. Sie starrte ihn an, den Mund halb geöffnet. Sprachlos. Ein kleiner Laut kam aus ihrem Mund, etwas wie: „Ah!"
„Ich meine es ehrlich", sagte er. In ihrem Kopf musste ein ziemlicher Gefühlssturm herrschen, er sah es in ihren Augen. Sie sah aus, als ob sie jeden Moment anfangen würde zu weinen.
Schließlich schüttelte sie den Kopf. „Nein. Nein. Dann hätten Sie kein Haus."
„Ich besorge mir ein anderes. Ich habe auf meinen Streifzügen gesehen, dass einige Höfe leer stehen. Für mich ist ein schönes altes Bauernhaus wie das andere. Es hängen ja keine Erinnerungen daran. Ich bin nicht in Silberberg aufgewachsen. Ich würde Ihnen einen anständigen Preis machen, einen, den Sie zahlen können."
Rebekka starrte ihn weiter an, noch immer fassungslos. „Sie … Sie meinen das wirklich ernst!", sagte sie.
Er nickte und lächelte dabei. „Selbstverständlich."
Sie lächelte ihn an, dass ihm ganz anders wurde. „Das ist lieb von Ihnen", sagte sie. „Wirklich lieb." Ein träumerischer Ausdruck trat in ihre Augen. „Ich habe den Hof wirklich geliebt. Es war so schön dort. Irgendwie gemütlich. Ich fühlte mich dort immer wie zu Hause. Ich fühlte mich willkommen und geborgen. Die Uroma hat für mich gekocht. Am besten waren ihre Suppen. Hühnersuppe oder Rindfleischsuppe und da drin alles, was der Bauerngarten hergab. Sie

hat prima Pfannkuchen gebacken und im Sommer haben wir Marmelade eingekocht. Erdbeermarmelade und welche aus Himbeeren, Brombeeren, Kirschen und Pflaumen."

Der verträumte Ausdruck in Rebekkas Gesicht verstärkte sich noch. „Sie war immer lieb zu mir. Sie hat mir von früher erzählt und mir alte Fotoalben gezeigt. Sie hat mir auch davon erzählt, wie damals deine Leute von Silberberg fortgingen. Das war absolut ungewöhnlich. Niemand aus den fünf Familien geht je aus Silberberg weg. Sie können es nicht. Sie sind viel zu tief im Dorf verwurzelt."

Rebekka schaute ihn ernst an. „Mal ehrlich, das Bauernhaus muss doch renoviert werden, so wie es dasteht."

„Ja, renoviert muss es werden", antwortete Pascal. „Von Grund auf. Neue Fenster. Innen fast alles neu. Ich kann einige von den alten Möbeln behalten, hat Arno gesagt, aber es muss viel neu gemacht werden. Wahrscheinlich muss ein neuer Dachstuhl aufs Haus."

„Da sehen Sie es", meinte Rebekka. Sie wirkte immer noch ernst. „Von dem Haus, das ich als Kind geliebt habe, wird nicht viel übrig bleiben. Es wird nur noch ein anderes schönes altes Bauernhaus sein." Sie lächelte traurig. „Es geht ja nicht um den Hof. Meine Uroma war es, die das Haus lebendig gemacht hat. Sie ist tot. Ohne sie ist das Haus nur noch Stein, Mörtel und Holz. Ich habe mich halt geärgert, dass man mir mein Erbe vorenthalten hat. So kam es mir jedenfalls als Kind vor. Vielleicht hatten die Großen ja recht, dass die Uroma mir den Hof gar nicht vererben konnte. Rein rechtlich, meine ich." Ihr Lächeln wurde warm. „Aber es ist lieb von Ihnen, mir das Bauernhaus zum Kauf anzubieten."

„Das Angebot steht nach wie vor", sagte Pascal. „Ich kann auch woanders wohnen. Um das Erbe anzutreten, musste ich nach Silberberg ziehen, aber keiner kann mir vorschreiben, wo ich im Dorf wohne. Im Herrenhaus jedenfalls nicht. Dort wohnt man nicht. Dort residiert man."

Er zog eine Grimasse.

Rebekka lachte. Sie beugte sich über den Tisch: „Soll ich Ihnen ein Geheimnis verraten? Ich mag den klotzigen Kasten auch nicht. Ich konnte das Riesending noch nie ausstehen. Auch wenn es eigentlich schön anzusehen ist. Allein das hier in der Gegend seltene Fachwerk. Aber ich mochte den Kasten noch nie."

Damit sind wir schon zwei, dachte Pascal. Er musste daran denken, wie düster und ablehnend ihm das Herrenhaus beim ersten Mal vorgekommen war. Ablehnend und feindlich. Aber konnten Häuser feindlich sein?

Er aß seinen Kuchen und trank seinen Kaffee. Er unterhielt sich mit Rebekka. Sie kamen gut miteinander aus. Es war, als würden sie sich schon lange kennen.

„Können wir uns vielleicht noch mal treffen?", fragte Pascal, als der letzte Kaffee getrunken war. „Vielleicht essen gehen. Gibt es hier irgendwo ein Restaurant, das gute Küche hat?"

„Die Kanalhexe", sagte Rebekka. „Dort bin ich gerne. Schon als Kind hat es mir dort gefallen. Die Restaurantbetreiber stammen aus England. Entsprechend ist das Restaurant eingerichtet. Sie haben das beste Essen im weiten Umkreis." Sie lächelte ihn an, dass ihm warm wurde. „Ja, es wäre nett, mit Ihnen in die Hexe zu gehen."

„Prima." Pascal freute sich. Während er mit Rebekka eine Verabredung traf, sah er, wie Astrid Kluding fast über die Theke fiel, um nur ja kein einziges Wort zu verpassen.

Morgen weiß es das ganze Dorf, dass ich mit Rebekka Dahl eine Verabredung habe, dachte er belustigt. Es machte ihm nichts aus. Er war glücklich. Er war mit dem hübschesten Mädchen der Welt verabredet. Er freute sich wie ein Schneekönig.

*

Pascal kam von einem Spaziergang durchs Dorf zurück. Rebekka behielt recht. Wenn man ein paarmal die krummen Straßen entlanggewandert war, begann man sich alles zu merken. Die Straßen waren alle bogenförmig. Es gab so gut wie keine Straße, die über eine längere Strecke geradeaus verlief, aber allmählich kannte er sich in Silberberg aus. Wo immer er längs kam, wurde er von Mitgliedern der fünf Familien begrüßt. Die Leutchen führten sich auf, als wäre ein verlorener Sohn nach vielen Jahren aus der Fremde zurückgekehrt. Es war Pascal ein wenig peinlich, wie sehr man ihn hofierte. Er war keiner, der gerne im Mittelpunkt stand.

Die Weltlichen waren anders. Sie grüßten ihn, wenn er vorbeikam. Sie winkten ihm zu, wenn er die Hand zum Gruß hob, und gelegentlich ließen sie sich auf ein Schwätzchen mit ihm ein, aber sie wirkten nie aufdringlich, obwohl er ihre Neugier spüren konnte. Und etwas anderes: Misstrauen.

Als er in die Silberstraße kam, sah er eine Familie vor ihrem Haus auf der Straße stehen. Es waren Vater, Mutter und Kind. Der Vater schob eine Mülltonne zur Straße.

„Guten Tag", grüßte Pascal. „Gut, dass ich Sie mit der Tonne sehe. Ich muss meine noch rausstellen. Morgen kommt die Müllabfuhr. Das hätte ich glatt vergessen." Er zeigte zum Herrenhaus. „Ich wohne seit Neuestem in dem Kasten. Bin von außerhalb zugezogen. Mein Name ist Pascal Hennes."

Der Mann reichte ihm die Hand: „Ich bin Hagen Ziegler. Das sind meine Frau Ulrike und unser Sohn Lukas. Er ist elf."

Die Zieglers schauten Pascal mit kaum verhohlener Neugier an, aber sie verhielten sich zurückhaltend. Pascal war dankbar dafür. Das war angenehmer, als wenn man mit übertriebener Freundlichkeit überfallen wurde.

Lukas starrte Pascal neugierig an. Schließlich rang er sich zu einer Frage durch: „Haben Sie schon das Verlies in Ihrem Keller gesehen?"

Pascal musste schmunzeln. „Das Verlies?"

Der Junge nickte. „Das Verlies. Johanna hat gesagt, es gibt eins. Im Keller. Da werden Kinder eingekerkert."

Pascal musste lachen. „Ich sehe schon, diese Geschichte ist im Dorf ziemlich verbreitet. Wer weiß, vielleicht steckt ein Körnchen Wahrheit darin. Ich kann dir aber leider nicht sagen, ob ich einen Privatkerker im Keller habe, Lukas. Weil ich noch nicht im Keller war."

Der Junge runzelte die Stirn. „Sie wohnen seit über einer Woche im Herrenhaus und waren noch nie im Keller? Wieso nicht? Fürchten Sie sich im Keller?"

Pascal schüttelte den Kopf. „Nein. Tu ich nicht. Ich bin einfach noch nicht dazu gekommen, mir den Keller anzuschauen. Sollte ich bei Gelegenheit mal machen. Ich habe keine Ahnung, wie es da unten aussieht. Vielleicht ist alles mit altem Krempel vollgestopft. Vielleicht gibt es Werkzeuge. Der Notar hat gesagt, es gibt eine Waschküche. Da war ich auch noch nicht, aber morgen muss ich das checken. Ich muss schließlich meine Wäsche waschen. Vielleicht finde ich dabei das Verlies. Wer weiß?" Pascal grinste. Dann wurde er wieder ernst. „Könnte auch sein, dass dort unten ein Grill steht. Den könnte ich gut gebrauchen. Jetzt, wo das Wetter schön wird, würde es mir Spaß machen, hinterm Haus zu grillen. Das mache ich gerne. Wo ich vorher wohnte, hatte ich hinterm Haus ein kleines Stückchen Land, gerade groß genug, damit ein paar Leutchen eine Grillparty feiern konnten."

Ulrike Ziegler lächelte ihren Sohn an. „Das mag unser Lukas auch. Er ist ganz wild aufs Grillen." Sie schaute Pascal an. „Wie wäre es mit einer kleinen Grillparty bei uns? Wir haben einen Grill, der groß genug ist, auch Besucher mit Futter zu versorgen."

„Dann bräuchten Sie nicht im Keller nach einem verstaubten alten Grill zu suchen", sagte Hagen. Er grinste. „Soweit ich weiß, gibt es keinen. Wir haben Armin und Ellen nie grillen sehen. Sie saßen oft hinterm Haus in Liegestühlen, aber einen Grill gab es nicht."

„Danke für die Einladung", sagte Pascal. Er warf einen Blick zum Himmel. „Im Moment sieht es nicht so toll aus. Ziemlich viele Wolken und ab und zu regnet es. Ich habe auf meinen Radtouren immer eine Regenjacke an. Aber in den nächsten Tagen soll das Wetter besser werden. Ja, warum nicht? Ein bisschen grillen wäre nett. Ich besorge das Grillgut. Einweihungsparty gewissermaßen. Sie müssen mir nur aufzählen, was Sie am liebsten haben. Dann kaufe ich im Supermarkt in der Metzgerei ein."

Sie besprachen das kleine Nachbarschaftsevent und Pascal merkte sich, dass Lukas am liebsten grobe Bauernbratwürste aß. „Genau wie ich", meinte Pascal. „Die grille ich auch sehr gerne. Nur vom Grill schmecken sie wirklich gut. In der Pfanne nicht so. Außerdem spritzt das Fett wie blöde und man versaut sich den ganzen Herd."

Man verabschiedete sich freundschaftlich. Je nachdem, wie das Wetter sich in den nächsten Tagen entwickeln sollte, würde man eine Verabredung treffen.

Pascal zog gut gelaunt ab. Er mochte seine nächsten Nachbarn. Die Zieglers waren ihm auf Anhieb sympathisch. Sie waren einfach nur freundlich und ganz ohne die aufdringlich wirkende Neugier, die ihm von den fünf Familien entgegengebracht wurde.

*

Pascal hatte Rebekka zu Hause abgeholt und fuhr mit ihr zur Kanalhexe. Das Restaurant lag außerhalb Silberbergs neben der Landstraße zum nächsten Ort. Mitten im Wald an einer Abzweigung gab es ein großes freies Stück Land mit einer alten Wassermühle, die zum Restaurant umgebaut worden war. Das Gebäude sah urig aus, außen wie innen. Es war im Stil südwestdeutscher Bauernhäuser erbaut und drinnen war alles mit Holz getäfelt. Die niedrige Decke gab dem weit geschnittenen Gastraum etwas Heimeliges, wozu auch die vielen Messingbeschläge, die an altmodische Gaslampen erinnernden Leuchten und deren warmtöniges goldenes Licht beitrugen. Sofort nach dem Eintreten erblickte Pascal an der gegenüberliegenden Wand ein eingerahmtes Poster. Man erkannte das vordere Fenster eines englischen Narrowboats. Aus dem Fenster schaute das grimmige Gesicht einer Hexenpuppe mit schwarzem Spitzhut und gruseligen toten weißen Augen. Darunter stand ein hölzernes Schild mit der Aufschrift: „Slow down, or I'll turn you into a frog!" (Mach langsam oder ich verwandle dich in einen Frosch!)

Er musste lachen. „Cooles Poster! Solche Warnschilder habe ich in England häufig gesehen. Es soll die vorbeifahrenden Boote dran erinnern, dass sie auf Tickover gehen müssen, wenn sie angelegte Boote passieren. Die Drehzahl des Dieselmotors runter, bis er fast abstirbt, und schön langsam an einem am Ufer liegenden Boot vorbeifahren. Jetzt weiß ich, warum das Restaurant Kanalhexe heißt."

Es gab weitere Bilder an den Wänden, die Aufnahmen von englischen Narrowboats zeigten.

„Hier gefällt es mir", sagte Pascal, während er Rebekka zu einem freien Tisch begleitete. „Coole Bilder."

„Sie kennen diese Boote?", fragte Rebekka.

„Kennen? Ich liebe Narrowboats", antwortete Pascal. „Ich war schon zweimal in England und habe auf den Kanälen Ferien gemacht."

Der Besitzer des Restaurants kam zum Tisch und legte ihnen die Speisekarte vor.

„Die Steaks sind hervorragend", sagte Rebekka, „aber die eigentliche

Spezialität der Kanalhexe ist Fisch in allen möglichen Variationen. Süßwasser- und Seefisch."
„Perfekt", meinte Pascal. „Ich bin ein Fischmarder. Ich habe schon immer gerne Fisch gegessen."
„Dann sind Sie hier genau richtig", sagte Rebekka. „Dave und Eileen Porter sind für ihre Fischküche in weitem Umkreis bekannt."
Sie suchten sich ihre Gerichte aus. Pascal wählte einen Teller mit mehreren Stücken von Süßwasserfischen. „Wenn schon, dann kann ich alles mal probieren", fand er.
Während sie auf das Essen warteten, betrachtete Pascal die vielen Bilder. Sie zeigten Narrowboats aller Art auf den englischen Kanälen.
„Ich liebe diese Bilder", sagte Rebekka, die seinem Blick folgte. „Mit acht Jahren war ich zum ersten Mal in der Hexe. Die Fotos faszinierten mich."
Die Porters, erfuhr Pascal, waren in England ein Jahrzehnt lang im eigenen Narrowboat kreuz und quer über die schmalen Kanäle geschippert. Dann hatten sie ihr Boot nach Frankreich bringen lassen, um die französischen Kanäle zu befahren. Von Anfang an wollten sie irgendwo an einem Kanal ein Restaurant eröffnen. Es war ein Zufall, dass sie bei einem Aufenthalt in Saarbrücken nahe der französischen Grenze auf die alte Mühle im Wald bei Silberberg aufmerksam wurden. Sie kauften das Gebäude zu einem Spottpreis, verkauften ihr Boot und bauten die Mühle zu einem Restaurant um.
Sie warf einem Foto an der Wand einen sehnsüchtigen Blick zu: „Ich stelle es mir wundervoll vor, auf so einem Boot zu leben. Man ist völlig frei und kann fahren, wohin man will." Sie schaute ihn an. „Sie waren zweimal in England? Auf den Kanälen?"
Pascal nickte. „Einmal mit Kumpels und einmal ohne. Ich bin singlehanded gefahren, also allein, einhand gewissermaßen. War nicht schwierig. Es hat tierisch Spaß gemacht. Ich will dieses Jahr noch mal

rüber nach Großbritannien."
Sie schaute ihn an, dass ihm anders wurde: „Narrowboat fahren?"
Er nickte. „Ganz genau. Ich weiß noch nicht, bei welchem Hirer ich ein Boot miete. Es sollte nicht zu weit von Aintree entfernt liegen. Ich will mir da mal die Bootsbauerei anschauen."
„Aintree? Da, wo die *Aintree Beetles* gebaut werden?"
„Ja. Die bauen aber auch richtig große Narrowboats und Widebeams, also die größeren und breiteren Pötte. Sie kennen die *Aintree Beetles*?"
„Kennen? Ich liebe die knuffigen kleinen Schiffchen." Rebekkas Augen bekamen einen Glanz. „Ich interessiere mich für diese Boote, seit ich mit acht Jahren zum ersten Mal in der Kanalhexe war. Dave und Eileen haben mir später mal ein paar Magazine übers Bootfahren auf den englischen Kanälen geliehen. Als ich genug Taschengeld hatte, habe ich sie abonniert. Ich lese die Hefte seit Jahren."
Pascal grinste. „Darf ich raten? *Waterways World* und *Canal Boat*, stimmt's?"
Sie grinste zurück. „Ja, stimmt genau."
„Die lese ich auch seit Jahren. Es war eine Umgewöhnung, alles auf Englisch zu lesen, aber man lernt es mit der Zeit."
Das Essen kam. Es schmeckte Pascal hervorragend. „Fantastisch!", lobte er den Fisch. „Hier war ich garantiert nicht zum letzten Mal. Mögen Sie mich noch einmal begleiten, Rebekka? Vielleicht nächste Woche?"
„Gerne", erwiderte sie. Ihr Lächeln wärmte ihm das Herz. „Ich könnte jede Woche in der Kanalhexe essen."
„Wir könnten ein Abo nehmen", scherzte Pascal. „Glauben Sie, die Restaurantbetreiber haben Abonnements im Angebot?"
Rebekka lachte. „Sie können ja mal nachfragen."
„Ach …" Pascal ließ die Gabel auf und ab wippen. „Sollen wir nicht Du zueinander sagen? Wo wir doch die gleichen Interessen haben?

Englische Kanäle und Narrowboats?"
„Einverstanden", antwortete sie. „Ich interessiere mich aber auch für die Kanäle hier in der Gegend."
„Hier gibt es Kanäle? Ich dachte, dass nur auf der Saar Boote verkehren."
Sie lächelte ihn an. „Von Saarbrücken aus führt der Saar-Kohle-Kanal nach Lothringen und der mündet in den Rhein-Marne-Kanal. Ich bin oft mit dem Fahrrad drüben in Frankreich und radle den Treidelpfad entlang. Manchmal habe ich das Rad auf einem Fahrradträger und fahre mit dem Auto ein Stück weit nach Süden und erkunde dort Kanalstrecken, die ich noch nicht kannte. Vor vier Wochen war ich am Schiffshebewerk von Arzviller." Rebekka wirkte bedauernd. „Leider war keiner mit. Meine Freundinnen wollen nicht immer am Kanal Rad fahren und alleine macht es mir keinen Spaß. Es kommen eh nur Mädchen aus den weltlichen Familien mit. Die aus den Familien verlassen Silberberg ja nie. Die kleben hier fest. Sie sind wie Vögel, die ein Leben lang im Käfig eingesperrt waren. Wenn man die Käfigtür öffnet, trauen sie sich nicht raus."
„Bist du nicht auch eine Dahl?", fragte Pascal.
Sie lachte ihn an. „Ja, aber ich bin ein Halbblut. Meine Mutter war eine Weltliche und davor gab es jede Menge weltliches Blut in meiner Ahnenreihe. Ich kann jederzeit weg von Silberberg. Ich kann die Grenze übertreten." Ihre Stimme wurde leise. „Wie deine Vorfahren damals, als das Erdbeben die Silbermine zum Einsturz brachte."
„Ja, ich bin auch ein Mischling", meinte Pascal. „Ich stamme aus einer Halbblutfamilie. Inzwischen dürfte mein Erbgut ziemlich verwässert sein, wenn es um die Familienzugehörigkeit geht. Ich habe noch viel weniger Familienerbe im Blut als du."
„Die wollen dich aber hier haben", sagte Rebekka. „Sie sind ganz aus dem Häuschen, dass du nach Silberberg gekommen bist. Sie reden von

nichts anderem." Sie lächelte schief. „Sie sagen, der verlorene Sohn ist heimgekehrt."

„Ja, sie sind sehr herzlich auf mich zugegangen", sagte Pascal. Dass er das Benehmen der Familien eher als aufdringlich empfand, sagte er nicht. Rebekka war aus einer der Familien. Er hatte nicht vor, sie mit einer unbedachten Bemerkung vor den Kopf zu stoßen. Er wollte nicht, dass sie sich von ihm zurückzog, im Gegenteil.

„Dieser Kanal", fing er an, „könnten wir vielleicht mal da radeln? Wo du nicht gerne alleine fährst."

„Das wäre nett", sagte sie und lächelte ihn wieder so umwerfend an. „Hast du ein Fahrrad?"

Er nickte. „Ja, habe ich. Mit elektrischer Unterstützung. Ich habe sogar einen zusätzlichen Akku. Den nehme ich in der Gepäckträgertasche mit und kann ihn einsetzen, wenn der erste Akku leer wird. Dadurch habe ich eine phänomenale Reichweite."

„Mein Rad hat ab Werk einen doppelten Akku", sagte Rebekka. „Ich habe ein Rad von Utopia. Das ist eine Manufaktur in Luisenthal. Da kann man sich einen Rahmen aussuchen und die Anbauteile selbst auswählen. Die haben unterschiedliche Schaltungen und Bremsen. Es gibt alle möglichen Sättel und Lampen."

„Also bespoke", meinte Pascal. „Wie ein Narrowboat von Aintree Boats. Man entscheidet, wie groß das Boot wird, und kann sich die Innenausstattung aussuchen."

Rebekkas Augen blitzten. „Ja. Wenn ich es mir so anschaue. Stimmt. Bespoke." Sie lachte. Ihr Lachen gefiel ihm.

Während sie aßen, sprachen sie über die Radtour, die sie demnächst machen wollten. Rebekka hatte einen Radträger, den man auf der Anhängerkupplung ihres Autos montieren konnte.

„Wir fahren nach Saargemünd, stellen das Auto dort ab und folgen dem

Treidelpfad nach Süden", meinte sie. „Du wirst sehen, die Strecke gefällt dir. Mal geht es durch Wald, dann durch Dörfer und Städte."
„Ich freue mich schon darauf", sagte Pascal. Und das tat er wirklich.

*

Pascal saß vor seinem Computer. Er hatte die Homepage von Aintree Boats aufgerufen und sah sich alles an. Er war froh, dass er seiner Arbeit mit den Büchern wegen einen besonders großen Bildschirm angeschafft hatte. Er konnte sich die Fotos auf der Internetseite im Großformat anschauen. Je länger er darüber nachdachte, desto mehr tendierte er zu dieser Firma. Aintree Boats hatte eine große Produktionsstelle nahe Liverpool und sie bauten nicht nur die äußere Hülle der Boote, sondern sie kümmerten sich auch um die komplette Innenausstattung, wenn man das wünschte.
Wenn ich meine Tour auf den Kanälen mache, rufe ich bei denen an und verabrede einen Termin. Dann können wir alles in Ruhe besprechen.
Ob Rebekka mit auf Bootstour kommen würde?, überlegte er. Sie ist begeistert von Narrowboats. Vielleicht sollte ich mit dem Mieten eines Bootes noch zuwarten, damit wir zwei uns besser kennenlernen können.
Er fand, das sei eine gescheite Idee.
Sie waren für die nächste Woche zum Essen in der Kanalhexe verabredet. Vorher wollten sie eine Radtour am Saar-Kohlen-Kanal machen. Da konnte er das entzückende Gartenmädchen noch besser kennenlernen.

*

„Hallo, Pascal." Julius Theiß lächelte ihm entgegen. Adam Stolz stand neben ihm. Er lächelte Pascal ebenfalls entgegen. „Schön, dich zu sehen, mein Junge."
Pascal konnte sich des Eindrucks nicht erwehren, dass die beiden Männer vorm Supermarkt auf ihn gewartet hatten.

„Hast du dich eingelebt?“, fragte Theiß. Er war die Freundlichkeit in Person.
Pascal nickte. „Ja, so langsam gewöhne ich mich an Silberberg. Ich verirre mich auch nicht mehr auf den krummen Straßen. Die ersten drei Tage war es schwierig, ans Ziel zu kommen, ohne zig Umwege zu machen.“
Adam Stolz machte einen Schritt auf Pascal zu: „Du, Pascal, ich möchte dich was fragen.“ Er tat seltsam vertraulich und geheimnistuerisch. „Hast du etwas gegen Adoptionen?“
Pascal hatte mit allem gerechnet, aber nicht mit dieser Frage. „Adoptionen? Wieso? Warum sollte ich etwas dagegen haben? Ich versteh nicht recht …“
„Nun ja …“ Adam kratzte sich am Kinn. „Es soll ja Leute geben, die das nicht gut finden. Weil ein adoptiertes Kind nicht mit den Adoptiveltern verwandt ist. Aber was soll ein Paar machen, wenn es keine eigenen Kinder hat? Zum Beispiel, wenn die Frau keine Kinder bekommen kann.“
Pascal verstand nur Bahnhof. Was zum Kuckuck wollte Stolz von ihm? Wieso fragte er solche Sachen?
„Heutzutage geht man in die Ukraine“, sagte er. „Oder nach Amerika. Da ist Leihmutterschaft erlaubt. In der Ukraine ist es wesentlich kostengünstiger. Ich habe mal eine Doku gesehen. Wenn die Frau über Eizellen verfügt und das Kind nicht selbst austragen kann, dann wird ihre Eizelle mit dem Samen ihres Mannes befruchtet und einer Leihmutter eingesetzt. Die trägt das Kind dann aus. Das ist in der Ukraine absolut legal.“
„Tatsächlich?“, fragte Stolz. Er schaute Theiß mit großen Augen an. „Hast du das gehört, Julius? So was gibt es!“
Er wandte sich an Pascal. „Wie stehst du zu der Sache?“

„Wie soll ich dazu stehen?", fragte Pascal. Er wurde nicht schlau aus dem Kerl.
„Nun … würdest du so etwas machen? Wenn es keinen anderen Weg gäbe, ein Kind zu bekommen?"
Pascal zuckte mit den Schultern. „Keine Ahnung. Denke schon. Warum auch nicht? Wenn man ein Kind haben möchte, tut man alles, denke ich."
Seine Antwort schien den beiden Männern zu gefallen. Sie wirkten hocherfreut.
„Das ist fein, Pascal", sagte Theiß. „Wirklich fein." Er reichte ihm die Hand. „War nett, dich zu treffen, Junge. Schön, dass du hier bist. Alle freuen sich, dass du da bist. Komm doch mal zu Besuch. Alle mögen dich."
Ja, dachte Pascal. Das ist schon übertrieben, wie die mich alle mögen.

*

Pascal und Rebekka holten die Fahrräder vom Radträger, der hinter Rebekkas Auto auf die Anhängerkupplung montiert war. Sie hatten in der Stadtmitte von Saargemünd einen Parkplatz gefunden und wollten von hier aus dem Saar-Kohle-Kanal folgen.
„Eigentlich heißt er heutzutage nur noch Saarkanal", meinte Rebekka. „Und vorher haben sie gestritten, ob es nun der Saar-Kohle-Kanal ist oder der Saar-Kohlen-Kanal. Da wurde früher preußische Steinkohle nach Frankreich transportiert und Eisenerz aus Lothringen nach Preußen. Das Erz hatte sogar einen eigenen Namen. Man nannte es *Minette*."
Sie stiegen auf die Räder und fuhren los. Sie kamen an einem putzigen Sandsteinhäuschen vorbei, das an einer Schleuse lag.
„Hier fängt der Kanal an", sagte Rebekka. „Die Schiffe aus der Saar fahren in Schleuse Nummer 27 und es geht dann stetig leicht aufwärts,

bis sie hinter Schleuse Nummer 1 den Rhein-Marne-Kanal erreichen." Sie lachte ihn an. „So weit fahren wir aber heute nicht. Ich schlage vor, wir kurbeln bis Mittersheim und schauen uns den coolen Jachthafen an. Falls wir noch mal gemeinsam Rad fahren, können wir mit dem Auto nach Mittersheim fahren und von dort aus per Rad nach Süden bis Schleuse 1."

„Welche Schleuse ist in Mittersheim?", fragte Pascal. „Die Nummer, meine ich."

„Nummer dreizehn", antwortete Rebekka. Sie nickte ihm zu: „Fahren wir?" Sie stieg aufs Rad.

Er tat es ihr gleich: „Jawoll. Auf geht's!"

Sie fuhren los. Sie folgten dem Kanal durch Saargemünd. Am Casino hielten sie kurz an, um zu fotografieren. Mehrere Hausboote lagen am Kanal vertäut. Es waren kurze, breite Gefährte aus glasfaserverstärktem Kunststoff.

„Narrowboats sind schöner", meinte Rebekka. „Die werden auch nicht so schnell vom Wind verblasen. Ich habe erlebt, wie diese Plastikschiffchen bei starkem Wind hin und her geweht wurden."

„Narrowboats sind auch empfindlich gegen Seitenwind", sagte Pascal. „Aber nicht sehr. Immerhin wiegt so ein Stahlboot gut und gerne achtzehn Tonnen."

Sie fuhren weiter.

„Bestimmt ist es im Innern eines Narrowboats viel gemütlicher", sagte Rebekka.

„Kommt auf die Einrichtung an", gab Pascal zurück. „Die Mietboote sind auf möglichst viele Passagiere eingerichtet. Die haben vor allem jede Menge Betten. Aber ein privates Boot, das nach den Wünschen des Besitzers eingerichtet ist, ist wirklich toll."

Bald ließen sie die Stadt hinter sich und der Kanal verlief in weiten

Schleifen durch dichten Wald. Immer wieder kamen sie an Mietbooten vorbei. Die Kanalschiffer winkten ihnen und sie winkten freundlich zurück. An einer Schleuse machten sie halt und sahen zu, wie zwei Boote geschleust wurden.

Pascal schaute hin. „Die tun ja gar nichts."

Rebekka lachte ihn an. „Die Schleusen sind automatisch. Schon seit Jahren. Siehst du die Dinger rechts und links vor der Schleuseneinfahrt? Das ist eine Lichtschranke. Wenn die ein Boot registriert, wird die Schleuse automatisch für es vorbereitet. Das Boot braucht nur reinzufahren und mit einem elektronischen Piepser zu melden, dass es bereit zum Schleusen ist. Früher gab es Schleusenwärter, die mit dem Auto oder Mofa den Bootsleuten vorausgefahren sind und die Schleusen bedienten. Hier muss niemand selbst schleusen. Würde auch schlecht gehen, weil die Schleusen ziemlich tief sind."

„Hier könnte man auch mit einem Narrowboat fahren", meinte Pascal. „Die Schleusen sind mehr als groß genug. Man könnte sein Boot aus England per Frachtzug unterm Ärmelkanal nach Europa transportieren lassen und hierherkommen."

„Genau das haben Dave und Eileen Porter gemacht. Sie kamen nach Frankreich und fuhren auf sämtlichen Kanälen, bis sie schließlich dem Saarkanal bis Saarbrücken folgten und die Saar befuhren. So haben sie die Kanalhexe entdeckt und sich entschieden, für immer dort zu siedeln." Rebekka schaute ein wenig traurig drein. „Sie haben ihr Boot verkauft, sobald das Restaurant eingeweiht war. Eigentlich schade." Sie lachte Pascal fröhlich an. „Wenn es noch da wäre, könnte man damit über die französischen Kanäle fahren und dann durch den Eurotunnel nach England, natürlich per Eisenbahn. Aber drüben könnte man das Boot dann in den nächstliegenden Kanal bringen und England befahren."

Der Wald wich zurück und sie radelten neben dem Kanal her weiter nach Süden. Rechts und links lagen ausgedehnte Felder und Wiesen.
„In England muss man die Schleusen selber bedienen", sagte Pascal. „Nur wenige Schleusen an den großen Flüssen haben einen festen Lockkeeper. Dann gibt es noch gelegentlich freiwillige Lockies, die vor allem an Schleusentreppen arbeiten, wenn mehrere Schleusen direkt hintereinander liegen. Sonst ist man auf sich selbst angewiesen. So bequem wie hier in Frankreich ist es nicht. Wenn man alleine unterwegs ist, ist es manchmal eine Herausforderung, die Schleusen zu durchfahren."
„Zu zweit geht es bestimmt ganz einfach", sagte Rebekka. Sie hielten an einer neuen Schleuse und sahen zu, wie ein Boot, das nordwärts unterwegs war, geschleust wurde. Es fuhr in die Schleuse ein und die Schleusentore schlossen sich hinter ihm. Sobald die Schleuse dicht war, öffneten sich am vorderen Tor unter Wasser die Auslässe. Wasser strömte rauschend nach draußen und im Innern der Schleusenkammer sank das Boot langsam abwärts. Sobald die Schleusenkammer entleert war, öffneten sich die Tore und das Boot setzte seine Fahrt fort, nun gut zweieinhalb Meter tiefer. Sie sahen zu, wie es tuckernd nach Norden entschwand.
„In England muss halt einer die Schleusen bedienen", sagte Rebekka. „Ich habe darüber gelesen. Meist steuert der Mann das Boot in die Schleuse und die Frau bedient das Lock. Schließt die Tore und kurbelt mit dem sogenannten Windlass die Ablassöffnungen auf oder schließt sie und öffnet die oberen Einlässe, damit Wasser ins Lock einströmt und das Boot aufsteigt. Ich stelle mir das echt romantisch vor. Das macht bestimmt eine Menge Spaß. Jedenfalls steht das immer in den Leserbriefen, die im *Waterways World* und *Canal Boat* veröffentlicht werden." Sie saß auf und kurbelte los. „Wir sind bald da. Bis

Mittersheim ist es nicht mehr weit.“

Pascal folgte ihr, wobei er einen Blick auf ihre wohlgeformten Waden warf. Was er sah, gefiel ihm. Er stellte sich vor, am Heck eines Narrowboats zu stehen und zuzuschauen, wie diese strammen Waden mitsamt dem Rest von Rebekka Dahl auf dem Towpath davonliefen und zum nächsten Lock strebten, wo das hübsche Girl aus Germany die Schleuse für ihn vorbereitete. Die Vorstellung gefiel ihm.

Ob ich sie fragen soll?, überlegte er. Vielleicht käme sie mit nach England?

Bei dem Gedanken bekam er Herzklopfen. Er fühlte sich ganz seltsam.

Nach einer Weile verlief der Kanal wieder durch dichten Wald. Sie kamen zu einer weiteren Schleuse. Sie lag einsam und verlassen. Weit und breit war kein Boot in Sicht. Pascal betrachtete das hübsche kleine Häuschen, das an der Schleuse stand. An jeder Schleuse gab es ein solch schmuckes Häuschen. Ein Garten lag dabei.

„Hier gab es früher wohl an jeder Schleuse einen Schleusenwärter?“, fragte er seine Begleiterin.

„Ja sicher“, antwortete Rebekka. „Als der Kanal eröffnet wurde, herrschte reger Betrieb. Damals fuhren keine Freizeitkapitäne spazieren. Es waren Frachtschiffe, Penichen genannt, und die transportierten vor allem Eisenerz und Kohle. Heute sind die Schleusenhäuschen in Privatbesitz.“ Sie grinste schief. „Alles fest in französischer Hand. Als die Häuser verkauft wurden, durften ausschließlich Franzosen kaufen. Na ja … ist ja auch ihr Heimatland. Kann ich schon verstehen. Aber so ein Häuschen mitten in der Natur würde mir gefallen.“

„In England gibt's jede Menge davon“, sagte Pascal. „Manche liegen echt idyllisch inmitten der Natur oder in kleinen Ortschaften. Aber es steht selten eins zum Verkauf. Die Leute reißen sich darum.“

„Hier auch“, sagte Rebekka. „Keine Chance, eins zu erwerben. Schade.“

Sie zuckte die Achseln. „Kein Schleusenhäuschen. Kein Hof. So ist das nun mal."
„Alles nur, weil deine Uroma kein Testament hinterließ?"
„Ja, so sieht es aus", gab Rebekka zurück. „Sie hat mir, kurz bevor sie starb, gesagt: Eines Tages wirst du mein Vermächtnis lesen, Bekka. Lies es aufmerksam. Ein paar Wochen später hatte sie einen Herzanfall und war tot. Ein Vermächtnis tauchte nie auf."
„Vermächtnis?" Pascal runzelte die Stirn. „Kein Testament? Ein Vermächtnis?"
Rebekka nickte. „Vermächtnis. Genauso hat sie sich ausgedrückt."

Eine halbe Stunde später kamen sie in Mittersheim an, dem Dorf am Mittersheimer Weiher. Das Gewässer war künstlich angelegt, um den Kanal zu speisen, und inzwischen zu einer länderübergreifenden Freizeitanlage geworden.
Mitten in Mittersheim entdeckten sie den Jachthafen, wo Hausboote, Kajütkreuzer und weitere Wasserfahrzeuge lagen.
„Schön ist das hier", meinte Pascal. Er zeigte auf gepflegte Blumenrabatten auf dem Gelände des Hafens. „Das sieht gleich viel gemütlicher aus."
„Stimmt", meinte Rebekka. „Deswegen habe ich das alles letztes Jahr fotografiert und einen Artikel in einer bekannten Gartenzeitschrift veröffentlicht. Das ist mein Beruf. Ich fotografiere Gärten und Pflanzungen und Ähnliches und veröffentliche das und Tipps über Gartenbau in Gartenzeitschriften. Stricktipps landen in Handarbeitsmagazinen. Ein paar meiner Sachen wurden sogar in Büchern abgedruckt."
Pascal hob die Brauen: „Du bist *die* Rebekka Dahl, deren Artikel überall in den Heften stehen? Ich habe viele deiner Beiträge gelesen und

praktisch alle, die in Büchern landeten, für den Druck vorbereitet. Das ist nämlich meine Arbeit. Deine Serie über Hochbeete fand ich genial gemacht."

Sie lächelte ihn an: „Es ist ein wundervoller Beruf, vor allem, weil ich viel von zu Hause aus arbeiten kann. Von den Büchern, die du druckreif gemacht hast, kenne ich übrigens etliche. Dein Name steht ja vorne im Impressum."

Pascal winkte ab. „Ich bearbeite bloß das, was andere Leute geschaffen haben. Du hingegen erschaffst etwas Kreatives. Deine Serie mit Tipps für Kinder im Garten hat mir auch gefallen. Du kannst bestimmt gut mit Kindern umgehen."

Rebekka schaute zu Boden. „Ich werde leider nie Kinder haben." Ihre Stimme war so leise, dass er sie fast nicht verstand.

„Das tut mir leid, Rebekka", sagte er. „Wirklich."

Sie schaute ihn an. „Ich habe es testen lassen. Es ist der Fluch der fünf Familien. Viele der Frauen sind unfruchtbar. Die Ärzte sagten, ich hätte funktionsfähige Eizellen, aber meine Gebärmutter kann sie nicht empfangen und austragen. Da stimmt was nicht mit dem Organ. Also bin ich unfruchtbar. Ich bin deswegen in den Familien nicht angesehen, aber ich bin nicht die Einzige. Es trifft viele Frauen. Deswegen lassen wir die Tests machen, sobald wir volljährig sind." Sie hob die Hände. „Das ist der Fluch der fünf Familien. Es begann schon früh. Wahrscheinlich haben die Mitglieder zu oft untereinander geheiratet und es kam zu Inzucht. Daher fingen die Familien vor über hundert Jahren damit an, Weltliche einheiraten zu lassen, gewissermaßen, um das Blut aufzufrischen. Man hoffte, der Fluch würde verschwinden. Tat er aber nicht. Es wurde etwas besser, aber noch immer trifft es zwanzig Prozent der weiblichen Mitglieder der Familien Stolz, Hennes, Dahl, Theiß und Köhler. Mich hat es leider auch erwischt."

Sie schaute ihn wieder an. „Reden wir nicht mehr davon, bitte. Es … es ist nicht schön für mich. Es schmerzt."
Auf dem Rückweg dachte Pascal nach. Er erinnerte sich, wie Julius Theiß und Adam Stolz ihn auf dem Supermarktparkplatz ausgequetscht hatten, ob er etwas gegen Adoptionen habe, und als er erzählte, dass man in der Ukraine ein im Reagenzglas gezeugtes Baby von einer Leihmutter austragen lassen konnte, waren sie ganz aus dem Häuschen gewesen.
Wollen die uns etwa verkuppeln?, fragte er sich. Er warf einen Blick zur Seite. Rebekka radelte neben ihm her. Ihre Haare flatterten im Fahrtwind und vom Radfahren waren ihre Wangen leicht gerötet. Er fand, dass sie sehr süß aussah. Die brauchen uns nicht zu verkuppeln, überlegte er. Das machen wir schon selbst.
Der Gedanke gefiel ihm. Ihm gefiel auch, dass die Familien anscheinend nichts dagegen hatten, dass er mit Rebekka anbandelte.
Zurück in Silberberg, verabredeten sie sich für ein weiteres Essen in der Kanalhexe. Pascal freute sich darauf.

*

Am nächsten Tag wurde das Wetter noch schöner. Pascal traf Hagen und Ulrike Ziegler, seine neuen Nachbarn, als er zu Fuß vom Supermarkt zurückkam.
„Jetzt stimmt das Wetter", begrüßte ihn Ulrike. „Wir können grillen, wenn es recht ist. Wie wäre es mit übermorgen? Morgen geht es nicht. Da fahren wir zu meinen Eltern zu Besuch."
„Das wäre nett", entgegnete Pascal, „aber da bin ich bereits zum Essen verabredet. Aber in drei Tagen könnte ich."
„Na, dann in drei Tagen", sagte Ulrike. „Laut Wetterbericht soll sich das sonnige Wetter ja halten. Sie können gerne jemanden mitbringen."
Es hat sich wohl herumgesprochen, dass ich und Rebekka was

miteinander unternehmen, dachte Pascal. „Ich frage mal", versprach er.
„Ach, wie wäre es, wenn wir uns duzen?", mischte sich Hagen ein. „Wir sind schließlich Nachbarn."
„Nichts dagegen", antwortete Pascal.
Zu Hause schaute er sich wieder einmal die alten Bilder an, die in dem Zimmer im Untergeschoss an der Wand hingen. Die meisten interessierten ihn nicht besonders. Nur das Bild der kleinen Magdalena aus dem Jahr 1631 war anders. Es war derart realistisch gemalt, dass es fast wie ein Foto aussah. Das zehnjährige Mädchen schaute ihn aus dem Bild heraus an.
Es stimmt, dachte Pascal. Die kleine Johanna Friedmann hat recht. Es sieht aus, als ob Magdalena sich vor etwas fürchtet, das auf sie zukommt. Sie sieht nicht nur sehr ernst aus, sondern auch ein wenig ängstlich. Vielleicht hatte es etwas mit dem Krieg zu tun? Damals herrschte der Dreißigjährige Krieg. Wurde Silberberg von feindlichen Horden bedroht?
Pascal zuckte die Achseln. Das ließ sich wohl nicht mehr feststellen. So blieb ihm nur ein kleines bisschen Mitgefühl für einem jungen Menschen, der schon seit Jahrhunderten nicht mehr lebte.
Er ging zu seinem Computer und fuhr ihn hoch. Er holte den Schnellhefter aus der Schublade, den er von Dr. Bendler erhalten hatte. Der Notar hatte ihm die Logins zu den verschiedenen Konten bei der Bank übergeben. So konnte Pascal sich online anschauen, wie viel Geld er besaß. Auch Landbesitz war aufgelistet. Er zählte alles gut angelegte Geld zusammen und kam auf etwas mehr als zwei Millionen.
„Ich bin Millionär", murmelte er. „Ich bin wahrhaftig ein Millionär. Wer hätte das gedacht? Dass ich armer Schlucker mal zu so viel Geld komme!"
Er blätterte um und fand ein letztes Konto. „Nanu! Ein Aktienkonto?

Davon hat Bendler nichts gesagt.“ Ob der Notar es übersehen hatte? Oder vielleicht vergessen?
„Vielleicht hat er es erwähnt, aber ich habe nur mit einem halben Ohr zugehört“, brummte Pascal. „Ich war ja wie erschlagen, als er mir verklickerte, dass ich stinkreich bin.“
Er loggte sich in das Konto ein und bekam Grund zu staunen. „Wow!“, war alles, was ihm dazu einfiel. „Das ist verdammt viel!“ Jetzt wusste er, dass Dr. Bendler vergessen haben musste, die Aktien zu erwähnen. Er druckte die komplette Liste aus. Sie füllte achtzehn Blätter. Anschließend schaute er im Internet die aktuellen Kurse an und notierte sie bei den Kontoeinträgen. Danach nahm er einen Taschenrechner zur Hand und zählte alles zusammen.
„Wow! Ich glaub, ich spinne! Irre!“ Er starrte auf das Display des Taschenrechners. Zurzeit waren die Aktien mehr als zwei Millionen wert. „Ich bin vierfacher Millionär!“ Er grinste zufrieden. „Da steht es außer Frage, dass ich ein nagelneues Narrowboat kriege! Ich lege mir eins zu, und zwar ein richtig gutes. Soll es doch hundertfünfzigtausend kosten. Ich habe mehr als genug Geld.“
Pascal kratzte sich am Kinn. Er dachte nach. Von dem Geld, das seine Vorfahren ihm hinterlassen hatten, wussten die Leute aus den fünf Familien Bescheid. Von dem Aktienkonto hatte keiner einen blassen Schimmer. „Das muss Armin Hennes geheim gehalten haben“, flüsterte er. „Vielleicht absichtlich, wer weiß? Was er sich wohl dabei gedacht hat?“

*

Sie saßen beisammen und diskutierten.
„Da bahnt sich was an, das sage ich euch!“
„Sieht ja ein Blinder mit Krückstock.“
„Aber ausgerechnet Rebekka?“

„Sie ist eine Dahl."

„Sie ist ein Halbblut."

„Ist er erst recht. Hauptsache, sie sind beide aus den Familien."

„Und die Sache mit … ihr wisst schon: Rebekka kann nicht …"

„Warst du nicht dabei, als ich das von der Ukraine erzählte? Hör zu!" Ein ausführlicher Bericht wurde gegeben.

„Tatsächlich? Und er findet das okay?"

„Absolut."

„Das wäre ja noch besser als Adoption. Ein Adoptivkind ist nicht wirklich das eigene Kind der annehmenden Eltern. Ich weiß nicht, ob der Fürst so etwas …"

„Keiner von uns weiß etwas Genaueres. Wir müssen es halt versuchen. Aber Pascal kann den Kreis schließen. Sein Familienzweig muss sich in unsere Runde einbringen. Dann können wir den hohen Fürsten anrufen. Ich glaube fest daran, dass er unsere Gebete erhören wird."

„Rebekka ist ein Halbblut und sie hat keine Ahnung."

„Sei dir da nicht so sicher. Alba könnte ihr etwas erzählt haben."

„Ihre Urgroßmutter? Wohl eher nicht. Die war doch dagegen, soweit ich weiß."

„Dagegen … dafür … es geht nur darum, dass wir es tun. Dann nimmt alles seinen vorherbestimmten Lauf. Wir werden die Zeremonie abhalten. Die beiden müssen teilnehmen. Es wird schon klappen."

„Wenn du nur mal recht behältst. Es wird nicht leicht sein, die beiden zu überzeugen, falls der dunkle Fürst ihre Familie erwählt."

„Dazu müssen sie erst einmal eine Familie werden und Kinder bekommen. Bis dahin vergehen gut zehn Jahre. Dann sehen wir weiter. Vorläufig aber werden wir schweigen. Höchstens ein paar kleine Andeutungen hier und da. Aber der Kreis muss geschlossen werden. Nur dann wirkt die Magie und die guten Zeiten werden nach Silberberg

zurückkehren. Wenn es uns gelingt, den Fürsten zu besänftigen, wird alles gut. Haben wir nicht all die Jahre das Opfer gebracht?"
„Und? Hat es uns etwas genutzt? Seit der Kreis zerbrochen wurde, sind die Opfer praktisch wertlos."
„Sie werden wieder ihren alten Wert haben, das sage ich euch!"
„Die Zeit wird es zeigen."
„Ja, die Zeit."

*

Pascal hielt das Bild in den Händen. Es zeigte eine Jagdszene aus der Rokokozeit. Er hatte das Bild abnehmen müssen, um Platz für ein Bücherregal zu schaffen, in dem er alle Titel sammeln wollte, die er selbst zur Druckreife gebracht hatte. Als er das Ölgemälde abgehängt hatte, war der Nagel, der es hielt, gleich mit aus der Wand gerutscht.
„Wo soll das Ding hin? Hmm …" Pascal hielt das Bild hier und dort an die Wand. Bald fand er einen passenden Platz für die Jäger zu Pferde. Aber er hatte keinen Hammer, um den Nagel in die Wand zu schlagen.
„Drunten im Keller! Da war ein Raum mit Werkzeug." Den hatte er im Augenwinkel wahrgenommen, als er seine Wäsche in die Maschine gefüllt hatte.
Er stellte das Gemälde an die Wand und ging nach unten.
Dann stand er vor der Waschmaschine und versuchte sich zu erinnern, wo er den Raum mit den Werkzeugen gesehen hatte. Da hatte es auch Sensen an der Wand gegeben und eine Pickhacke, fiel ihm ein. Dazu noch allerlei kleineres Werkzeug wie Hammer, Meißel, Schraubenschlüssel und dergleichen. Er wandte sich nach links.
Der Keller war genauso groß vom Umriss her wie das riesige Herrenhaus, ja, er schien sich sogar weiter unter der Erde auszudehnen.
Pascal landete in einem Raum, der voller Regale stand. Hier hatte man früher vielleicht die Wintervorräte gelagert. Inzwischen war alles leer bis

auf alten Kram, der die Regale füllte.
„Werkzeuge gibt es hier jedenfalls nicht“, brummte er. Er schaute sich um. Er hatte total die Orientierung verloren. Es schien, als wären die Räume unter der Erde größer als die darüberliegenden Räume des Herrenhauses. Und die Mauern schienen gelegentlich schief und asymmetrisch zu sein. Er hatte keinen Schimmer, unter welchem Zimmer er sich gerade befand.
„Das gibt's ja wohl nicht!“, knurrte Pascal. „Ich verirre mich in meinem eigenen Keller!“ Das ungute Gefühl beschlich ihn, das er ganz zu Anfang empfunden hatte, als er das Herrenhaus zum ersten Mal gesehen hatte, damals, als Dr. Bendler ihm sein Erbe zeigte. Er musste an die Worte seines Vaters denken. Mit Silberberg stimmte etwas nicht. Hatte er sich nicht so ausgedrückt? „Bleib da weg! Geh nicht nach Silberberg!“
Wie hatte sein Großvater noch gesagt: „Silberberg ist kein guter Ort. Es gibt dort nichts Gutes.“ Und sein Vater hatte das fast wortwörtlich wiederholt.
Damals hatte Pascal das nicht recht ernst nehmen können. Aber als er in dem dusteren Keller mit der niedrigen Decke stand und der Geruch nach Alter und Verfall in seine Nase stieg, kam ihm das alles nicht mehr so simpel vor. Es war, als hätten sein Großvater und sein Vater die Warnung zu Recht ausgesprochen. Mit diesem Ort stimmte etwas nicht.
„Ach was!“, brummte Pascal. „Es ist dunkel und ich habe die Orientierung verloren. Deshalb fühle ich mich unwohl. Ich muss hier raus und den Keller mit dem Werkzeug finden. Irgendwo muss der Raum ja sein!“ Er wollte sich umdrehen und gehen. Dabei blieb er an einem der alten Regale hängen. Sein Hemdsärmel hatte sich in einem vorstehenden rostigen Ding verhakt, das aus dem Ständer eines Regals ragte. Pascal versuchte, den Stoff von dem hakenähnlichen Ding zu lösen.

„Komm schon!“ Er riss heftiger. Als er den Hemdsärmel freibekam, verlor er um ein Haar das Gleichgewicht. Er hielt sich am Regal fest. Zu fest anscheinend, denn plötzlich gab die Stütze, an der er sich festhielt, nach und das gesamte Regal rutschte nach links und krachte gegen die Wand. Dann kippte es nach vorne.

Pascal machte einen Satz nach hinten, um nicht getroffen zu werden.

„Verdammt! Was soll das? Ein Anschlag auf mich? In meinem eigenen Haus?“ Es hatte so ausgesehen, als hätte das verdammte Regal versucht, ihn zu erschlagen. Wenn es mit schweren Einmachgläsern gefüllt gewesen wäre, hätte es ihn tatsächlich zu Boden schlagen und vielleicht sogar verletzen können.

Pascal stand mitten im Raum und starrte das umgefallene Regal an. Es war uralt und total verrostet. Beim Aufprall auf den Boden war es in mehrere Teile zerbrochen. Er sah rostige Kanten und Winkel mit unangenehmen Spitzen in die Höhe ragen.

Es hätte mich erstechen können!, dachte er und glotzte eine spitze rostige Metallkante an, die wie ein Speer aufragte. Es hätte mich beinahe gekillt! Dieses Haus! Es ist dieses verdammte Haus! Etwas stimmt damit nicht.

Dann lachte er. Das war Unsinn. Regale brachten keine Leute um. Nicht mal in Horrorbüchern über alte Geisterhäuser. Fürs Umbringen waren Geister zuständig, keine Regale. Aber gab es nicht perfide Fallen in alten Gebäuden? Falltüren, durch die man in ein tiefes Verlies stürzen konnte, und Ähnliches. Mit einem Mal war ihm mulmig zumute.

Dann wich die Angst und Wut kam auf. Er versetzte dem kaputten Regal einen Tritt. „Mistding, dämliches!“ Hinten fiel ein Teil der Eisenkonstruktion um, der vorher noch aufrecht gestanden hatte. Metall traf auf die Steinmauer des Fundaments.

Pascal horchte auf. Das hatte seltsam geklungen. Irgendwie hohl, fand er. Er trat näher an die Wand, wobei er darauf achtete, nicht auf das

zerstörte Regal zu treten. Das fehlte noch, dass er sich den Knöchel verrenkte. An der Wand, vor der das Regal gestanden hatte, war ein großes Stück Putz abgeplatzt. Dahinter sah er eine Mauer aus Ziegelsteinen.
„Nanu!“ Pascal zerrte das umgestürzte Regal von der Wand weg und untersuchte die Ziegel. Sie waren fest vermauert. Pascal hob ein Stück Eisen auf und hämmerte dagegen. „Hohl! Dahinter liegt ein Hohlraum.“ Mit dem Eisenstück, das von dem kaputten Regal stammte, schlug er mehr Putz weg. „Donnerwetter! Sieht aus wie …“ Pascal runzelte die Stirn. „Wie die zugemauerte Öffnung im Keller des alten Hofs! Uff!“ Er wusste, was er vor sich hatte: einen zugemauerten Eingang. Dieser hier war im Gegensatz zu seinem Gegenstück im alten Hof unter Putz verborgen.
„Das ist ein Gang!“, flüsterte Pascal. „Ein Geheimgang, der das Herrenhaus mit dem Hof verbindet!“ Plötzlich war seine Abenteuerlust geweckt. Seine Furcht war wie weggeblasen. Man hatte den Eingang unter Albas Hof nicht verschlossen, weil der Keller dahinter eingestürzt war. Pascal war sicher, dass es keinen unterirdischen Keller gab. Vielmehr war da ein verborgener Gang, der die beiden Häuser miteinander verband. Irgendwann hatte man die Eingänge verschlossen.
„Warum wohl? Familienzwist? Streitereien?“ Pascal zuckte die Achseln. „Kann mir egal sein. Ich will wissen, was hinter dieser Mauer ist!“
Er wandte sich um und lief durch den Keller. Es dauerte eine Weile, bis er die Waschküche fand. Von dort aus suchte er nach dem Werkzeugkeller. Er fand ihn bald. Er nahm eine Spitzhacke von der Wand und kehrte in den Keller mit der zugemauerten Öffnung zurück. Er begann, der Ziegelmauer mit dem schweren Werkzeug zu Leibe zu rücken. Es ging ganz leicht. Der Mörtel, der die Ziegel miteinander verband, war alt und bröselig. Bald dräute eine mannshohe Öffnung in

der Kellerwand. Oben war sie abgerundet. Dahinter führte ein schmaler Gang in die Finsternis.
„Ich brauche Licht!“ Pascal ging nach oben und holte zwei Lampen: eine starke Handlampe mit Diodenlicht und eine kleine Diodenlampe, die er mittels Stirnband an seinem Kopf fixierte. So gerüstet, betrat er den Gang. Er bewegte sich vorsichtig. Nicht, dass doch irgendwo ein Einsturz stattgefunden hatte und er über den Steinhaufen stolperte. Er hatte keine Lust, mit einem gebrochenen Bein in diesem Gang festzustecken.
Der Gang führte geradeaus. Er war schmal. Gerade als Pascal dachte, er müsse etwa die Hälfte des Wegs zwischen Herrenhaus und Hof geschafft haben, öffnete sich der Gang zu einem Raum von etwa drei mal zwei Metern Durchmesser. An der linken Seite des Gangs befand sich eine weitere zugemauerte Öffnung. Ein seltsames Symbol war mit Kohle auf die gemauerte Wand gezeichnet.
„Ein Pentagramm“, sagte Pascal. Seine Stimme klang seltsam hohl und kraftlos in dem unterirdischen Raum. „Pentagramm. Fünfeckstern. Penta, griechisch für fünf. Hmmm …“ Er runzelte die Stirn. „Fünf Familien! *Die* fünf Familien von Silberberg?“ Konnte das sein? Hatten die fünf Familien in den vergangenen Jahrhunderten unterirdische Geheimgänge zwischen ihren Häusern angelegt?
„Wozu das Ganze?“, murmelte Pascal. Er hob die Brauen. „Die Sekte! Astrid Kluding aus der Bäckerei hat gesagt, die fünf Familien gehen nicht in eine normale Kirche. Die haben ihre eigene geheime Religion.“
Vor seinem geistigen Auge sah er ein Netz von geheimen Gängen unter Silberberg, das die Häuser der fünf Familien miteinander verband und zu einer unterirdischen Kirche führte, wo die Pentaleute schwarze Messen abhielten mit Blutopfern und weiteren abscheulichen Ritualen.
Plötzlich musste er lachen. „Von wegen schwarze Messen! Dann wären

die Gänge ja noch offen!", japste er. Er schüttelte den Kopf. „Nix da mit geheimen unterirdischen Ritualen! Das sind Erdställe! Geheimgänge, um sich vor Feinden zu verstecken." Er nickte. Ja, das musste es sein. Diese Gänge stammten wahrscheinlich aus der Zeit des Dreißigjährigen Krieges. Hier unten hatten sich die Bewohner des Dorfes in Sicherheit gebracht, wenn marodierende Horden das Land heimsuchten. Wahrscheinlich gab es weitere Räume wie den, in dem er stand. Dort hatten die Menschen Vorräte eingebracht, die sie vor den Soldaten schützen wollten. So einfach war das.

Dann hatte es vor rund hundert Jahren das Erdbeben gegeben und man hatte die Gänge verschlossen. Wegen Einsturzgefahr. Die Gänge nutzten eh niemandem mehr.

„Aber wieso dann dieses Symbol auf der Wand?", brummte Pascal. Er hämmerte mit der Faust gegen die gemauerte Wand. „Ich will wissen, was dahinter ist." Er wandte sich um und lief zum Keller des Herrenhauses zurück.

Mit dem Pickel kehrte er zurück und fiel über die Ziegelmauer her. Auch diese hielt seinen Attacken nicht lange stand. Schon bald hatte er ein großes Loch hineingeschlagen. Er steckte den Pickel hinein und zog mit aller Kraft. Plötzlich gab die ganze Wand nach und stürzte auf ihn zu. Pascal machte einen Satz nach hinten. Er war nicht schnell genug. Ein kleines Mauersegment traf ihn am Schienbein. Er kreischte vor Schmerz und hüpfte auf einem Bein.

„Aua! Schei …! Sakrament, tut das weh!"

Staub erfüllte die Luft. Pascal musste niesen. Schnaubend hüpfte er in dem kleinen unterirdischen Raum herum und fluchte lauthals. Irgendwann legte sich der Staub und er sah, dass praktisch die gesamte Ziegelwand in den Raum gekippt war. Dahinter befand sich eine Öffnung. Pascal trat näher. Er leuchtete mit der großen Handlampe.

„Oh nein!“ Er machte einen Schritt zurück. „Oh nein! Um Gottes willen!“
„Nein!“, wisperte er. „Oh nein! Bitte nicht! Oh, bitte nicht!“ Sein Herz schlug schneller. Er verspürte einen bitteren Geschmack im Mund. „Um Gottes willen! Bitte nicht!“
Hinter der Öffnung gab es keinen weiteren Geheimgang. Dort befand sich ein kleiner Raum, ein sehr kleiner Raum. Es war nur ein Alkoven. Der Raum war nicht leer.
Drunten am Boden hockte eine menschliche Gestalt.
„Oh Gott!“, flüsterte Pascal. Er schluckte. „Um Gottes willen!“ Er fühlte Übelkeit aufsteigen. „Das gibt es doch nicht! Das kann nicht sein! Um Himmels willen!“
Die Geschichten fielen ihm ein. Kinder in unterirdischen Verliesen eingekerkert, eingesperrt. „Oh Gott!“
In dem kleinen Raum hockte ein Kind. Es war ein Mädchen, vielleicht zehn Jahre alt. Es war tot, aber der kleine Leichnam war bemerkenswert gut erhalten. Wahrscheinlich hatte das trocken-kalte Klima in den unterirdischen Gängen die Leiche mumifiziert. Das Kind sah aus, als schliefe es friedlich.
„Oh mein Gott! Oh! Mein! Gott!“ Seine Stimme war nichts als ein abgehacktes Keuchen, untermalt von einem fast stimmlosen Wimmern. „Das kann nicht wahr sein! Das darf nicht ...!“
Ein schluchzender Laut brach aus seiner Kehle hervor. „Um Gottes willen! Wer tut so etwas?“
Er trat näher und betrachtete den kleinen zusammengesunkenen Leichnam. Es war ein Mädchen von zehn Jahren mit dunkelblondem Haar. Nicht nur der Körper sah erstaunlich guterhalten aus, auch die Kleider aus grobem Webstoff waren in geradezu perfektem Zustand.
Der Kopf des Mädchens war zur Seite gesunken und lehnte an der Wand der kleinen Nische, in der der Leichnam kauerte. Als Pascal sich bückte,

sah er, dass die Hände des Mädchens hinter seinem Rücken mit einem groben Strick zusammengebunden waren. Auch die Füße des Mädchens waren gefesselt.

„Ich glaube das einfach nicht!", wisperte er. Ihm war klar, was er vor sich hatte. Man hatte dieses Kind an Händen und Füßen gefesselt in die Nische gezwungen und es eingemauert.

„Lebendig!", flüsterte Pascal. „Sie muss gelebt haben, als sie eingemauert wurde!" Ihm wurde speiübel. Es war klar, dass mehr als nur ein Körnchen Wahrheit in den alten Geschichten steckte, die man sich im Dorf erzählte.

„Die Sekte!" Er musste hart schlucken. „Opfer! Kinderopfer! Man hat ein Kind geopfert! Es lebendig eingemauert! Oh Gott!"

Die Stimme seines Großvaters tönte laut durch seinen Verstand: „Silberberg ist kein guter Ort. Es gibt dort nichts Gutes!" Sein Vater hatte sich ähnlich ausgedrückt.

„Ob sie etwas wussten?", fragte er sich. „Oder waren sie nur von ihren Vorfahren gewarnt worden?" Hatten diejenigen, die damals aus Silberberg weggingen, ihre Nachkommen vor dem Ort gewarnt?

Pascal fasste nach vorne und strich mit den Fingerkuppen unendlich zart über das Haar des toten Mädchens: „Du Armes! Was hat man dir angetan!? Wer hat das getan? Wer ist zu so etwas fähig?"

Wer war so grausam, ein Kind lebendig einzumauern? Und warum?

Die Sekte, überlegte Pascal. Die fünf Familien gehören einer geheimen Sekte an. Astrid Kluding hat es gesagt.

Sanft streichelte er die zusammengesunkene kleine Gestalt. Tiefes Mitgefühl erfüllte ihn. „Du Armes!", sagte er erneut. Das Mädchen tat ihm unendlich leid. Welch eine Angst musste dieses Kind gehabt haben, als man es einmauerte. Es musste vor Entsetzen außer sich gewesen sein. Hatte dieses arme Kind gewusst, dass man es in diesen kalten, dunklen

Erdstall führen und lebendig einmauern würde? Dass man es opfern würde? Hatte man es ihm gesagt?
Er hörte die Stimme von Agnes Friedmanns Tochter Johanna in seinem Kopf: „Sie sieht traurig aus. Als ob sie sich vor etwas fürchtet, das auf sie zukommt."
„Magdalena?" Pascal beugte sich weiter in die Nische hinein, um das Gesicht des toten Mädchens genauer in Augenschein zu nehmen. „Mein Gott, du bist es!" Das Mädchen in der Nische war Magdalena Hennes, das Mädchen auf dem Bild droben im Wohnzimmer.
Pascal war wie erschlagen. Sein Verstand weigerte sich, zu glauben, was seine Augen wahrnahmen. Immer wieder schüttelte er den Kopf.
„Um Gottes willen!", hauchte er „Um Gottes willen!"
Wieder strich er dem toten Kind durch das dunkelblonde Haar. Seine Gedanken rasten. Er war absolut sicher, dass es sich bei dem toten Mädchen um Magdalena Hennes handelte, um das Mädchen, das er auf dem Bild aus dem Jahr 1631 gesehen hatte. Ihm war übel. Ihm war klar, was er vor sich hatte. Er hatte darüber gelesen.
Ein Kinderopfer! In dem Artikel im Internet stand, dass man früher manchmal Kinderschuhe unter dem Hauseingang eingemauert hatte. Es war ein symbolisches Kinderopfer. Weiter stand in dem Artikel, dass man bei großen Bauwerken auch wirklich Kinder geopfert hatte. Es gab mehrere bestätigte Fälle, bei denen man Jahrhunderte später beim Abriss solcher Großbauten die Skelette von Kindern entdeckt hatte.
Pascal hatte auch eine Doku im TV gesehen, in der gezeigt wurde, wie im Mittelalter eine Mutter ihr zehnjähriges Kind verkaufte, und in einer Spielszene sah man, wie der kleine Junge lebendig im Fundament einer Burg eingemauert wurde. Pascal hatten sich die Haare gesträubt, als er zusah, wie die Maurer Stein über Stein setzten. Der kleine Junge hatte ihm unendlich leidgetan. Gleichzeitig war er empört gewesen. Wie

konnten Menschen eine solch ungeheuerliche Tat begehen?
Er betrachtete das Gesicht des toten Kindes. „Mit dir hat man das Gleiche gemacht“, sprach er voller Mitgefühl. „Wie konnten sie nur!?“
Das Kind gab keine Antwort. Es kauerte still und reglos in der kleinen Nische. Aber es sah nicht wirklich wie tot aus. Die Haut war nicht schrumpelig und die Augen hinter den geschlossenen Lidern waren nicht eingefallen. Das Mädchen sah aus, als schliefe es friedlich.
Wieder streichelte Pascal das tote Kind. „Arme Magdalena“, sagte er. „Armes Kind. Warum nur? Warum hat man dir das angetan? Wieso bist du hier?“
1632! Der Gedanke kam einfach so angeflogen. Im Jahr 1632 hatten die fünf Familien Silber entdeckt und sie waren damit reich geworden. War die kleine Magdalena das Opfer für irgendeine Naturgottheit gewesen? Hatten die Dorfbewohner im Mittelalter ein Kind geopfert, um durch Silber reich zu werden? Oder war Magdalena ein Dankesopfer, dargebracht, um sich für die Entdeckung der Silbermine erkenntlich zu zeigen?
Pascal stand auf. Er stand neben der Nische mit dem grauenvollen Inhalt im engen Gang und betrachtete den zusammengesunkenen kleinen Leichnam mit einer Mischung aus Abscheu, Grauen und unendlichem Mitleid.
„Was fange ich mit dir an?“, fragte er. „Ich kann dich ja nicht hier liegen lassen.“ Die Vorstellung, jedes Mal, wenn er den unterirdischen Gang benutzte, an der kleinen Mumie vorbeigehen zu müssen, erfüllte ihn mit kaltem Entsetzen. „Nein! Hierbleiben kannst du nicht, Mädchen. Was du brauchst, ist ein anständiges Begräbnis. Aber wie soll das gehen?“
Er dachte an das, was Astrid Kluding ihm in der Bäckerei erzählt hatte. Die fünf Familien. Dass die Erzählungen über die Familien Dahl, Hennes, Stolz, Köhler und Theiß keine Hirngespinste waren, mit denen

man kleinen Kindern Angst einjagte, das bewies das tote Kind in der Nische.
„Die dürfen das auf keinen Fall erfahren!“, sprach Pascal vor sich hin. Er sprach laut, weil er den Klang seiner Stimme hören wollte, um das Entsetzen zu lindern, das ihn gepackt hatte.
„Die fünf Familien haben ihren eigenen Glauben“, hatte Astrid Kluding gesagt. „Wir Weltlichen gehören nicht zu ihnen.“
Ein eigener Glaube. Eine Sekte. Geheime Rituale. Was noch? Schwarze Messen? Teufelsanbetung? Kinderopfer? Anbetung einer Naturgottheit?
„Ich kann das einfach nicht glauben!“, sagte Pascal zum wiederholten Male.
Er musste an die Worte seines Vaters denken: „Du gehst da nicht hin, Pascal! Es ist ein schlechter Ort! Wir gehen dort nie wieder hin!“
Und sein Großvater: „Silberberg ist kein guter Ort. Es gibt dort nichts Gutes. Pascal, komm niemals auf die Idee, dorthin zu gehen. Es hat einen Grund, warum Roland und Irene damals mit ihren Kindern von Silberberg weggingen. Es war kein guter Ort und ist bis heute keiner. Gehe nie dorthin!“
„Kinder“, murmelte Pascal. „Roland und Irene hatten Kinder. Ihre Tochter hieß Gertrud.“
Er betrachtete die kleine Mumie im Alkoven. „Gertrud war so alt wie Magdalena Hennes. Mein Gott!“
Pascal hielt die Luft an. Kinderopfer! Gab es denn nur dieses eine Opfer? Oder gab es mehr als nur Magdalena?
Wie hatte die Tochter von Agnes Friedmann noch gesagt: „Da sperren die Hennesleute Kinder ein.“
Ihre Mutter: „In Silberberg sind in der Vergangenheit Kinder verschwunden.“
Und die Worte von Astrid Kluding in der Bäckerei: „Herr Hennes, Ihre

Leute sind damals geflohen!“

Geflohen vor was?

„Sie gehörten zu den fünf Familien“, sagte Pascal zu sich selbst. Die fünf Familien hatten einen eigenen Glauben. Einen Glauben an was? Kinderopfer? Nur eines oder gab es mehr? War Magdalena Hennes vor vielen hundert Jahren die Erste gewesen? Waren weitere Kinder geopfert worden? Wie viele? Alle fünfzig Jahre eins? Alle hundert Jahre eins? Oder häufiger?

Waren Roland und Irene aus Silberberg geflohen, um ihre kleine Tochter vor einem entsetzlichen Schicksal zu bewahren?

Pascal fühlte, wie sich sein ganzer Körper mit einer Gänsehaut überzog. Hatten sein Vater und sein Großvater ihn *davor* warnen wollen? Weil die Gefahr bestand, dass er vielleicht eines Tages eine kleine Tochter von etwa zehn Jahren haben würde und sie dann als Opfer auserkoren würde?

Und Julius Theiß und Adam Stolz? Die hatten so geschraubt dahergeredet, ob er sich vorstellen könnte, ein Kind zu adoptieren. Als er von den Leihmüttern in der Ukraine gesprochen hatte, hatte das die beiden Männer sichtlich gefreut.

„Also, das ist doch …“, fing Pascal an. Dann riss er die Augen auf. Aus seiner Kehle kam ein seltsamer Laut. Gegen seinen Willen zuckte er zurück. Seine Beine stießen seinen Körper nach hinten. Er prallte gegen die Wand des engen Stollens und erhielt einen betäubenden Schlag gegen den Hinterkopf. Aus seiner Kehle kam ein komischer Laut, ein unterdrücktes Kreischen. Er klang wie ein zu Tode erschrockener Affe.

„Oh Gott! Oh mein Gott!“ Starr vor Entsetzen stand er in dem Gang und schaute in den Alkoven.

Das Mädchen hatte die Augen geöffnet!

Fragend sah sie zu ihm auf. In ihren großen dunkelblauen Augen stand

Furcht.

„Jesus Christus!“, flüsterte Pascal. „Du … Du lebst! Aber …?“

Das Mädchen im Alkoven war nicht tot. Es lebte.

„Das kann doch nicht sein!“, flüsterte Pascal. „Nach all diesen vielen Jahren …“

Das Mädchen blickte stumm zu ihm auf. In ihren Augen stand Furcht, aber auch etwas anderes: Hoffnung.

Pascal trat nach vorne. Er beugte sich zu dem Kind hinunter: „Kannst … kannst du mich verstehen?“ Sie schaute ihn weiter stumm an.

„Meine Worte“, begann Pascal, „Kannst du verstehen, was ich sage?“

Das Kind öffnete den Mund. „Ich. Kann. Dich. Verstehen“, sprach es stockend. Seine Stimme klang kraftlos und ungeübt, als hätte es sie lange Zeit nicht benutzt. Das Mädchen sprach jedes Wort einzeln aus, reihte sie aneinander wie sehr kurze Sätze mit einem Punkt am Ende.

Pascal musste erst schlucken, bevor er weitersprechen konnte. „Wer bist du? Seit wann bist du hier unten eingemauert?“ Er war sich der Absurdität der Situation voll bewusst. Er kauerte in einem unterirdischen Geheimgang vor einem toten Kind und versuchte sich mit dem toten Mädchen zu unterhalten. Bloß dass dieses Mädchen nicht mehr tot war: Wie konnte das sein? Dieses Kind war vor langer Zeit lebendig eingemauert worden und in seinem Gefängnis einen elenden Tod gestorben. Doch dieses Mädchen schaute ihn aus großen Augen an, Augen, die absolut lebendig wirkten.

„Ich …“, sagte das Mädchen. Jedes einzelne Wort schien es sehr anzustrengen. „Ich …“

„Wer bist du?“, fragte Pascal noch einmal, obwohl er die Antwort kannte. Es gab ein Bild oben in der Wohnung, ein Bild, auf dem dieses Mädchen, das vor ihm im Alkoven kauerte, abgebildet war.

„Ich. Bin. Magdalena.“ Langsam und stockend kam das, aber die Worte

waren verständlich.
„Magdalena", sagte Pascal. „Seit wann bist du hier eingesperrt?"
„Ich. Weiß. Nicht. Lange. Sehr. Lange."
„Du lebst!", sagte Pascal. „Du bist nicht gestorben."
„Die kalte Flamme brennt in mir. Sie brennt in meinem Herzen. Ich bin eine Gefangene. Auf ewig."
Ein Opfer!, dachte Pascal. Ein Kinderopfer! Ein satanisches Ritual! Schwarze Messen! Ein Opfer, dazu verurteilt, für alle Zeiten lebendig in diesem schrecklichen Verlies zu schmachten. Nicht lebendig - untot. Oder? Er besah sich die Kleidung des Mädchens. Sie war nicht im Mindesten verschlissen oder verrottet. Sie sah aus wie neu. Er versuchte einen klaren Gedanken zu fassen. Er war geschockt. Vor ihm kauerte ein Kind, das viele Jahre in diesem Alkoven eingemauert gewesen war und dieses Kind war nicht tot, allen Naturgesetzen zum Trotz.
Er warf einen Blick auf die gefesselten Hände des Mädchens. Ihre Hände schauten klein und weiß aus den stramm sitzenden Seilwindungen hervor.
Pascal holte sein Taschenmesser hervor und klappte es auf. Ein Geschenk seines Großvaters zu seinem elften Geburtstag. „So ein Messer kann ein Junge wie du immer brauchen", hatte der Opa gesagt. „Der Tag wird kommen, an dem du froh bist, es bei dir zu haben."
Oh ja, dachte Pascal, dieser Tag ist gekommen. All die Jahre habe ich das Ding mit mir rumgetragen, wie Opa es mir auftrug und heute brauche ich es. Als ob Großvater geahnt hätte, dass …
„Ich schneide deine Fesseln auf, Magdalena", sagte er. „Keine Angst, ich werde dich nicht verletzen. Du musst nur stillhalten. Okay?"
Sie schaute ihn an: „Oooh? Kääà?"
Pascal musste lächeln: „Das bedeutet so viel wie in Ordnung oder einverstanden. Halt bitte still, damit ich deine Fesseln aufschneiden

kann."

Sie schaute aus großen Augen zu ihm auf. Das Mädchen sah erbarmungswürdig aus, total verängstigt. „Du öffnest meine Fesseln?" Pascal hörte völligen Unglauben aus den Worten heraus. „Du befreist mich?"

„Aber ja", antwortete er.

Sie schaute ihn an. Plötzlich füllten ihre Augen sich mit Tränen: „Du befreist mich?"

Pascal nickte: „Ja."

„Wirklich?"

„Ja doch", sagte Pascal. „Halt still." Er fasste nach den gefesselten Handgelenken des Mädchens. Mit äußerster Vorsicht schob er die Messerklinge unter die Seilwindungen und begann zu schneiden. Es ging schwer. Pascal sah genauer hin. Das Seil glänzte metallisch. In dieser Schnur schien Metalldraht eingeflochten zu sein. Er schnitt mit aller Kraft. Das Seil sträubte sich gegen seine Absicht. Pascal musste ordentlich schnippeln, um den Strick zu durchtrennen. Endlich fiel das Seil zu Boden.

Ein seltsames Geräusch erfüllte den Alkoven. Es klang wie ein lautes Seufzen. Der Laut hatte etwas Unheimliches.

Schnell machte sich Pascal über die Fußfesseln des Mädchens her. Auch dieses Seil schien sich gegen seine Attacke mit dem Taschenmesser nach Kräften zu wehren. Schließlich gelang es ihm, es durchzuschneiden. Als der Strick zu Boden fiel, erklang das laute Seufzen erneut. Pascal bekam eine Gänsehaut.

„So, jetzt bist du frei", sagte er. Er fasste um das zusammengekauerte Kind herum und hob es aus dem Alkoven.

Das Mädchen begann laut zu schluchzen. Sie klammerte sich an ihn, verkrallte sich in seiner Kleidung. „F-F-Frei", schluchzte sie. Sie zitterte am ganzen Körper. „Du hast mich befreit!" Das Mädchen konnte gar nicht mehr aufhören zu weinen.

Pascal hielt sie in den Armen. „Ist ja gut", sprach er beruhigend. „Alles gut. Jetzt bist du frei. Niemand wird dich mehr einsperren."

Das Mädchen drängte sich zitternd an ihn. „S-S-Sie dürfen nicht erfahren, d-d-dass ich frei bin", schluchzte sie. „Sie dürfen mich nicht sehen! S-S-Sonst bringen sie mich zurück und m-mauern mich wieder ein! Ich habe solche Angst! Der dunkle Fürst will mich bestimmt zurückhaben! Er labt sich an der kalten Flamme in meinem Herzen. Oh bitte, sie dürfen nicht erfahren, dass du mich befreit hast! Sie bringen mich sonst zurück!" Ihre Stimme war schrill wie Möwengeschrei.

„Wer bringt dich zurück?", fragte Pascal, obwohl er die Antwort bereits kannte.

„D-Die Familien! Die fünf Familien! Dahl, Hennes, Stolz, Köhler, Theiß!", schluchzte das Mädchen. „Die, die mich dem Fürsten der Dunkelheit als Opfer darbrachten. Der Kranz am Haken zeigt das Haus an. Ich habe es nicht gewusst. Nach Walpurgis hing der Kranz am Haus meiner Eltern."

„Der Kranz?"

Das Mädchen schaute aus verweinten Augen zu Pascal auf: „Lutetiana. Am Morgen nach der Walpurgisnacht hing der Kranz am Haken neben unserer Haustür. Meine Mutter war sehr erschrocken, aber sie sagte nichts."

Pascal dachte an die Pflanzen, die vor dem Eingang in die gesperrte Silbermine wuchsen: Circaea lutetiana. „Hexenkraut", sagte er.

Das Mädchen nickte: „Ja, ein Kranz aus Hexenkraut. Der hing neben der Haustür am Haken an der Wand. Die Haken waren neu. Zu Neujahr 1631 waren sie plötzlich an allen Häusern der fünf Familien. Sie waren überall. Bitte, du darfst mich nicht verraten! Sie dürfen nicht von mir wissen!" Das Mädchen war total verängstigt. „Sie würden nicht dulden, dass ich frei bin. Sie bringen mich zurück, damit der dunkle Fürst sich an der kalten Flamme in meinem Herzen laben kann."

Eine Sekte! Böse Leute! Schwarze Messen! Unheilige Rituale! Pascal musste an das denken, was er von Astrid Kluding und Agnes Friedmann erfahren hatte. Also steckte mehr als nur ein Körnchen Wahrheit hinter den Gerüchten. Verschwundene Kinder, immer Mädchen aus den fünf Familien.

„Dieser dunkle Fürst, wie du ihn nennst", hob er an, „der ist hier? In Silberberg?" Er konnte es noch immer nicht fassen. Er kauerte in einem unterirdischen Gang am Boden und unterhielt sich mit einem Kind, das seit Jahrhunderten tot war. Nur dass das Mädchen in seinen Armen alles andere als tot war. Es weinte. Es weinte sehr lebendig.

„Er ist da", sagte Magdalena. „Damals ist er gekommen. Sie haben ihn gerufen. Er ist hier. Er war seitdem immer hier."

„Jetzt in diesem Moment auch?", fragte Pascal alarmiert. „Kann er uns sehen?"

Das Mädchen schüttelte den Kopf: „Er kann nicht sehen … nicht so wie du und ich sehen." Allmählich beruhigte sie sich. Ihre Tränen versiegten. „Der Dunkle sieht auf eine andere Art. Er kann mich spüren, er weiß, dass ich da bin, dass ich in seinem Herrschaftsbereich bin. Ich kann die Grenze nicht überschreiten. Sie liegt weit draußen rund ums Dorf. Aber der Fürst der Dunkelheit ist blind und taub seit dem großen Donnergrollen. Damals wurde seine Macht ein Stück weit gebrochen. Er ist lange nicht mehr so mächtig wie er vorher war. Er kann mich spüren. Er spürt die kalte Flamme in meinem Herzen. Er nährt sich davon. Aber er weiß nicht, dass du mich aus dem Verlies befreit hast. Das kann er nicht fühlen. Solange ich innerhalb der Grenzen bleibe, kann er mir nichts tun, außer von der kalten Flamme in meinem Herzen zu zehren."

„Und wenn du die Grenze überschreitest?", fragte Pascal. „Dann bist du

frei."
„Nein", sagte das Mädchen. „Ich kann die Grenze nicht überschreiten. Wenn ich das tue, erlischt die kalte Flamme in mir und ich sterbe. Es ist die kalte Flamme, die mich am Leben erhält."
Perfide!, dachte Pascal. „Dieser böse Fürst kann spüren, dass du dich in seinem Machtbereich aufhältst?", fragte er. „Aber er weiß nicht, wo exakt du dich aufhältst?" Er lachte kurz auf. Es war ein hysterisches Lachen. Seine Nerven lagen blank. „Weißt du, du bist der erste Geist, den ich in meinem Leben treffe. Ich bin ehrlich gesagt ganz schön durcheinander."
„Kein Geist", sagte das Mädchen. „Ich lebe. Ich lebe, seit sie mich an Silvester des Jahres 1631 lebendig eingemauert haben. Die kalte Flamme in meinem Herzen hält mich am Leben, damit der Fürst der Dunkelheit sich daran laben kann. Bitte verrate mich nicht an die Familien. Ich will nicht mehr eingesperrt werden."
„Du kannst dich bei mir verstecken, wenn du willst. Mein Haus ist ziemlich groß. Ich könnte dir ein Zimmer einrichten." Wieder fühlte Pascal völlige Fassungslosigkeit. Er unterhielt sich mit einem Geist. Nein, mit einer Untoten, überlegte er. Was er eher noch gruseliger fand. Aber Magdalena tat ihm leid. Er wollte sie nicht ängstigen.
Sie sah zu ihm auf: „Ich darf bei dir bleiben?"
Pascal lächelte sie an: „Ja. Ich lade dich ein. Komm mit in mein Haus. Hier unten ist es kalt und ungemütlich. Er stand auf. Das Mädchen ebenfalls. Pascal lief voraus, den Gang entlang zum Herrenhaus.
Als sie aus dem Gang herauskamen, fasste sie schüchtern nach seiner Hand.
„Es gibt oben in einem Zimmer ein Bild", sagte Pascal. „Das Mädchen auf dem Bild sieht genauso aus wie du. Wie heißt du?"
„Hab ich doch gesagt: Magdalena", antwortete das Mädchen.

„Magdalena Hennes."
„Du bist es tatsächlich!", sagte Pascal. „Das Mädchen auf dem Bild, das so ängstlich aussieht. Du kommst aus dem Jahr 1631." Sein Verstand sträubte sich immer noch zu glauben, was seine Augen sahen und seine Ohren hörten.
Aber das Mädchen, das an seiner Hand ging, war lebendig, wenn auch die Hand in seiner Hand sich kalt anfühlte.
„Ich bin Pascal", sagte er. „Ich trage den gleichen Namen wie du: Hennes."
Das Mädchen stieß einen Schreckensschrei aus. Aus weit aufgerissenen Augen starrte es ihn an: „Hennes? Dann bist du einer aus den fünf Familien!"
„Keine Angst", sprach Pascal beruhigend. „Ich gehöre nicht zu denen. Ich bin von außerhalb. Ich kam nach Silberberg, um mein Erbe anzutreten. Ich werde dich ganz sicher nicht an diese miserablen Menschen verraten. Ich mochte die Leute von Anfang an nicht besonders."
„Von außerhalb?", fragte sie. „Keiner aus den Familien kann die Grenze überschreiten!"
„Meine Vorfahren haben es getan", sagte Pascal. „Sie sind bei Nacht und Nebel aus Silberberg geflohen und nach Süddeutschland gegangen. Ehrlich gesagt, haben mein Großvater und mein Vater mich vor Silberberg gewarnt. Jetzt weiß ich auch, warum. Hier opfert man Kinder an eine dämonische Lebensform. Sie haben es des Silbers wegen getan, nicht wahr?"
Das Mädchen nickte. „Sie wollten Macht und Reichtum. Sie brachten das Opfer dar und erhielten beides. Aber sie haben nicht bedacht, dass es einen Preis gab: Sie sind in Silberberg eingeschlossen. Keiner aus den Familien kann die Grenze überschreiten. Er würde sterben. Wieso

konnten deine Vorfahren nach draußen gehen?"
„Sie ... nun ... sie waren gewissermaßen Bastarde, Halbblüter, halbe Weltliche. Die Familien fingen an, Weltliche zur Frau zu nehmen, und deren Nachfahren sind aus Silberberg geflohen."
„Das große Donnergrollen!", sagte Magdalena. „Damals wurde die Macht des Dunklen sehr geschwächt. Der Kreis war gebrochen. Die fünf waren nicht länger eins."
„Das große Donnergrollen ..." Pascal runzelte die Stirn. „War das das Erdbeben von 1891, bei dem die Silbermine einstürzte? Damals sind meine Vorfahren aus dem Dorf geflohen."
„Es gab ein furchtbares Donnern", sagte Magdalena. An Pascals Hand stieg sie die Kellertreppe hinauf. „Die Erde bebte und erzitterte und die Macht des großen Fürsten starb zu einem großen Teil. Er hat sie nie wieder errungen, diese Macht. Der Kreis der großen Fünf zerbrach. Die Macht schwand dahin. Und doch sind die fünf Familien immer noch Gefangene innerhalb der Grenzen, genau wie ich."
Sie kamen nach oben. Magdalena sah sich schüchtern um.
„Erkennst du es wieder?", fragte Pascal.
Das Mädchen nickte. „Das sind sogar noch Möbel, an die ich mich erinnere, aber nicht viel. Das meiste ist fremd."
„Es sind fast vier Jahrhunderte vergangen, seit man dich lebendig eingemauert hat. Nachdem man das Silber gefunden hat, wurde das Haus vergrößert. Komm mal mit!" Pascal leitete das Mädchen in das Zimmer mit den Gemälden: „Hier, das bist du. Erkennst du dich?"
Sie standen vor Magdalenas Porträt. Magdalena schaute das Bild an.
„Du siehst traurig aus auf dem Bild", sagte Pascal. „Als ob du dich vor etwas fürchtest."
„Meine Mutter hat das Bild malen lassen", sagte Magdalena. „Sie ließ einen berühmten Maler kommen, nachdem der Kranz am Haken neben

der Haustür hing. Sie hat nicht darüber gesprochen, aber ich bekam Angst. Ich fühlte, dass etwas Schlimmes geschehen würde. Zu Silvester brachten sie mich in den Gang und mauerten mich ein. Sie waren alle dabei: Sigmund und Gerlinde Theiß, Dankmar und Heidrun Köhler, Marbod und Sieglinde Dahl und meine Eltern Arnold und Berta Hennes. Sie waren die Anführer ihrer Familien. Sie haben eine Messe in der Höhle am Berg gehalten und mich in den Gang unter der Erde gebracht. Sie haben mich gefesselt und lebendig eingemauert. Sie gaben nichts auf mein Flehen, auch meine eigene Mutter nicht. Sie verschloss ihr Herz. Sie übergaben mich dem Fürsten der Dunkelheit. Sie wollten Macht. Sie wollten Reichtum. Sie wollten Silber. Meine eigenen Eltern haben mich dem Dämonenfürsten übergeben. Meine eigenen Eltern!"

Pascal umarmte das Mädchen. Er spürte hilflose Empörung in sich aufsteigen. Was waren das für Menschen, die das eigene Kind in einem grausigen Ritual opferten, es zu ewigem Leben in Angst und Qual verurteilten? Wut stieg in ihm auf, Wut auf diese abscheulichen Menschen. Er wusste jetzt, was mit Silberberg los war. Die Familien wollten die Lücke im Kreis schließen. Deswegen scharwenzelten sie die ganze Zeit um ihn herum. Sie wollten, dass der heimgekehrte verlorene Sohn den Kreis wieder schloss.

Da drauf könnt ihr lange warten!, dachte er. Eher friert die Hölle zu! Das könnt ihr knicken!

Er fasste nach Magdalenas kleiner Hand: „Wollen wir nachsehen, wo du ein Zimmer haben möchtest? Such dir eins aus. Es gibt viele Räume in dem alten Kasten."

„Oben", sagte das Mädchen. Seine Stimme war ganz leise. „Mein Zimmer lag oben."

Sie stiegen die Treppe in den zweiten Stock hinauf. Pascal überlegte, ob die Familie Hennes schon vor 1631 wohlhabend gewesen war. Wie sonst hätte sie ein dermaßen großes Haus bauen können? Aber ihr wart nicht zufrieden mit dem, was ihr hattet!, dachte er voller Grimm. Ihr wolltet das Haus vergrößern. Ihr habt den Hals nicht voll genug bekommen! Silber sollte euch riesigen Reichtum bringen und dafür habt ihr euer eigenes Kind geopfert, geopfert auf dem Altar einer widernatürlichen dämonischen Macht. Dreckiges Pack! Verflucht sollt ihr sein!

Sie kamen oben an. Magdalena lief den Gang entlang, der von der Treppe wegführte. Sie lief ganz nach hinten. Pascal wollte ihr schon sagen, das sei nichts. Als er einige Tage zuvor oben gewesen war und sich alles angeschaut hatte, endete der Gang im Nichts. Ganz hinten gab es keine Türen mehr.

Aber Magdalena schritt ungerührt aus, bis sie am Ende des Ganges stand. Pascal war verblüfft. Das Mädchen stand vor einem deckenhohen, schweren Vorhang. „Aber … der war vor drei Tagen noch nicht da!", sagte er. „Da war … da war … nichts! Eine Wand! Wie …?"

Magdalena zog den Vorhang auf. Dahinter kam eine schwere Eichentür zum Vorschein. Das Mädchen drückte die verschnörkelte schmiedeeiserne Klinke herunter und stieß die Tür auf.

„Das gibt`s doch nicht!", hauchte Pascal. „Dieser Raum war letztens noch nicht da." Er ließ den Blick über das Zimmer schweifen. Ein Bett auf gedrechselten Füßen stand an der Wand. Daneben gab es einen offenen Kamin. Es gab einen Tisch mit Stühlen mitten im Raum, die auf einem wertvoll aussehenden Teppich standen. Auch an der Wand hingen Teppiche. Sie zeigten Tiermotive: Rehe und Füchse im Wald, Hasen und Rebhühner im offenen Land, Schafe und Lämmer und Ziegen mit kleinen Zicklein am Dorfrand. Dies war offensichtlich ein Mädchenzimmer.

Er sah Puppen auf einem Regal an der Wand. Es gab ein bunt bemaltes Schaukelpferd, ein Springseil mit rot lackierten Handgriffen, eine

Kleidertruhe, Bücher in Regalen und weiteres Spielzeug. Was ihn vollends aus der Fassung brachte, war der Zustand des Zimmers. Es sah aus, als sei es gerade erst geputzt worden. Es gab nicht ein einziges Staubkorn im gesamten Raum.

„Hier ist alles tipptopp sauber", sagte er.

Magdalena sah zu ihm auf: „Die kalte Flamme hat alles erhalten. Nach mir ist in dieser Familie kein neues Mädchen erwählt worden, sonst hätte es hier gewohnt."

„Da sind dichte Vorhänge an den Fenstern", sagte Pascal. „Wenn man die zuzieht, sieht man von außen nicht, wenn in diesem Zimmer Licht brennt. Hmmm ..." Er ließ den Blick schweifen. Er suchte vergebens nach einem Lichtschalter. Es gab keinen, ebenso wenig wie Steckdosen. „Hier gibt es keinen Strom, Magdalena. Willst du nicht lieber ein anderes Zimmer?"

Sie schaute ihn fragend an: „Strom?"

„Strom. Elektrizität", sagte Pascal. „Komm mal mit." Er nahm das Mädchen in das angrenzende Zimmer mit. Dort betätigte er den Lichtschalter neben der Tür. An der Decke flammte eine Lampe auf.

Magdalena schreckte zurück. „Was ist das?", rief sie. „Zauberei?"

„Strom", antwortete Pascal. „Elektrizität. Eine unsichtbare Energie, die durch Kupferdrähte in der Wand fließt. Elektrizität kann alles: Licht im Dunkeln erzeugen, Musik machen, Waschmaschinen betreiben, Küchengeräte, Bohrmaschinen ... einfach alles. Tja ..." Er kratzte sich am Kopf. „Du bist auf dem Stand von 1631. Au Backe! Du hast in deinem Verlies nicht mitbekommen, wie es weiterging mit der Welt. Industrielle Revolution, Kriege, Demokratie ... hmmm ... kannst du lesen?"

Das Mädchen nickte: „Schreiben kann ich auch. Hast du Pergament?"

„Nein ... ich ... habe Papier."

„Kann man das auch mit einem Gänsekiel beschreiben?"

„Ich glaube schon. Aber ein Kugelschreiber ist sicher bequemer. Oder ein Füller." Pascal fasste die grob gewebte Kleidung des Mädchens an: „Davon weißt du natürlich nichts. Sieh sich einer diese Klamotten an. Wir sollten Sachen für dich im Internet bestellen. Danach kannst du dir die Welt auf dem Bildschirm anschauen. Du brauchst bloß das, was du wissen willst, in die Suchmaske des Browsers einzugeben." Pascal nickte: „Das sollten wir gleich machen. Ich zeige dir, wie ein Computer funktioniert."

„Kommpjuta?"

„Ein elektronischer Rechner. Den nennt man so." Pascal nahm Magdalena mit in sein Arbeitszimmer. Das Mädchen schaute die Einrichtung verblüfft an: „Hier ist alles so ... so anders."

„Vierhundert Jahre sind vergangen", sagte Pascal. „Da ändert sich viel. Warte erst mal ab, wenn ich dich im Auto mitnehme." Wieder war er fassungslos. Da stand er in diesem Zimmer und unterhielt sich in aller Ruhe mit einem Geist oder was immer Magdalena auch war.

Er fuhr den Computer hoch. Nach wenigen Sekunden erwachte der große Bildschirm zum Leben.

Magdalena starrte das Ding mit offenem Mund an. „Das ... das lebt!"

„Könnte man beinahe sagen. Es ist gewissermaßen eine künstliche Intelligenz." Er holte einen Stuhl für Magdalena und stellte ihn neben seinem eigenen auf. „Lass uns erst mal nach Klamotten schauen." Er sah an Magdalena auf und ab: „So wie du angezogen bist, kannst du dich draußen nicht blicken lassen. Du fällst sofort auf."

Er surfte eine Seite mit Kindermoden an. „Da schau. Schicke Jeans. Genau das Richtige für eine junge Dame wie dich."

„Hosen?", sagte Magdalena zweifelnd. „Ich soll Jungenkleidung tragen?"

„Heutzutage tragen auch Mädchen Hosen. Wenn du willst, kannst du aber auch Röcke haben oder Sommerkleider. Das gibt es alles hier im Webshop."

„Wäbbschopp", sagte Magdalena. Fasziniert schaute sie die bunten Bilder auf dem Bildschirm an. „Tschiiiienß."

„Ja, Jeans. Hmm … ich brauche deine Größe … hier muss irgendwo eine Tabelle sein … warte mal … ach ja, da haben wir es. Mädchengrößen und Schuhgrößen."

Pascal stand auf und holte einen Zollstock aus dem Schrank. „Ich muss dich messen, Fräulein. Zieh die Schuhe aus."

Brav, wenn auch leicht verwirrt, zog Magdalena die Schuhe aus. Auf Pascals Weisung stellte sie sich mit dem Rücken an die Wand. Er maß ihre Höhe, dann maß er die Länge ihrer Füße.

„Mein Gott, hast du dir ein halbes Schaf an die Füße gebunden?", fragte er, als er die dicken groben Wollstrümpfe sah, die sie trug. „Kratzewolle! Das Zeug kratzt doch garantiert wie blöde. Na, wir bestellen dir Baumwollsocken. Die tragen sich viel angenehmer."

Magdalena riss die Augen auf: „Baumwolle? Nur sehr reiche Leute können sich Baumwolle leisten. Sie ist sogar teurer als Seide."

Pascal lächelte sie freundlich an: „Heutzutage ist Baumwolle kein Luxusgut mehr. Schau her, mein Hemd ist aus Baumwolle. Die Hose auch."

„Tschiiienß", sagte Magdalena. Man sah ihr an, dass das alles ein bisschen zu viel für sie war. Aber sie hielt sich tapfer und surfte mit Pascal die Webseite rauf und runter. Zum Schluss bestellte Pascal einen ganzen Schrank voller Klamotten plus Schuhe für seinen kleinen Gast.

Er klickte unter dem Rechnungsbetrag auf den Button von PayPal. „So. Fertig. Alles bezahlt und was das Schönste daran ist: Das Geld stammt von den fünf Familien. Ich habe es geerbt." Er schaute Magdalena an. „Was fange ich jetzt mit dir an? Mit hinaus kannst du nicht. In dem

Aufzug darf dich niemand sehen. Du würdest auffallen wie ein bunter Hund. Ich muss aber noch schnell mit dem Auto in den Supermarkt, einige Sachen kaufen, auch Essen. Hast du Hunger?"
Magdalena schüttelte den Kopf. „Ich mag nichts essen. Die kalte Flamme erhält mich am Leben."
„Trinken?", fragte Pascal.
„Kein Essen und nichts zu trinken", sagte Magdalena.
„Hast du nie Hunger?", fragte Pascal, „oder Durst?"
Sie schaute ihn an, dass ihm ganz anders wurde. „Jetzt nicht mehr. Aber am Anfang … Am Anfang war es entsetzlich. Ich hatte schrecklichen Hunger und hatte nichts zu essen. Doch am schlimmsten war der Durst, brennender Durst. Mit jedem Tag im Verlies wurde es schlimmer. Ich habe gerufen, ich habe geschrien. Ich habe um Wasser gefleht, nur einen einzigen Schluck! Wochenlang habe ich um Wasser gebettelt. Monatelang. Aber ich bekam nichts. Ich habe unvorstellbar gelitten. Ich dachte an nichts weiter als an Wasser und ein Stück Brot. Ich hätte alles für ein Glas Wasser und ein Stück Brot gegeben. Aber ich bekam nichts. Zum Schluss wollte ich nur noch sterben, damit die Qual ein Ende hat. Aber die eisige Flamme in meinem Herzen ließ nicht zu, dass ich starb. Ich durfte nicht sterben. Stattdessen sollte ich bis in alle Ewigkeit verhungern und verdursten. Ich habe gebettelt. Ich habe gefleht. Ich habe geschrien. Ich habe geheult wie ein Tier. Aber mein Flehen wurde nicht erhört. Das einzige Wesen, das mein verzweifeltes Betteln hörte, war der dunkle Fürst. Er labte sich an meinen Qualen. Er suhlte sich in meiner Verzweiflung. Er fraß meinen Schmerz und meine Angst. Davon ernährte er sich all die vielen Jahre."
Pascal fühlte Übelkeit aufsteigen. Man hatte diesem Kind Entsetzliches angetan. Man hatte es einer dämonischen Lebensform quasi zum Fraß vorgeworfen. Dieses Kind hatte jahrhundertelang grauenhafte Qualen

durchlitten. Neben der aufsteigenden Übelkeit spürte er noch etwas anderes: eisige Wut. Wut auf die scheinheiligen Mistbienen aus den fünf Familien.

Ihr Unmenschen!, dachte er. Ihr seid keine Menschen, ihr seid Monster!

Er wandte sich an Magdalena: „Du bist frei. Möchtest du jetzt etwas essen und trinken?"

Das Mädchen schüttelte den Kopf: „Ich mag nichts essen und ich mag nichts trinken. Ich kann es gar nicht mehr. Das ist in mir gestorben." Sie sah ihn aus großen Augen an: „Wenigstens leide ich nicht mehr. Es tut mir nicht mehr weh. Ich verspüre keinen Hunger und keinen Durst mehr. Irgendwann, nach vielen Jahrzehnten, ließ es nach. Irgendwann spürte ich keine Qual mehr. Aber es hat sehr lange gedauert, bis es so weit war."

Pascal musste schlucken, bevor er sprechen konnte: „Wie lange?"

Magdalenas Augen waren dunkle Teiche im schon schummrigen Licht im Zimmer: „Ich weiß nicht, wie lange es gedauert hat. Der schreckliche Durst verschwand nicht sofort, sondern es wurde ganz allmählich weniger qualvoll, bis das dringende Gefühl, unbedingt etwas trinken zu müssen, ganz verschwunden war. Es dauerte lange, sehr lange. Aber irgendwann ließ es dann nach."

„Wann?", fragte Pascal.

Sie zuckte die Achseln: „Ich weiß es nicht. Ich weiß nur, dass ich dankbar war, dass diese Folterqual endete. Es dauerte Jahre, bis es ganz vorbei war."

Pascal schluckte erneut. Er musste sich räuspern, bevor er weitersprechen konnte. Er wollte erst nicht fragen, er schreckte davor zurück, aber er musste es wissen: „War das vor oder nach dem großen Donnergrollen?"

Sie sah ihn aus großen Augen stumm an. Lange. Schließlich gab sie

Antwort. Ihre Stimme war so leise, dass er sich fast nicht verstand: „Danach. Es begann nach dem großen Donnergrollen aufzuhören, ganz langsam nur, jeden Tag, jeden Monat, jedes Jahr war es ein bisschen weniger qualvoll, bis es endlich ganz weg war."

Ich glaub, ich muss gleich kotzen!, dachte Pascal. Er wusste, was Sache war. Dieses arme Mädchen hätte auf weitere Jahrhunderte ewigen Durst und ewigen Hunger erlitten. Aber als seine Vorfahren aus Silberberg flohen, zerbrachen sie den Kreis der großen Fünf und die Macht des Fürsten der Dunkelheit wurde ein Stück weit gebrochen. Er verlor einen Teil seiner Macht über das eingekerkerte Kind und konnte es nicht länger unablässig foltern.

Seine Wut auf die Leute, die dafür verantwortlich waren, wuchs noch weiter an. Er war so zornig, dass er am liebsten jemanden verprügelt hätte - mit einem Brecheisen.

Magdalena sah ihn immer noch mit diesem traurigen Blick an: „Du brauchst dir wirklich keine Sorgen zu machen. Ich habe keinen Durst mehr und auch keinen Hunger. Es quält mich nicht länger. Zeigst du mir, wie man mit dem Kommpjuta umgeht? Dann kann ich mir die Welt auf diesem lebendigen Bild anschauen." Sie tippte den Bildschirm mit der Fingerspitze an.

Wieder musste Pascal schlucken. „Gute Idee", sagte er. Er musste sich Mühe geben, ganz normal zu sprechen. „Im Internet findest du alles, was du wissen willst." Er weihte das Mädchen in die Bedienung des Rechners ein, zeigte ihr, wie man mit der Maus arbeitete und wie man die Tastatur bediente. Dann nahm er einen Zettel und notierte, was er alles kaufen wollte.

Magdalena starrte den Kugelschreiber in seiner Hand an: „Tauchst du das nicht in Tinte?"

„Das ist ein Kugelschreiber." Er hielt ihr die Spitze des Kulis vor die

Nase. „Siehst du die winzig kleine Kugel an der Spitze? Wenn man damit übers Papier fährt, rollt sie und dabei holt sie Tinte aus der Mine im Inneren des Schreibers. Gib doch mal das Wort *Kugelschreiber* in die Suchzeile ein. Dann landest du auf Wikipedia oder einer ähnlichen Seite, wo dir alles im Detail erklärt wird, mit Fotos und kleinen Filmchen."

Er sah, wie Magdalena den Begriff *Kugelschreiber* eingab. „Jetzt *Enter* drücken", sagte er. „Da hast du es. Klicke auf den ersten Eintrag. Bitte schön! Da hast du alle Infos, die du brauchst. Ich muss jetzt los. Es dauert nicht lange. Ich fahre mit dem Auto."

Pascal verließ das Haus. Er stieg in seinen Wagen, ließ den Motor an und fuhr los. Beim Anfahren sah er ein kleines schmales Gesicht hinter einem Fenster des Hauses. Die Augen in dem Gesicht waren ungläubig aufgerissen.

*

Es war Abend. Pascal brachte seinen kleinen Gast zu Bett. In einer Kleidertruhe befand sich Nachtwäsche. Es gab auch unterschiedliche Alltagskleidung für Sommer und Winter sowie Schuhwerk. Alles war bemerkenswert gut erhalten. Die Sachen sahen nicht aus, als seien sie 400 Jahre alt. „Die kalte Flamme hat es erhalten, wie sie mich erhalten hat", hatte Magdalena gesagt.

Während er zusah, wie das Mädchen sich für die Nacht umzog, dachte Pascal nach. Da war irgendetwas in seinem Kopf. Es versteckte sich hartnäckig vor ihm. Es war wie beim Lösen eines Kreuzworträtsels, wenn man ein bestimmtes Wort suchte. Es lag einem auf der Zunge, aber man kam einfach nicht darauf. Es machte Pascal ärgerlich. Da war etwas. Etwas Wichtiges, das er übersehen hatte, aber ihm fiel nichts ein.

„Kannst du überhaupt schlafen?", fragte er. „Wo du doch nicht essen und trinken kannst."

„Ich kann schlafen", sagte Magdalena. Ich bin jetzt frei. Solange ich eingemauert war, konnte ich nicht schlafen. Die kalte Flamme erlaubte das nicht, aber sie hat jetzt nicht mehr so viel Macht über mich." Sie streifte ein Nachthemd aus Leinenstoff über.

„Morgen gehe ich rüber ins Bauernhaus von Alba und schlage im Keller die Wand ein", sagte Pascal. „Dann kann man von hier aus unterirdisch dorthin gelangen. Das ist ziemlich praktisch, wenn man nicht möchte, dass einen jemand sehen kann. Man braucht bloß eine elektrische Lampe."

Er nickte mit dem Kopf in Richtung Nachttisch, wo eine Feuerhand-Sturmlaterne stand. Sie sah exakt genauso aus wie die normalen Petroleumlaternen des Herstellers, aber im Petroleumtank befand sich ein Akku und die Laterne hatte Leuchtdioden anstelle eines Dochtes. Er hatte das Ding im Supermarkt gekauft.

Magdalena legte sich ins Bett. Pascal deckte sie zu.

„Gehört das Bauernhaus dir?", fragte das Mädchen.

Pascal nickte: „Ich lasse es herrichten und dann ziehe ich dort ein. Der riesige Kasten hier gefällt mir nicht. Ich habe Dr. Bendler gleich am ersten Tag gesagt, dass ich nicht im Herrenhaus wohnen bleibe. Dieses Haus behagt mir nicht. Es ist ..." Er suchte nach Worten. „Ich war ... schon als ich das erste Mal vor diesem Haus stand, gefiel es mir nicht. Es wirkte ablehnend auf mich, als könne das Haus mich nicht leiden. Als wäre es böse auf mich." Pascal lachte leise: „Damals dachte ich, ich bilde mir was ein. Es war nur so ein Gefühl, aber nun, wo ich dich da unten in dem Verlies gefunden habe, sehe ich alles mit ganz anderen Augen. Ich schätze, es ist was dran an meinem Bauchgefühl."

Und da ist noch etwas anderes, etwas Wichtiges, das ich bis jetzt übersehen habe, dachte er. Hoffentlich fällt es mir bald ein.

Er zog Magdalena die Decke hoch, bis sie ganz zugedeckt war. Sie schaute zu ihm auf. „Was ist?", fragte er.

„Mein Vater hat das nie getan“, sagte sie. „Meine Mutter auch nicht.“
„Ich tue es aber“, sagte er und gab ihr einen Kuss auf die Stirn. „Schlaf gut, Magdalena. Ich mache deine Lampe aus. Wenn du Licht brauchst, kannst du sie einschalten. Du weißt ja, wie es geht. Gute Nacht.“
Als er zur Tür ging, hörte ein leises Stimmchen hinter sich: „Gute Nacht, Pascal.“
Pascal ging nach unten. Dort saß er eine geschlagene Stunde vor seinem Computer, ohne sich zu rühren. Was er erlebt hatte, hatte ihn zutiefst aufgewühlt. Er war noch immer fassungslos. Er hatte in einem unterirdischen Gang einen Geist gefunden oder was auch immer Magdalena war. Er hatte von solchen Sachen gelesen, aber er hatte nie daran geglaubt. So etwas gab es nur in Büchern und Filmen. Doch er hatte gerade ein Geistermädchen zu Bett gebracht. Er hatte ihr sogar einen Gutenachtkuss gegeben. Pascal fühlte sich seltsam. Alles kam ihm unwirklich vor. Wie er auch in Gedanken an die Angelegenheit heranging, er konnte sich keinen Reim darauf machen.
Morgen früh hacke ich den Gang von der anderen Seite aus auf, nahm er sich vor. Dann sehen wir weiter. Er stellte seinen Wecker und ging zu Bett.

*

Am folgenden Tag riss ihn der Wecker sehr früh aus dem Schlaf. Er hatte ihn absichtlich so früh gestellt. Er wollte nicht, dass jemand ihn dabei sah, wie er eine Spitzhacke ins Bauernhaus brachte. Drunten im Keller von Albas Haus machte er sich an die Arbeit.
Sobald der Eingang freigelegt war, räumte Pascal die Ziegelsteine fort. Er trug sie in die hinterste Ecke des Kellers, stapelte sie an der Wand auf. Dann schob er einen leeren Schrank zu der Öffnung in der Wand. Er schlug die Rückwand heraus und platzierte ihn genau vor dem Eingang zum Stollen. Im Inneren brachte er kleine Handgriffe an den Türen an

und schraubte einen Riegel an. Nun konnte er den Schrank betreten, die Türen hinter sich schließen und verriegeln. Kein Mensch, der den Schrank an der Kellerwand stehen sah, würde vermuten, dass es sich dabei um einen Eingang in einen geheimen Stollen handelte.
Mit dem Pickel in der Hand lief er durch den Gang zum Herrenhaus hinüber. Auch dort räumte er die Ziegel, die er aus der Wand herausgeschlagen hatte, fort. Anschließend schob er einen Schrank vor die Öffnung, ähnlich dem, den er im Herrenhaus benutzt hatte, um den Stolleneingang zu tarnen.
Als er mit der Arbeit fertig war, duschte er. Er wollte ausgehen. Er war wieder mit Rebekka Dahl in der Waldhexe verabredet. Als er an das bildschöne Gartenmädchen dachte, schlug sein Herz einen Takt schneller. Er freute sich darauf, Rebekka zu sehen.
Ob ich ihr von Magdalena erzählen kann?
Während er unter der Dusche stand, dachte Pascal darüber nach. Vielleicht war es keine gute Idee, Rebekka von seinem kleinen Gast zu erzählen. Dazu kannte er die junge Frau noch nicht gut genug. Was, wenn sie den fünf Familien gegenüber loyal war und ihn an die Leute verriet? Wenn er nur daran dachte, dass Gestalten wie Adam Stolz und Julius Theiß von Magdalena erfuhren, verursachte das ein Rumoren in seinem Bauch. Nein, von Magdalena durfte vorerst niemand erfahren.
„Ich muss sie auch vor Agnes Friedmann geheim halten", sprach er zu sich selbst. „Wenn sie putzen kommt, sperre ich Magdalenas Zimmer zu. Aber vielleicht kann Agnes die Tür gar nicht sehen? Ich habe sie bis gestern ja auch nicht sehen können."
Er drehte die Dusche ab. „Was fange ich mit diesem seltsamen Mädchen an?" Er fühlte sich verwirrt und hilflos. Er wusste nicht recht, was er tun sollte. Er hatte noch nie mit einem lebenden Geistergeschöpf zu tun gehabt. Eines stand fest: Die Mitglieder der fünf Familien durften auf

keinen Fall von dem Mädchen erfahren. Magdalena würde ab heute bei ihm im Herrenhaus leben. Dann konnte man weitersehen.
Mit nach England nehmen kann ich sie nicht, überlegte er. Sie hat gesagt, sie kann die Grenze um Silberberg nicht überschreiten. Ob es vielleicht eine Möglichkeit gibt, diese finstere Macht auszutreiben? Ich sollte mich mal vorsichtig umhören.

*

Aus dem CD-Radiogerät auf dem Arbeitstisch dudelte die neue CD mit kroatischer Volksmusik, die sich Pascal bei ARC-Music in England bestellt hatte. Bei ARC bekam man Folkmusic aus der ganzen Welt. Seine CDs mit Andenmusik und mit Irish Folk kamen von dort wie auch die anderen CDs, die er besaß. Er ließ diese Musik gerne leise im Hintergrund laufen, wenn er an einem Buch arbeitete. Er hatte sich an den Computer gesetzt, als er mit dem Frühstück fertig war, um an seinem neuen Buchprojekt zu arbeiten, Er hatte kaum angefangen, da kam Magdalena herunter. Sie blieb im Türrahmen stehen und schaute stumm zu ihm hin.
„Guten Morgen", sagte er freundlich. „Hast du gut geschlafen?"
„Ja", antwortete sie. „Ich habe heute Nacht zum ersten Mal seit Jahrhunderten geschlafen. Das tat so gut!" Sie blickte ihn dermaßen dankbar an, dass er sich beinahe schämte.
Das Lied, das der CD-Spieler abspielte, endete und nach einer kurzen Pause begann ein neuer Song.
Magdalena schaute sich im Zimmer um: „Wer macht die Musik?"
„Mein CD-Player", antwortete Pascal. Er zeigte auf das Tischgerät.
Magdalena kam heran: „Was ist das? Ist das auch ein Kommpjuta?"
Pascal schüttelte den Kopf: „Das ist ein CD-Spieler." Er zeigte ihr eine CD-Hülle und die daran befindliche CD. „Da drauf ist die Musik gespeichert. Man legt eine solche CD in das Gerät ein und es spielt einem

dann die Musik vor."

Magdalena legte den Kopf schief. „Das ist schöne Musik. Aber diese Sprache habe ich noch nie zuvor gehört."

„Es ist Kroatisch", erklärte Pascal. Er hielt ihr die entsprechende CD-Hülle hin: „Die habe ich in England bestellt. Bei ARC-Music gibt es massenhaft Volksmusik aus aller Welt. Ich bestelle da sehr oft CDs. Das hier ist „Folklore From Croatia" vom Tamburica Orchestra Veritas aus Kroatien. Ich lasse gerne Musik im Hintergrund laufen, wenn ich arbeite. Dann macht das Arbeiten mehr Spaß."

Aus den Lautsprechern des CD-Players trällerte ein kroatisches Volkslied:

„Ajca, vinca-ca, vinca rumena, a-ha-ha.

Ajca, vinca-ca,vinca rumena", ging der Refrain.

Magdalena schaute zu seinem Computerbildschirm hin: „Bestellst du neue Sachen im Internet?"

„Nein. Ich arbeite. Ich stelle ein Buch zusammen. Das ist mein Job."

„Dschobb?"

„Meine Arbeit. Mein Beruf."

„Du schreibst Bücher?"

„Ja, könnte man sagen. Am Computer."

Magdalena kam zu ihm und schaute auf den Bildschirm. Dort waren Fotos von Brombeerpflanzen zu sehen und der Begleittext dazu. Magdalena las: „Die Sorte Reuben ist etwas Besonderes. Sie trägt am einjährigen Holz. Nach der Ernte die Ranken eine Handbreit überm Boden abschneiden. Im nächsten Jahr treiben sie wieder aus. So besteht keine Gefahr, dass in besonders kalten Wintern Ranken erfrieren. Es gibt weitere Sorten, die am einjährigen Holz fruchten."

„Du kannst Druckschrift lesen?", fragte Pascal.

Sie nickte. „Es geht ein bisschen schwer, aber ich kann das.

Normalerweise kenne ich nur handgeschriebene Buchstaben."

„Kein Problem", meinte Pascal gut gelaunt. „Pass mal auf." Er griff zur Maus und markierte eine Sektion des Textes. Dann wählte er in der Bedienleiste am oberen Bildschirmrand eine bestimmte Schriftart. Er benutzte normalerweise Times New Roman, um die Texte auszuarbeiten. Nun klickte er auf eine Schrift, die sich Medieval No. V nannte. Der Bildschirm füllte sich mit Buchstaben, die mittelalterlicher Handschrift aufs Haar glichen.

Magdalena stieß einen erstaunten Ruf aus. „Wie machst du das? Das ist Zauberei!"

Pascal grinste: „Nein. Das ist bloß angewandte Computertechnik. Die mittelalterliche Ausdrucksweise kann der Rechner aber nicht imitieren, also die Worte stehen da in der heutigen Form. Vielleicht gibt es ein Übersetzungsprogramm, das die mittelalterliche Hochsprache beherrscht. Ich habe keine Ahnung."

Der CD-Player dudelte weiter kroatische Volksmusik. Plötzlich hörte Pascal neben sich eine helle Stimme singen: „Ajca, vinca-ca, vinca rumena, a-ha-ha. Ajca, vinca-ca,vinca rumena." Magdalena sang den Song mit. Sie hatte eine schöne, glockenhelle Stimme. In ihrem Alter krähten Kinder eher, als dass sie sangen, oder ihre Stimme klang quiekig, aber die Stimme des Mädchens war laut und klar.

Pascal verwandelte die Schrift zurück in Times New Roman. Dann machte er den Text zweispaltig, zog ein Foto weiter nach unten in der Spalte und vergrößerte es. „So werden heutzutage Bücher gemacht", sagte er. „Das Drucken erledigen Maschinen. Du kannst es dir im Internet anschauen. Nimmt den Laptop da am Nebentisch."

„Läbbtobb?"

Pascal zeigte ihr, wie man den Klapprechner bediente. Er stöpselte eine Maus ein: „Das ist bequemer, als das Wischpad zu benutzen."

Magdalena nahm Platz und übernahm den Computer.

Magdalena forschte im Internet und Pascal arbeitete an seinem Buchprojekt. Zu zweit saßen sie nebeneinander. Mittags machte er sich für seine Verabredung mit Rebekka Dahl fertig. „Ich bin am Nachmittag zurück", versprach er seinem kleinen Gast.

„Setzt du dich wieder in diese Kutsche, die ohne Pferde fährt?", fragte Magdalena.

Er nickte: „Ja. Das ist ein Automobil. Das bedeutet: selbstbeweglich. Halte dich besser von den Fenstern fern, die zur Straße zeigen. Es wäre nicht gut, wenn dich jemand sieht. Wenn deine neuen Sachen da sind, ist das was anderes. Dann kann ich sagen, dass du mein Patenkind bist, das zu Besuch ist. Hmmm ... nee, auch nicht gut. Ich schätze, die meisten Mitglieder der fünf Familien kennen das Bild nebenan in dem Zimmer. Sie könnten dich wiedererkennen."

Magdalena wirkte erschrocken. „Das darf nicht geschehen!", rief sie. „Keiner von denen darf von mir wissen. Sie bringen mich sonst zurück ins Verlies."

„Okay, wir halten dich vorerst geheim", sagte Pascal. Ihm fiel auf die Schnelle nichts Gescheiteres ein. „Wenn Agnes Friedmann zum Putzen kommt, musst du dich verstecken. Wenn ich nachher wieder zurück bin, zeige ich dir im Keller, wie du diesen Schrank, der vor dem unterirdischen Gang steht, hinter dir abschließen kannst. Aber ich glaube nicht, dass Agnes überhaupt in den Keller geht. Sie mag den Keller nicht." Er umarmte Magdalena kurz. „Tschüs, bis später", sagte er und verließ das Haus, um Rebekka Dahl abzuholen.

*

Magdalena sah zu, wie Pascal in die seltsame Kutsche aus Metall stieg. Er machte irgendetwas und die Kutsche begann zu brummen, dass einem angst und bange wurde. Pascal drehte an dem Rad vor sich und

das Brummen der Kutsche wurde lauter. Dann setzte sie sich in Bewegung und rollte grollend davon.
Magdalena schaute dem unbegreiflichen Ding hinterher. Ihr Herz pochte. Sie spürte die kalte Flamme dort drinnen in ihrem Herzen und noch etwas anderes. Er hatte es wieder getan. Pascal hatte sie umarmt und gedrückt. Magdalena erinnerte sich genau an das Gefühl. Es hatte sich schön angefühlt, so richtig gut. Ihre Mutter oder ihr Vater hatten sie nie umarmt. Magdalena hatte nicht gewusst, wie schön sich das anfühlte. Als Pascal sie gedrückt hatte, war die kalte Flamme in ihrem Herzen ganz klein geworden und dann war da plötzlich etwas Neues, etwas Schönes erwacht. Magdalena suchte nach einem Wort dafür. Sie fand keines. Vielleicht konnte man es einen kleinen Funken nennen, einen warmen kleinen Funken. Keine Flamme, nur ein winzig kleiner Funke, aber der Funke war da und er erlosch auch nicht, als die kalte Flamme wieder hell aufloderte.
Magdalena schaute der davonrasenden Metallkutsche nach und sie fühlte etwas, das sie seit Jahrhunderten nicht mehr gefühlt hatte. Sie fühlte warme Zuneigung und Liebe. Pascal hatte sie erlöst. Er hatte sie befreit. Und dann hatte er sie umarmt und gedrückt.
Das Kutschen-Auto-Ding verschwand in der Ferne. Magdalena setzte sich an den Kommpjuta und gab etwas in die Suchzeile von Guugel ein: Automobil. Sofort füllte sich der Bildschirm mit Suchergebnissen. Magdalena begann zu lesen.

*

Sie saßen in der Waldhexe und ließen es sich schmecken. Beim Essen erzählte Pascal, dass er bei den Zieglers zum Grillen eingeladen war. Er könne ruhig jemanden mitbringen, hatten Hagen und Ulrike gesagt. „Möchtest du mich begleiten?", fragte er Rebekka.
Ihr Lächeln wärmte ihm das Herz. „Gerne. Ich mag Hagen und Ulrike

und ihr Sohn Lukas ist ein netter Kerl, ein richtiger Pfiffikus."
Sie unterhielten sich eine Weile zwanglos.
Rebekka schaute Pascal an: „Sag mal, Pascal, ist irgendetwas?"
„Was soll denn sein?", fragte er arglos.
„Du wirkst irgendwie nachdenklich", sagte Rebekka. „Als ob dir irgendetwas Sorgen bereiten würde."
„Liegt wahrscheinlich an dem scheußlichen alten Kasten, in dem ich zu leben gezwungen bin", meinte er. „Ich bin froh, wenn ich dort rauskomme. Ich mag das Haus nicht. Es ist irgendwie deprimierend. Ich fühle mich absolut unwohl in dem Kasten, so als könne das Haus mich nicht leiden." Er lachte auf. „Ich weiß, das klingt bekloppt, aber so fühle ich wirklich. Hoffentlich hältst du mich jetzt nicht für verrückt."
„Überhaupt nicht", sagte Rebekka. Sie wirkte sehr ernst. „Das alte Herrenhaus hat so etwas wie eine böse Aura. Ich mag den Kasten auch nicht, mochte das Herrenhaus noch nie. Genau dort nahm alles seinen Anfang, all die bösen Dinge …"
„Wie meinst du das?", fragte Pascal.
Rebekka blickte ihn direkt an: „Dort fing es an! Im Jahr 1631! Ich weiß nicht, was die damals abgezogen haben, aber es kann nichts Gutes gewesen sein."
Pascal runzelte die Stirn: „Die?"
„Die fünf Familien", antwortete Rebekka. „Die Familien Theiß, Dahl, Hennes, Köhler und Stolz. Pascal, die Geschichten, die man sich im Dorf hinter vorgehaltener Hand erzählt, sind nicht aus der Luft gegriffen. Es steckt etwas hinter dem plötzlichen Reichtum der fünf Familien. Dabei ging es nicht mit rechten Dingen zu. Es sind in der Vergangenheit tatsächlich Kinder aus Silberberg verschwunden. Immer waren es Mädchen im Alter von acht bis zwölf Jahren. Es waren ausschließlich Mädchen aus den fünf Familien. Meine Urgroßmutter Alba hat mir

davon erzählt. Sie hat mir auch erzählt, dass ich eines Tages auf alles Antworten erhalten würde. Ihr Vermächtnis würde mir alles erklären. Sie erzählte auch von anderen Dingen, von verloren gegangenem Wissen, Wissen um uralte Geheimgänge unter der Erde, wo das Böse herrscht. Sie hat gesagt, es gäbe ein Buch, das die fünf Familien verloren haben und das sie nicht wiederfinden könnten, so sehr sie auch danach suchten. Meine Urgroßmutter hat gesagt: Wenn man etwas vor jemandem verstecken will, sollte man es direkt vor seiner Nase platzieren, weil man nicht sehen kann, was man direkt vor der Nase hat. Wenn ich ihren Hof erben würde, würde ich Antworten finden. Tja …"
Rebekka machte eine hilflose Geste: „Alba starb und hinterließ kein Testament und ohne dieses Testament gibt es auch kein Vermächtnis."
Pascal juckte es in den Fingern, ihr von seinem kleinen Gast zu erzählen, aber er wagte es nicht. Er wusste nicht genau, wie viel Loyalität Rebekka gegenüber den fünf Familien empfand. Schließlich war sie eine Dahl. Das waren ihre Leute. Mochten einige von ihnen ihr übel mitgespielt haben, so handelte es sich bei den anderen doch um ihr nahestehende Menschen. Er beschloss, sein Geheimnis vorläufig für sich zu behalten.

*

Am nächsten Tag gingen Rebekka und Pascal gemeinsam zu den Zieglers hinüber. Pascal hatte eine Kühltasche voller Grillgut dabei und eine weitere Kühltasche mit Bierdosen. Die Zieglers hießen sie willkommen.
„Schön, dass du mitgekommen bist", sagte Ulrike zu Rebekka. Sie umarmte Rebekka und küsste sie auf die Wange.
„Kommt mit hinter das Haus", bat Hagen. „Der Grill ist so weit. Ich habe bereits Holzkohle aufgelegt. Ich muss sie nur noch anzünden. Keine Angst, ich benutze Anzünder aus Wachs und Sägemehl, nicht diese abscheulichen Würfel aus Trockenspiritus, nach denen dann alles stinkt,

vor allem die Finger. Man kriegt den Mief nicht mehr weg."
Pascal grinste: „Ein erfahrener Griller. Die Spiritus-Stink-Phase habe ich auch schon lange hinter mir."
Sie gingen hinters Haus und machten es sich gemütlich. Lukas kam hinzu. Er begrüßte Pascal und Rebekka. „Hast du inzwischen in deinem Keller nachgesehen?", wollte er von Pascal wissen. „Hast du das Verlies entdeckt, wo die Hennes-Leute kleine Kinder einsperren?"
Pascal grinste „Ja, habe ich." Er feixte. „Da saß jemand drin."
„In echt?", fragte Lukas.
Pascal nickte energisch: „Jawoll, mein Herr! Da saß was drin in dem Verlies im Keller."
„Was hast du damit gemacht?", wollte Lukas wissen. Er war die Neugier in Person.
„Ich habe es rausgelassen", sagte Pascal. „Es war ein Mädchen, so alt wie du. Es saß seit über hundert Jahren in dem Verlies."
Lukas lachte: „Über hundert Jahre? Da wäre es ja längst verhungert."
Pascal macht ein verschwörerisches Gesicht. „Sie hat in all den Jahren strenge Diät gehalten. Der Zorn auf die, die sie eingesperrt haben, hielt sie am Leben und sie hat bittere Rache geschworen. Sobald sie frei ist, wird sie alle Jungen in ihrem Alter ermorden, abmurksen und so lange umbringen, bis sie tot sind. Dann müssen sie den Rest ihres Lebens als Leiche verbringen. Buuuuh!"
Sie lachten alle, auch Lukas.
„Das klingt ein wenig wie die Geschichten, die man sich im Dorf erzählt", sagte Ulrike. „Dass es mit dem Reichtum der fünf Familien nicht mit rechten Dingen zuging und solche Sachen. Du brauchst dir aber keine Sorgen zu machen, Pascal. Du bist ja ein geborener Hennes."
„Aber nur zu einem Viertel oder zu einem Achtel oder so", sagte Pascal. „Mein Blut ist stark verdünnt."

„Aber ein echter Hennes", sagte Hagen. „Die Leute von den fünf Familien reden über nichts anderes mehr, seit du da bist."
„Ja, das hat mich auch schon gewundert, wie die um mich herumscharwenzeln", sagte Pascal.
„Weil du ein Hennes bist", sagte Ulrike. „Zwar bist du ein halber Weltlicher, aber zugleich bist du so was wie der verlorene Sohn, der nach langen Jahren in der Fremde nach Hause zurückgekehrt ist. Sie hoffen wohl, dich in ihren Kreis aufnehmen zu können und in ihre Glaubensgemeinschaft."
Inzwischen hatte sich eine schöne Glut auf dem Grill gebildet. Hagen legte das Grillgut auf. „Eine Glaubensgemeinschaft", sagte er. „Man redet auch von einer verschworenen Gemeinschaft. Ich weiß von meinem Großvater, dass die fünf Familien früher ihre eigenen Messen abhielten, und zwar irgendwo in einem geheimen Raum. So hieß es jedenfalls. Falls du mich fragst: Das ist Quatsch. Das müsste ja ein wirklich großer Raum sein. Es gibt aber in ganz Silberberg kein Haus mit so einem großen Raum, dass sämtliche Mitglieder der fünf Familien darin Platz hätten. Ich glaube eher, dass die Familien ihre eigenen Messen sonntags im Vorraum der Silbermine abhielten. Davon habe ich aus mehreren Quellen erfahren. Gleich vorne, wo es in den Hügel hineingeht, sollen sie ihre Gottesdienste abgehalten haben."
Ulrike runzelte die Stirn: „Das kann aber nicht sein. Da hätten sich gewiss Neugierige eingeschlichen und zugesehen, was da ablief. Davon hat man aber noch nie gehört. Groß genug wäre die Höhle vorm Stolleneingang, aber wie gesagt … geheime Messen hätte man da nicht abhalten können."
„Wieso nicht?", hielt Hagen dagegen. „Die haben ihre Messe abgehalten, wenn die weltlichen Silberberger sonntagsmorgens in den umliegenden Dörfern zur Kirche gingen. In Silberberg gibt es keine Kirchen, weder

katholische noch evangelische."
„Das gottlose Dorf", sagte Ulrike. „So nannten sie früher Silberberg. Aber in der Höhle ist nichts und nach dem Erdbeben zu Kaisers Zeiten geht eh niemand mehr dorthin. Die Höhle ist einsturzgefährdet. Es stehen überall Warnschilder."
Pascal dachte an den fast unsichtbaren Trampelpfad vor der Höhle. „Vielleicht hat man die Schilder aufgestellt, um Neugierige abzuhalten", sagte er. „Könnte doch sein, oder?"
Hagen schüttelte den Kopf: „Nein. Die Höhle ist wirklich unsicher. Das haben damals die Behörden herausgefunden und die Schließung der Mine verfügt." Er wandte sich an Rebekka: „Weißt du etwas? Du bist eine Dahl."
„Eine Dahl und ein noch stärker verwässertes Sechzehntelblut", sagte Rebekka. „Ich stehe den Familien noch weniger nahe als Pascal. Offiziell gehöre ich fast gar nicht mehr zu ihnen." Sie verzog den Mund zu einem Strich: „Was man ja gesehen hat, als sie mich um mein Erbe brachten! Meine Urgroßmutter hat mir unter dem Siegel der Verschwiegenheit erzählt, dass die Geschichte von dem geheimen Raum unter dem Dorf kein Märchen sei. Es soll einen großen Raum im Untergrund geben, wo die vollwertigen Angehörigen der fünf Familien geheime Versammlungen abhielten. Jedenfalls haben sie es getan bis ins Jahr 1891. Da gab es das große Erdbeben, das die Mine zerstörte. Danach war alles anders. Es schien, als ob es keine verschworene Gemeinschaft mehr gab, die geheime Riten ausübte."
Lukas, der die ganze Zeit aufmerksam zugehört hatte, mischte sich ein: „Aber es verschwanden weiterhin Kinder, immer Mädchen aus den fünf Familien!"
„Es wird viel aufgebauscht", sagte seine Mutter. „Wenn die Leute nicht recht Bescheid wissen, erfinden sie gerne geheimnisvolle Geschichten.

Das ist in jedem Dorf so. Die Leute tratschen gerne."
Lukas schaute Pascal an: „Dann hast du also niemanden aus dem unterirdischen Verlies rausgelassen? Weil es nämlich gar keins gibt!"
„Du hast mich erwischt", gab Pascal zu. „Ich habe bloß Seemannsgarn gesponnen. Der Keller unter dem Herrenhaus ist dunkel und auch ein bisschen unheimlich, aber es gibt in diesem Keller kein Verlies, in dem Kinder eingesperrt sind. Mein Wort drauf." Ich lüge nicht, dachte er bei sich. Magdalena war ja nicht im Keller eingekerkert, sondern in dem unterirdischen Gang, der vom Herrenhaus zu Albas Hof führt. Wer weiß, vielleicht führen weitere Geheimgänge vom Hof aus weg, die inzwischen zugemauert sind. Er musste an den großen Zeremonienraum denken, von dem der Dorftratsch redete. Früher hatte vielleicht jedes Haus der fünf Familien einen unterirdischen Zugang dorthin.
Und dort haben sie dem dunklen Fürsten gehuldigt. Bei der Vorstellung überlief ihn eine Gänsehaut.
Später, nachdem sie gegessen hatten, unterhielten sie sich zwanglos. Das Thema unterirdisches Verlies vermieden sie tunlichst. Es war, als hätten sie eine wortlose Verabredung getroffen.
Abends grillten sie noch einmal. Erst um halb zehn endete die kleine Nachbarschaftsparty.
„Ich besorge einen Grill", versprach Pascal. „Ihr müsst unbedingt mal zu mir kommen."
Er brachte Rebekka nach vorne zur Straße. Dann standen sie voreinander und schauten sich an. Sie wussten beide nicht so recht, wie sie es angehen sollten. Pascal macht eine Geste zum Herrenhaus hin, um Rebekka zu fragen, ob sie nicht Lust auf ein Glas Wein hätte.
„Gehen wir noch zu mir?", fragte sie hastig, bevor er seine Einladung aussprechen konnte.
Klar doch, dachte Pascal. Sie kann den alten Kasten nicht leiden. Damit

sind wir schon zwei.
„Gerne", sagte er. Er wusste genau, was die Einladung bedeutete, und er folgte ihr nur zu gerne. Als sie nebeneinander zu Rebekkas Haus spazierten, bemerkte Pascal, dass hinter so manchem Fenster der Häuser der fünf Familien eine Gardine zur Seite gezogen wurde. Morgen weiß es ganz Silberberg, dachte er. Er wusste nicht, ob er belustigt oder sauer sein sollte. Aber letzten Endes konnte es ihm egal sein. Sollten sie ihnen doch hinterhergaffen. Es interessierte ihn nicht. Ihn interessierte nur Rebekka. Und die interessierte sich nur für ihn.
Es kam, wie es kommen musste. Sie nahmen sich nicht mal die Zeit für ein Gläschen Wein und als sie zusammenkamen, dachten sie nicht an die fünf Familien oder irgendwelche geheimnisvollen Messen, die in aller Heimlichkeit abgehalten wurden. Sie hatten leidenschaftlichen Sex. Sie harmonierten auf Anhieb miteinander, als wären sie seit langer Zeit ein Paar.
Pascal hatte so etwas noch nie erlebt. Es überrollte ihn wie ein Güterzug. Es war, als hätten sie beide seit Jahren aufeinander gewartet.
Später, als sie nebeneinander lagen, stellte ihm Rebecca eine Frage: „Du hast also kein Verlies in deinem Keller gefunden?"
Er schüttelte den Kopf: „Nein. Nichts dergleichen. Das ist wohl nur eine alte Geschichte."
„In alten Geschichten steckt oft ein Körnchen Wahrheit."
„Gewiss, das glaube ich auch." Pascal zögerte. Er hätte Rebekka gerne von seinem Fund in dem unterirdischen Gang erzählt, doch er schreckte noch immer davor zurück. Er konnte nicht sagen, weswegen. Stattdessen erzählte er Rebekka von dem Narrowboat, das er mieten wollte.
„Wie wäre es?", fragte er. „Hättest du Lust, mich zu begleiten? Du machst ja deine Arbeit von zu Hause aus am Computer, genau wie ich."
Sie fiel ihm um den Hals. „Nur zu gerne", sagte sie. „Da lasse ich mich

nicht zweimal bitten."

„Die Familienchefs wird es freuen", sagte er und wunderte sich, wie viel Sarkasmus in seiner Stimme mitschwang.

„Die Familienchefs können mir den Buckel runterrutschen", sagte Rebekka und küsste ihn.

Er nahm sie in die Arme. Das zweite Mal wurde noch besser als der erste Durchgang.

*

Es sprach sich in Windeseile herum, dass Pascal und Rebekka zusammengekommen waren. Die Leute aus den Familien waren ganz aus dem Häuschen.

Ich muss mir Schuhe mit grobstolligem Profil anschaffen, dachte Pascal, sonst rutsche ich auf einer der vielen Schleimspuren aus. Junge, Junge!

Es war echt verrückt. Und sie waren überall. Er brauchte nur vor die Tür zu treten, schon waren Leute da, die ihn in ein Schwätzchen verwickelten und ihm zu seiner Freundschaft mit Rebekka gratulierten. Es wurde ihm fast zu viel, aber er machte gute Miene zu dem übertriebenen Spiel. Besser, man fand es gut, dass er mit Rebekka zusammen war, als dass die Leute ablehnend reagierten. Aber sie waren Schleimer. Sie waren aufdringlich. Gleich sechs Personen fragten ihn über Leihmutterschaft in der Ukraine aus. Pascal gewöhnte sich an zu sagen, er kenne sich nicht gut genug aus, um etwas Genaueres dazu zu sagen. Man möge sich doch bitte übers Internet selbst schlaumachen. Da gab es spezielle Seiten der verschiedenen Dienstleister und auf YouTube gab es zig erklärende Videos.

Prompt beschied man ihm, er habe sich ja doch seine Gedanken gemacht, und man versprach, sich im Internet umzutun.

Rebekka erging es nicht besser. Auch sie wurde mächtig ausgefragt. Sie nahm es mit Humor und einer Portion Sarkasmus.

„Jetzt können sie sehen, wo sie bleiben", sagte sie eines Tages, als sie wieder mal in der Kanalhexe aßen. „Da haben sie mich vor zehn Jahren um mein Erbe gebracht und nun komme ich ja doch noch an Urgroßmutter Albas Haus, wie es aussieht."

Sie mussten beide lachen.

Pascal hatte ein schlechtes Gewissen beim Lachen. Er hatte Rebekka immer noch nichts von Magdalena erzählt. Ich sage es ihr, wenn wir vom Narrowboatfahren zurück sind, nahm er sich vor. Ich brauche ja selbst noch Zeit, mich an meinen kleinen Hausgast zu gewöhnen.

Immerhin hatte er herausgefunden, dass Magdalena eine Vorliebe mit ihm teilte: Sie spielte für ihr Leben gerne Dame, etwas, das Pascal auch gerne machte. Oft saßen sie zusammen und spielten ein oder zwei Partien.

Dass er Magdalenas Existenz geheim halten musste, stank ihm gewaltig. Mehr als einmal fragte er sich, warum ausgerechnet von seinem kleinen Schützling ein Bild existierte. Hätte es das Bild im Herrenhaus nicht gegeben, hätte er das Mädchen als Verwandte vorstellen können oder als adoptierte Tochter. Aber das ging nicht, weil alle Mitglieder der fünf Familien das verflixte Bild kannten. Da half auch moderne Mädchenkleidung nichts. Die bestellten Sachen waren inzwischen angekommen und Magdalena sah in Bluejeans, farbigen T-Shirts und mit Sportschuhen aus wie ein ganz normales Kind der Zeit. Ja, wenn das verdammte Bild nicht gewesen wäre …

*

„Die zwei sind zusammen. Das steht fest." Sie hatten sich versammelt und redeten über Pascal Hennes und Rebekka Dahl.

„Man sieht sie überall zusammen hingehen."

„Die zwei sind ein Paar. Wahrscheinlich werden sie heiraten."

„Sie wollen demnächst nach England gehen, um auf den Kanälen eine

Fahrt mit einem Hausboot zu unternehmen."
„Wer weiß, vielleicht sind das vorgezogene Flitterwochen."
„Vielleicht? Von wegen vielleicht! Die zwei sind ein Paar und sie bleiben zusammen. Für mich steht das fest."
So redeten sie und alle waren gut gelaunt.
„Die Zeit wird kommen, wenn der der Kreis sich schließt", sagte Adam Stolz. „Dann werden die guten Zeiten zurückkommen. Wenn der dunkle Fürst seine volle Macht zurückerhält, wird er uns reich entlohnen. Der Wohlstand wird nach Silberberg zurückkehren. Wenn wir doch nur wüssten, wo das alte Buch versteckt ist! Es ist wirklich ein Jammer. In dem Buch steht geschrieben, wie man den Dunklen wieder gnädig stimmen kann. Ohne dieses Wissen müssen wir improvisieren. Es gibt derzeit keine Möglichkeit, mit dem Fürsten in Kontakt zu treten. Seine Macht ist schwach seit jenen unseligen Tagen im Jahr 1891!"
„Der Teufel soll die verdammten Leute holen, die damals den Kreis zerbrachen!", fluchte Harald Köhler. „Als sie aus Silberberg flohen und das ausstehende Opfer stahlen, kam das Pentagramm aus dem Gleichgewicht. Verflucht sollen sie sein!"
„Pascal Hennes ist zurück in Silberberg", sagte Angelika Theiß. „Wir werden den Kreis schließen."
„Aber das Buch ist weg!", schimpfte ihr Mann Julius. „Wer weiß, vielleicht haben die Verfemten es damals bei ihrer Flucht mitgenommen."
„Oder noch schlimmer: das Buch zerstört", sagte Simon Dahl.
Adam Stolz kratzte sich am Kinn: „Wer weiß, vielleicht ist doch etwas Wahres dran, dass Alba das Buch an sich gebracht hat, bevor sie starb."
„Der alte Hof wurde nach ihrem Tod von oben bis unten abgesucht", brummte Julius Theiß. „Wir fanden nichts. Armin und Ellen haben Rebekka umsonst um ihr Erbe gebracht. In all den Jahren ist in Albas

Haus nichts gefunden worden."
„Und nun schaut es so aus, als bekäme die gute Rebekka den Hof doch noch", sagte Harald Köhler. Er lachte laut. „Wenn Armin und Ellen das wüssten! Im Grabe umdrehen würden sie sich."
„Aber warum denn?", hielt Adam dagegen. „Wenn sie mit Pascal dorthin geht, ist sie würdig."
„Ja, genau", sagte Julius. „Dann ist sie würdig, ihr Erbe anzutreten. Sie und Pascal werden uns das Opfer für den dunklen Fürsten schenken, wenn es so weit ist."
„Trotzdem grämt es mich, dass das Buch verschwunden ist", maulte Harald. „Hätten wir das Buch, wäre alles ein Kinderspiel!"

*

Aus dem CD-Radiogerät auf dem Arbeitstisch dudelte die neue CD mit kroatischer Volksmusik, die sich Pascal bei ARC-Music in England bestellt hatte. Pascal arbeitete an seinem aktuellen Buchprojekt. Er wollte es noch vor der Abreise nach England fertigbekommen. Drüben in Albas Hof waren die Handwerker am Arbeiten. Arno Brill, der Architekt, war guten Mutes. Er hatte Pascal in die Hand versprochen, dass er und Rebekka noch vor Weihnachten einziehen konnten. Pascal freute sich. Er konnte es gar nicht erwarten, aus dem alten Herrenhaus herauszukommen. Auch Magdalena gefiel die Aussicht, in Albas Haus zu leben, gut.
Ist das ein Wunder?, fragte sich Pascal. Hier in dem bösen alten Kasten erinnert sie alles an das Ungeheuerliche, das ihre Eltern ihr angetan haben. Ich möchte auch nicht in einem Haus wohnen, wo man mir Unaussprechliches angetan hat.
Er hatte sich inzwischen an seinen kleinen Gast gewöhnt. Magdalena war still und anspruchslos. Alles, was sie wollte, war, bei ihm zu sein. Sie suchte ständig seine Nähe. Nachdem sie alles Mögliche aus dem

Internet gelernt hatte, war sie dazu übergegangen, ihn auf alles, was sie interessierte, anzusprechen. Sie hörte ihm lieber zu, als am Computer nach interessanten Themen zu stöbern. Außerdem liebte sie es, mit ihm gelegentlich eine Partie Dame zu spielen. Bei alledem war sie nie aufdringlich. Sie wollte einfach nur bei ihm sein.

„Die kalte Flamme brennt noch immer in mir", sagte sie eines Tages. „Wenn auch die Macht des dunklen Fürsten nicht mehr die alte ist, so herrscht er doch noch immer über mich. Gäbe es die kalte Flamme nicht, würde sie erlöschen, dann wäre mein Leben zu Ende."

„Möchtest du nicht von dem Fluch erlöst werden?", fragte Pascal.

Sie hatte ihn angeschaut, sehr lange angesehen. „Früher habe ich mir nichts sehnlicher gewünscht als das", sagte sie leise. „Ich wollte sterben, damit ich von dem schrecklichen Fluch erlöst würde. Aber jetzt ..." Wieder sah sie ihn lange an: „Jetzt bin ich bei dir, Pascal. Ich ..." Sie blickte zu Boden. Dann hob sie den Blick: „Du gibst mir jeden Abend einen Gutenachtkuss."

Pascal war erschüttert. Ihm war klar, was Magdalena ausdrücken wollte. Sie hatte ein Leben in totaler Lieblosigkeit geführt und war dann von den eigenen Eltern einem Dämon geopfert worden. Sie hatte nie Liebe erfahren. Da war ein simpler Gutenachtkuss oder eine Umarmung schon eine kleine Gefühlssensation für sie.

„Ich passe gut auf dich auf", versprach er. Er war aufgestanden und zu ihr getreten. „Ich lasse nicht zu, dass die Leute aus den fünf Familien dich kriegen. Ich beschütze dich, Magdalena."

Sie hatte sich in seine Arme gekuschelt und sich an ihn gedrängt. Er hatte sie umarmt und gedrückt und ihr einen Kuss auf die Stirn gegeben.

„Ich habe dich lieb", hatte er gesagt.

Da hatte sie sich noch fester an ihn gedrängt.

*

Die Reise stand kurz bevor. Das Gepäck war in Pascals Auto verstaut. Er hatte bei Zieglers vorbeigeschaut und seine E-Mail hinterlassen. „Falls was vorkommt", hatte er gesagt. „Rückt die Mail-Addy bitte nicht raus. Das ist meine Hauptadresse für die Kommunikation mit den Verlagen und mir nahestehenden Menschen. Diese ID ist nirgends im Web eingetragen. Die ist hundertprozentig Spam-frei."

Später sprach er mit Magdalena. „Ich muss dich für zwei Wochen allein lassen", sagte er zu ihr, „aber ich komme zurück, keine Sorge."

Sie drückte sich an ihn. „Geh nicht!", flehte sie. „Bitte lass mich nicht allein. Was ist, wenn sie mich finden?"

„Du musst dich verstecken, wie du es die ganze Zeit getan hast. Sei besonders abends und in der Nacht vorsichtig. Mach nur in deinem eigenen Zimmer Licht. Achte darauf, dass die Vorhänge immer zugezogen sind. Man darf von außen kein Licht im Haus sehen. Das könnte die Leute misstrauisch machen. Dann denken sie, es ist ein Einbrecher im Haus und sie kommen nachsehen. Ich habe zwar niemandem einen Schlüssel gegeben, aber Agnes Friedmann hat einen, weil sie die Pflanzen gießen muss, solange Rebekka und ich weg sind. Pass besonders gut auf, wenn Agnes ins Haus kommt. Dann versteck dich im Keller. Agnes betritt den Keller nie. Solange der böse Dunkelfürst nicht spüren kann, wo genau du dich aufhältst, kann dir nichts geschehen. Das kann er doch nicht, oder?"

Magdalena schüttelte den Kopf: „Nein. Seit dem großen Donnergrollen ist er so gut wie blind und taub. Er nährt sich noch immer von der kalten Flamme und die kalte Flamme hält mich in Silberberg gefangen, aber mehr Macht hat er nicht über mich. Aber wenn sie mich finden, werden sie mich wieder einschließen und diesmal so, dass ich niemals mehr freikomme. Pascal, ich habe Angst!"

Er drückte sie ganz fest. „Du brauchst keine Angst zu haben, Liebes. Sie werden dich nicht finden. Ich bin bald zurück. Und dann werde ich versuchen herauszufinden, ob es einen Weg gibt, dich zu befreien, den Fluch von dir zu nehmen."

Sie schaute zu ihm auf: „Ehrlich?"

„Versprochen", antwortete er und drückte sie noch einmal. „Ich habe dich lieb, Magdalena."

Da kuschelte sie sich still an ihn und sagte nichts mehr.

Pascal hatte wieder das komische kleine Gefühl, ein Gefühl, dass er etwas übersah, etwas Wichtiges. Es bewegte sich am Rande seines Wahrnehmungsvermögens. Es war ganz nah, aber jedes Mal, wenn er danach greifen wollte, entwischte es ihm. Das war zum Mäusemelken. Er kam partout nicht drauf. Er wusste nur, dass es wichtig war.

*

Sie standen im Heck des gemieteten Narrowboats und tuckerten mit gemütlichen drei Meilen pro Stunde dahin. Der Kanal führte mitten durch die Natur. Es war fantastisch.

„Wenigstens hier können sie uns nicht auflauern", sagte Pascal zu Rebekka. „Nicht auszudenken, dass hinter jeder Kurve welche aus den Familien stehen und uns eifrig zuwinken. Mann! Die haben uns verabschiedet, als würden wir nach Amerika auswandern."

Als er und Rebekka zu ihrer Reise aufbrachen, hatten sämtliche Mitglieder der Familien an den Straßen Spalier gestanden und ihnen zum Abschied gewunken, sogar die Kinder. Die waren an diesem Tag nicht zur Schule gegangen. Ihre Eltern hatten sie entschuldigt.

„Ja, das war echt übertrieben mit der Verabschiedung", sagte Rebekka. Sie lachte ihn an: „Sie sehen in dir nun mal den verlorenen Sohn und seit wir beide zusammen sind, denken sie, dass du endgültig in den Schoß der Familien zurückgekehrt bist."

„Darauf sollten sie sich nicht allzu sehr verlassen", sagte Pascal.

Nicht, nachdem ich Magdalena in ihrem Verlies gefunden habe, dachte er bei sich. Er musste an die eindringlichen Warnungen seines Vaters und Großvaters denken. Seit er über Magdalenas Schicksal Bescheid wusste, verstand er die Warnungen nur zu gut. Mich werdet ihr jedenfalls niemals bei einer euren finsteren schwarzen Messen sehen, dachte er. Das könnt ihr knicken! Dann schob er die unangenehmen Gedanken beiseite. Er wollte sich nicht den schönen Urlaub von finsteren Überlegungen verderben lassen.

Er und Rebekka fuhren tatsächlich so, wie Rebekka es ihm erzählt hatte. Er steuerte das Boot und sie bediente die Schleusen von Hand. Alle Bootsbesatzungen, auf die sie trafen, hielten es so. Es war eine Tradition. Immer waren es die Männer, die die Schmalboote in die engen Schleusenkammern manövrierten, und die Frauen bedienten die Schleusen. Sie erlebten keine Ausnahme bei dieser ungeschriebenen Regel. Nur wenn Männer solo auf einem Boot unterwegs waren, bedienten sie selbst die Schleusen.

Aber so, wie es war, war es gut. Pascal und Rebekka ergänzten sich perfekt. Sie verstanden sich prächtig. Sie fuhren den lieben langen Tag und hielten unterwegs an, wann immer sie Lust dazu hatten. Sie besuchten Museen, Volksfeste und Sehenswürdigkeiten. Abends gingen sie in einem Pub essen oder sie machten sich ihr Essen auf dem Boot. Es gab einen Fernseher, aber den schalteten sie nur morgens ein, um die Nachrichten zu schauen und die Wettervorhersage zu hören. Abends führten sie lange Gespräche.

Pascal kam wieder auf ihre übertriebene Verabschiedung zu sprechen: „Als die Familien uns verabschiedeten, waren sogar die Schulkinder dabei. Ihre Eltern haben sie einfach so in der Schule entschuldigt."

„Die fünf Familien haben noch immer viel Macht in Silberberg", sagte Rebekka. „Sie waren es, die die große Schule gebaut haben, wo

Hauptschule, Realschule und Gymnasium zusammengelegt sind. Die Familien haben vor weit über zweihundert Jahren auch die erste Dorfschule erbaut. Damals wie heute kommen etliche Kinder aus benachbarten Ortschaften in unsere Schule. Die Kinder der fünf Familien können ja die Ortsgrenze von Silberberg nicht übertreten."

„Das ist aber doch nur so ein Geschwätz, oder?" fragte Pascal. „Die Silberberger sind halt sehr heimatverbunden. Aber sie sind nicht im Dorf gefangen."

Rebekka sah ihn ernst an: „Doch, Pascal. Es ist wirklich so. Sie sind wie Vögel in einem Käfig. Selbst wenn die Käfigtür geöffnet wird, trauen sie sich nicht hinaus. Du wirst nicht erleben, dass Mitglieder der Familien in fremden Ländern Urlaub machen."

„Was ist mit Klassenreisen? Schulklassen fahren doch manchmal weit weg. An die Nordsee zum Beispiel oder nach Spanien. Als ich noch in der Schule war, haben wir in der letzten Klasse eine Fahrt nach Wien gemacht und blieben vier Tage dort."

„Kinder aus den fünf Familien fahren nicht mit", sagte Rebekka. „Nur die Halbblüter wie ich können an so was teilnehmen. Kinder aus dem inneren Kreis nicht. Sie werden von ihren Eltern entschuldigt. Die Schule akzeptiert das."

„Aber die Familien besitzen sehr viel Land außerhalb von Silberberg", hielt Pascal dagegen. „Astrid Kluding hat mir davon erzählt. Denen gehört im Umkreis von fünfzig Kilometer mehr als ein Drittel des Landes!"

„Das waren wohldurchdachte Zukunftsinvestitionen", sagte Rebekka. „Sie haben das Land von Mittelsmännern aufkaufen lassen, als es ihnen finanziell noch gut ging. Sie haben sich abgesichert. Im Laufe der Jahre wurde das Land immer wertvoller. Sie haben es verpachtet oder verkauft, zum Beispiel, wenn sich Industrie ansiedeln wollte. Die

Familien besitzen noch immer unendlich viel Land. Sie verwalten es über Mittelsmänner. Das Pentagramm ist immer noch reich, geradezu sagenhaft reich. Wenn alle Mitglieder der fünf Familien an einem einzigen Tag versterben würden, wäre der letzte übrig gebliebene Erbe Multimillionär. Man sagt, der Gesamtbesitz habe einen Wert von über zweihundert Millionen."

Pascal pfiff durch die Zähne. „Zweihundert! Wow! Dagegen bin ich mit meinen bescheidenen vier Milliönchen ein kleines Licht."

„Du hast mehr als vier Millionen", sagte Rebekka. „Dr. Bendler hat dir doch die Unterlagen zukommen lassen, oder? Sieh dir die mal genau an. Armin und Ellen besaßen mehr als vier Millionen. Kann sein, dass Bendler dir erzählt hat, wie viel Barvermögen du besitzt, zum Beispiel in Aktien und aus Verpachtungen. Aber du besitzt auch jede Menge Land außerhalb von Silberberg, Land, das darauf wartet, verpachtet oder verkauft zu werden. Gebundenes Kapital sozusagen. Du kannst es jederzeit flüssigmachen."

„Ist ja ein Ding!", sagte Pascal. „Das wusste ich nicht. Vielleicht sind die Familien deshalb so wild darauf, mich in Silberberg zu halten. Damit das Geld nicht aus dem Dorf abwandert."

Rebekka schüttelte den Kopf: „Nein, Pascal. Darum geht es denen nicht. Sie wollen nicht dein Geld, sie wollen dich! Dich und mich! Meine Urgroßmutter hat mir davon erzählt. 1891 bei dem großen Erdbeben wurde der Kreis aufgebrochen. Sie wollen diesen Kreis wieder schließen. Dafür ist ihnen jedes Mittel recht." Sie seufzte. „Ich habe Almas Vermächtnis nicht. Dort steht wahrscheinlich alles aufgeschrieben, Antworten auf alle Fragen. Meine Urgroßmutter hat das gesagt. Dann ist sie gestorben, ohne ein Testament zu hinterlassen. Oder jemand hat es an sich genommen. Albas Vermächtnis haben sie aber nicht, denn sonst stünden sie nicht so unwissend da. Die wissen doch gar nicht, was sie eigentlich machen sollen. Ich glaube, Alba hat ihnen ein Schnippchen geschlagen."

„Deine Urgroßmutter stand wohl ziemlich hoch im Ansehen bei den Familien", meinte Pascal. „Sie hatte bestimmt viel zu sagen."

„Überhaupt nicht", sagte Rebekka. „Sie war ja auch ein Halbblut, wie ich und meine Mutter. Aber sie war die direkte Nachfahrin einer sehr mächtigen Frau in Silberberg, hat sie mir erzählt. Von ihrer Mutter wusste sie vieles über die Machenschaften der fünf Familien. Das alles hat sie in ihrem Vermächtnis niedergelegt. Leider ist dieses Vermächtnis verschollen."

*

Am frühen Nachmittag, einen Tag nach der Abreise von Pascal Hennes und Rebekka Dahl, ging Agnes Friedmann ins Herrenhaus. Am Morgen hatte sie nicht hingehen können, weil sie einen Zahnarzttermin hatte. Pascal hatte sie gebeten, alle zwei Tage im Herrenhaus nach dem Rechten zu sehen und, wenn nötig, die Pflanzen zu gießen, die er angeschafft hatte, um den düsteren alten Kasten etwas wohnlicher zu gestalten. Agnes hatte ihre Tochter Johanna dabei, um ihr zu zeigen, wo überall Pflanzen standen, um sie zu gießen, falls sie selbst verhindert sein würde.

Sie hatte erwartet, ihre Tochter würde sich beschweren, aber Johanna war ohne Murren mitgekommen. Sie wollte sich unbedingt die alten Bilder im Herrenhaus anschauen. Seit Pascal ihr das erlaubt hatte, hatte sie ihre Mutter gelöchert, doch mal nachmittags im Herrenhaus zu putzen, damit sie mitkommen könnte, um sich die Bilder anzusehen.

Agnes verstand es nicht so recht. Man konnte sich die Bilder ja mal in Ruhe ansehen, aber mehrmals hintereinander, immer wieder?

Nachdem ihre Mutter ihr alle Pflanzen im Herrenhaus gezeigt hatte und welche Türen und Fenster man kontrollieren musste, um sicherzustellen, dass niemand eingebrochen war, stromerte Johanna allein durchs Haus, das heißt, sie lief zu dem Zimmer, wo all die alten Bilder an der Wand hingen, um sie sich anzuschauen. Wie immer blieb sie am längsten vor dem Porträt der zehnjährigen Magdalena Hennes aus dem Jahr 1631 stehen, das Bild zog sie magisch an. Sie las die Inschrift unten im Rahmen des Bildes: *Magdalena Hennes, 1631,* stand da in den Rahmen geschnitzt. Johanna schaute das Mädchen an, das seit fast vierhundert Jahren tot war. Auf dem Bild wirkte Johanna so lebendig wie auf einem Foto. Ihre Augen blickten Johanna ruhig aus dem Bild heraus an. Wie immer dachte Johanna, dass Magdalena irgendwie traurig wirkte. Das Mädchen sah verloren aus, als ob es sich vor etwas fürchtete, das auf sie zukam.

„Arme Magdalena", sagte Johanna leise. Sie hob die Hand, wie um dem Mädchen auf dem Bild über die Wange zu streicheln. Da hörte sie ein leises Geräusch hinter sich. Erschrocken fuhr sie herum.

Da war nichts. Sie war allein in dem großen Raum. Eine Minute stand Johanna ganz still da. Sie rührte sich nicht und bemühte sich, möglichst leise zu atmen. Nichts. Sie hörte nichts mehr.

Ich habe mir bloß was eingebildet, dachte sie. Alte Häuser machen manchmal komische Geräusche. Irgendein alter Balken hat geknackt oder eine Treppenstufe.

Die Treppen im Haus waren aus Holz, genau wie die Zwischendecken, und Holz gab Geräusche von sich, wenn sich das Material bei Wärme ausdehnte oder sich bei Kälte zusammenzog.

Da! Wieder das Geräusch! Johannas Augen huschten durch den Raum zu dem hohen Sprossenfenster. Wieder ein leises Ächzen!

Johanna grinste. Da habe ich es! Das Fenster hat geknackt. Sie atmete auf. Einen Moment lang hatte sie geglaubt, jemand wäre mit ihr zusammen im Zimmer.

Ihr Blick fiel auf den Tisch in der Mitte des Raums. Vier Stühle standen um ihn herum. Auf der Tischplatte war ein Damespiel aufgebaut, das schwarz-weiß karierte Brett aufgeklappt, die weißen und schwarzen Spielsteine aufgesetzt für eine neue Partie. Johanna trat näher. Dame. Sie spielte gerne Dame mit ihrem Vater. Der hatte ihr jede Menge Tricks beigebracht. Sie betrachtete das Spielbrett mit schief gelegtem Kopf.

Welche Farbe soll ich nehmen? Na, die Farbe, die ich immer nehme, wenn ich es mir aussuchen darf: schwarz. Sie griff nach einem Spielstein und machte einen Zug. „Eröffnet", sagte sie leise. „Schwarz greift an."

„Ach, da bist du ja!"

Johanna machte vor Schreck einen Luftsprung. Ihre Mutter stand im Türrahmen. „Mutti!" Johanna griff sich ans Herz. „Du hast mich erschreckt! Ich wäre vor Schreck beinahe aus meinen Schuhen gesprungen."

Ihre Mutter sah nach unten. Ein spöttisches Lächeln flog über ihr Gesicht. „Wie gut, dass deine Schuhe fest zugebunden sind. Sie sind noch da, wo sie hingehören - an deinen Füßen. Komm jetzt! Wir gehen. Ich muss zu Hause im Garten noch gießen. Du kannst mir helfen oder willst du zu deinen Freundinnen"

„Nö, ich komme mit dir. Luise ist mit ihrer Mutter Klamotten einkaufen und bei Sophie ist ihre doofe Cousine heute Nachmittag zu Besuch. Auf die kann ich verzichten. Da ist mir ruhige Gartenarbeit lieber. Können wir heute Abend nicht mal grillen?"

Ihre Mutter schüttelte den Kopf: „Dein Vater ist bei einem Arbeitskollegen und hilft ihm, die Dachrinne zu säubern. Der Mann hat letztens auch bei uns geholfen."

Sie stiegen ins Auto und fuhren los. „Pascal Hennes grillt gerne", erzählte Johanna. „Lukas hat es mir erzählt. Pascal und Rebekka waren bei Zieglers zum Grillen. Pascal will sich revanchieren. Er muss nur noch einen Grill besorgen. Armin und Ellen hatten nämlich keinen. Die waren viel zu geizig für so was. Sag, könnten wir Herrn Hennes nicht mal zum Grillen einladen? Dann werden wir von ihm und Rebekka auch eingeladen und vielleicht von den Zieglers. Lukas sagt, dass sie bei schönem Wetter auf der Terrasse grillen."

Ihre Mutter sah zu ihr herüber

„Was guckst du so?", fragte Johanna.

„Du bist ja plötzlich ganz wild darauf, dem Herrenhaus einen Besuch abzustatten." Ihre Mutter grinste. „Hat das vielleicht damit zu tun, dass der Lukas dort nebenan wohnt?"

„Na und?", gab Johanna zurück. „Ich vertrage mich halt gut mit Lukas. Er hat mir Judogriffe beigebracht."

„Ach sooo", meinte ihre Mutter. Sie grinste noch breiter. „Das ist natürlich was anderes."

„Brauchst gar nicht so zu gucken!", fuhr Johanna auf. „Was ist denn nun mit der Grilleinladung?"

„Lass mal, Fräulein Tochter", sagte ihre Mutter. „Die Leute aus den Familien sind schon genug hinter dem armen Pascal her. Die überschütten ihn mit Einladungen. Ich glaube, deswegen ist er nach England geflüchtet. Um mal seine Ruhe zu haben."

„Und um den ganzen Tag mit Rebekka zu knutschen", sagte Johanna. „Wenn er es hier im Dorf macht, gaffen sofort alle Leute. Aber einladen könnten wir doch trotzdem mal. Die Zieglers auch. Das wäre doch nett."

„Warten wir es ab", sagte ihre Mutter. „Lass die zwei Turteltäubchen erst mal aus England zurückkehren. Die bleiben zwei Wochen lang weg."

*

„Willkommen in Liverpool", rief Pascal aus, „der Heimat der Beatles und des besten Narrowboatbuilders: *Aintree Boats*."

Rebekka lehnte sich an ihn: „Hast du da noch mal angerufen?“
Pascal schüttelte den Kopf. „Mache ich, gleich nachdem wir eine gescheite Anlegestelle in der Nähe gefunden haben. Dann besuchen wir die und schauen uns alles in Ruhe an.“ Er drückte sie an sich und gab ihr einen Kuss: „Es steht fest, dass wir unser eigenes Boot bekommen werden. Wir bestellen eins knackneu von der Grundplatte aufwärts und es wird genauso eingerichtet, wie wir es wollen.“

*

Sie waren wieder im Herrenhaus. Johanna hatte ihre Mutter überzeugt, nachmittags hinzugehen, weil sie morgens Schule hatte. „Ich muss doch lernen, was ich da alles machen muss“, hatte sie gesagt. „Falls du mal verhindert bist.“

„So, so“, hatte ihre Mutter nur gesagt.

Als sie beim Herrenhaus vorfuhren, zeigte sie auf das Haus der Zieglers nahebei: „Zieglers Auto steht nicht vor dem Haus.“ Sie wandte sich an ihr holdes Töchterlein: „Pech gehabt. Lukas ist anscheinend mit seinen Eltern weggefahren.“

„Na und?“, rief Johanna. Sie setzte ein trotziges Gesicht auf. „Außerdem steht das Auto ja manchmal in der Garage.“

„Aber nicht bei schönem Wetter“, hielt ihre Mutter dagegen. Beim Aussteigen grinste sie. „Vielleicht kommen Zieglers ja zurück, während wir beim Saubermachen sind. Und jetzt putzen wir das Herrenhaus von oben bis unten.“

Dies taten sie auch. Nur den Keller ließen sie außen vor. Agnes Friedmann mochte den Keller des Herrenhauses nicht; Johanna erst recht nicht.

Nachdem Johanna mit ihrem Teil der Arbeit fertig war, ging sie ins Zimmer mit den Bildern. Schon beim Betreten des Raums fiel ihr die Veränderung auf. „Das gibt´s doch nicht!“, flüsterte sie. Ihre Augen

weiteten sich und ihr Herz schlug einen Takt schneller. „Das … das kann doch nicht sein!"
Mit ganz kleinen Schritten näherte sie sich dem Tisch in der Mitte des Raumes. Sie trat so leise wie möglich auf. Dann stand sie vor dem Tisch. „Irre!", wisperte sie. Sie musste schlucken. „Das ist voll irre!"
Das Damebrett lag noch genauso auf dem Tisch wie zwei Tage zuvor. Mit einem Unterschied: Einer der weißen Steine war bewegt worden!
„Das kann nicht sein!", flüsterte Johanna. „Die Hausbesitzer sind auf Reisen und außer Mutti hat niemand einen Schlüssel zum Herrenhaus. Wer zum Kuckuck hat den Damestein bewegt?"
Es konnte mehrere Gründe geben. War jemand ins Haus eingebrochen? Nein, sie und ihre Mutter hatten, gleich nachdem sie ins Haus gekommen waren, sämtliche Fenster und die Hintertür kontrolliert. War eine Maus über den Tisch gelaufen und hatte den Damestein unabsichtlich bewegt? Johanna sah sich den Tisch an. Die Tischbeine waren sehr glatt und sie befanden sich unter der Tischplatte, zwanzig Zentimeter vom Tischrand entfernt. Da konnte keine Maus auf den Tisch gelangen. Außerdem gab es im Herrenhaus keine Mäuse. Hatte vielleicht noch jemand anderes einen Schlüssel zum Herrenhaus? Jemand, der diesen Schlüssel von Armin und Ellen erhalten hatte, bevor sie bei dem Unfall im Wald ums Leben kamen? Sehr unwahrscheinlich. Der ehemalige Bürgermeister von Silberberg war keiner, der anderen Leuten den Schlüssel zu seinem Haus überließ. Ihre Mutter hatte auch keinen Schlüssel gehabt. Am Putztag war Ellen Hennes stets zu Hause gewesen und ließ Agnes Friedmann herein, wenn sie klingelte. Johannas Mutter hatte erst einen Schlüssel bekommen, nachdem Pascal Hennes sie gebeten hatte, nach dem Haus zu schauen, solange er mit Rebekka Dahl Urlaub machte.
Blieb nur noch eine Lösung. „Ein Geist!" Johanna überlief es eiskalt. Im

Herrenhaus ging ein Gespenst um!
„Ein Kerkerkind!", flüsterte sie. „Die alten Geschichten sind also wahr! Drunten im Keller gibt es ein geheimes Verlies und dort ist ein Kind eingesperrt. Es ist dort gestorben und nun geht sein Geist im Herrenhaus um. Du lieber Gott!" Johannas ganzer Körper überzog sich mit einer Gänsehaut. Sie starrte auf das Damebrett. Ein Geist hatte den weißen Spielstein bewegt. Ein echter Geist!
Geister gibt es keine, hieß es immer. Das ist nur Einbildung. Aber hier hatte sie den Beweis: Der weiße Spielstein hatte sich bewegt. Er war von Geisterhand bewegt worden.
Es gibt Geister, dachte Johanna. Zumindest in diesem alten Kasten. Deswegen habe ich mich immer so komisch gefühlt, wenn ich in diesem Haus war. Das war doch von Anfang an so. Ich war nie gerne im Herrenhaus, weil ich es immer ein bisschen gruselig fand. Ich habe instinktiv gespürt, dass es hier spukt.
„Ich bin so weit. Wir können gehen." Johanna erschrak. Ihre Mutter stand in der Tür. „Was ist?", fragte sie. „Hast du gerade einen Geist gesehen?"
„Ja … nee … ich meine, mir ist gerade eingefallen, dass ich noch lernen muss. Morgen schreiben wir eine Mathearbeit."
„Dann mach hier Schluss", sagte ihre Mutter. „Ich stelle noch das Putzmittel unter die Spüle, dann fahren wir." Ihre Mutter wandte sich ab.
Johanna stand mitten im Zimmer. Wir hatte ihre Mutter noch gleich gefragt: „Hast du gerade einen Geist gesehen?" Hatte sie dabei nicht gegrinst und kurz zum Tisch hinübergeschielt?
„Alles klar!", murmelte Johanna. „Da war tatsächlich ein Geist am Werk. Der Geist heißt Agnes Friedmann!" Ihre Mutter musste den weißen Damestein in einem unbeobachteten Moment verschoben haben, um

ihrer Tochter einen Streich zu spielen. „So was Fieses!", brummte Johanna. Sie lief zum Tisch und machte mit ihrem schwarzen Spielstein einen neuen Zug. „Wollen wir doch mal sehen!", raunte sie. Sie nahm sich vor, beim nächsten Besuch im Herrenhaus gleich nach dem Betreten des Hauses hier ins Zimmer zu kommen und nachzuschauen, bevor ihre Mutter dazu kam, an dem Damebrett etwas zu verändern.
„Genauso mache ich es", flüsterte Johanna. „Wollen wir doch mal sehen, ob der Geist aktiv war! Jawoll!" Sie verließ mit ihrer Mutter das Haus.

*

Pascal und Rebecca waren in der Bootswerkstatt von Aintree Boats zu Besuch. Der Manager führte sie überall herum und zeigte ihnen mehrere Narrowboats in verschiedenen Baustadien. Er hörte sich ihre Wünsche aufmerksam an und gab ihnen Tipps, was alles machbar war. Der Mann war freundlich und kompetent. Als Pascal sagte, sie wollten ein Schmalboot im gebräuchlichen Format, einen sogenannten 57-Footer, wartete der Mann mit einer Überraschung auf. Es gab ein Boot, das bereits fertig gebaut war und nur noch auf seine Innenausstattung wartete. Der Kunde, der das Boot bestellt hatte, war unerwartet verstorben und seine hinterbliebene Ehefrau wollte das Boot nicht mehr haben und bot es zum Verkauf an.
„Es ist natürlich traurig, dass der Kunde verstorben ist", meinte der Manager, „aber wenn Sie den Rohbau übernehmen, würden Sie der Witwe einen großen Gefallen tun. Sie will das Boot auf keinen Fall. Es würde sie zu sehr an ihren Mann erinnern. Sie möchte es gerne loswerden. Sie bekommen das Fahrzeug zu einem herabgesetzten Preis. Wenn Sie zusagen, machen wir uns umgehend an die Innenausstattung. Das Boot wird noch im Sommer fertig."
Pascal überlegte nicht lange. So ein Schnäppchen ließ er sich nicht entgehen. Er schlug ein und der Manager lud sie in sein Büro ein, wo er

ihnen bei einer Tasse Kaffee am Computerbildschirm die unterschiedlichen Inneneinrichtungen zeigen wollte. Pascal und Rebecca folgten dem Mann. Sie waren guter Dinge. Noch diesen Sommer! Besser konnte es gar nicht sein.

*

Nach zwei Tagen begleitete Johanna wieder ihre Mutter zum Herrenhaus. Kaum war die Haustür offen, sauste sie voraus, direkt in das Zimmer mit den Gemälden. Sie stürzte zum Tisch mit dem Damebrett. Ein weißer Spielstein war bewegt worden! Johanna starrte den Spielstein an, als wäre er eine giftige Vogelspinne, die sie jeden Moment anspringen konnte.

„Das gibt´s doch nicht!", flüsterte sie. Der Stein war bewegt worden. Diesmal konnte ihre Mutter es nicht gewesen sein.

„Wer dann?", fragte sie halblaut in den Raum hinein. „Geistert hier im Haus wirklich ein Gespenst herum?" Nun ... jedenfalls schien es ein freundliches Gespenst zu sein. Es hatte keinen Becher mit einem vergifteten Getränk für Johanna auf den Tisch gestellt und auch keine Falle vorbereitet, etwa einen Eimer voll Wasser oben auf der Tür, der Johanna auf den Kopf fallen würde, wenn sie den Raum betrat. Nein, wenn es im Haus einen Geist gab, hatte er sich lediglich auf eine Partie Dame mit Johanna eingelassen.

„Ich gehe überall rum und kontrolliere sämtliche Fenster und Türen", verkündete Johanna. Sie lief los. Sie betrat jedes Zimmer im Haus, erst unten, dann oben im ersten Stock. Aufmerksam sah sie sich alles an. Es schien, als ob hier und da etwas verändert worden war, aber sicher war sie nicht. Da war ein Sessel, der ein Stück zur Seite geschoben war, aber das konnte auch vorher passiert sein. Johanna biss sich auf die Unterlippe. Sie lief die Treppe hinauf.

Der Damestein war bewegt worden, das war eine Tatsache und ihre

Mutter konnte es nicht gewesen sein, außer …
„Ach nee!“, brummte Johanna. Ihre Mutter hatte einen Schlüssel fürs Herrenhaus. Sie konnte das Haus jederzeit betreten und sich am Damespiel zu schaffen machen. War es das?
Johanna betrat das Zimmer, das direkt beim Treppenaufgang lag. Sie fühlte leise Enttäuschung. Irgendwie hatte der Gedanke, es könnte einen echten Geist im alten Herrenhaus geben, angefangen ihr zu gefallen. Dass ihre Mutter hinter den Vorkommnissen steckte, fand sie blöd. Sie zuckte die Achseln.
„Schade“, murmelte sie und betrat das Zimmer. Nahe beim Fenster stand ein Pult, an dem man schreiben oder malen konnte. Es gab verschiedene Stifte: Bleistifte, Buntstifte und einen teuer aussehenden Tintenfüller. Hier hatte Ellen Hennes wohl ihre Briefe verfasst. Ein Stuhl stand vor dem Pult. Er stand falsch. Er stand rechts von der Pultfläche vor einer Reihe von drei Schubladen unter der Tischplatte. So konnte man sich nicht auf diesen Stuhl setzen. Statt die Beine unter die Tischplatte zu kriegen, würde man sich die Knie an den Schubladen stoßen.
Johanna schaute den Stuhl an. Der Stuhl stand falsch. Er berührte fast die Wand rechts von dem Schreibpult. Dort gab es mehrere Regale mit Büchern. Er sah beinahe so aus, als hätte jemand den Stuhl nach rechts gerückt, um sich darauf zu stellen, um eins der Bücher im obersten Regal an der Wand herauszuholen, jemand, der zu klein war, bis ans oberste Regal zu reichen.
„Ein Kind“, sagte Johanna leise. „Ein Kind würde so etwas tun.“ Sie schaute das oberste Regal genau an. Dort gab es eine Lücke zwischen all den Büchern. Als hätte jemand ein Buch herausgeholt. Kurz entschlossen rückte Johanna den Stuhl an seinen Platz direkt vor der Schreibfläche des Pultes. Dann machte sie sich daran, alle anderen Zimmer zu

kontrollieren.
Ganz am Ende des Flurs hing ein Vorhang an der Wand. Johanna schaute dahinter. Da war nichts, nur die nackte Wand. Johanna fand das komisch. Man sollte erwarten, dass sich hinter einem solchen Vorhang eine Tür befand, aber da war nichts. Achselzuckend machte sie kehrt und lief die Treppe hinunter, um ihrer Mutter beim Gießen der Pflanzen zu helfen.
„Oben ist alles in Ordnung", meldete sie. „Kein Einbrecher war am Werk."
„Wer sollte auch in einen solchen Kasten einbrechen?", fragte ihre Mutter. „Hier gibt es nichts außer alte Möbel. Die sind bloß alt. Antiquitäten sind das nicht. Hier gibt es für einen Dieb nichts zu holen."

*

Pascal und Rebekka hatten am Kanalufer festgemacht. Sie hatten in einer nahen Ortschaft Lebensmittel besorgt und kochten Spaghetti mit Bologneser Sauce. Sie waren das einzige Boot an der Anlegestelle. Das war nicht immer so. Manchmal legten sie für die Nacht an einer Stelle an, an der es mehrere sogenannte *Moorings*, also Anlegestellen, gab. Die anderen Bootsfahrer waren durchweg freundlich, wie Pascal es von seinen früheren Kanaltouren kannte. Wenn man wollte, konnte man schnell freundschaftlichen Kontakt aufbauen, aber man konnte auch für sich bleiben, wenn einem das lieber war. Wenn jemand seine Ruhe haben wollte, ließ man sie ihm.
Sie fanden es schön. Man konnte den Abend mit netten Nachbarn verbringen oder allein zu zweit glücklich sein. Rebekka gefiel es sehr. Sie freute sich schon auf die Zeit, wenn sie ihr eigenes Boot haben würden.
„Wir könnten den ganzen Sommer auf den englischen Kanälen verbringen", sagte sie nach dem Essen. „Es ist herrlich. Man ist mitten in der Natur und doch nahe bei der Zivilisation. Es ist ein einfaches Leben.

Man kann loslassen und muss sich nicht mit zu vielen Dingen belasten. Die Menschen sind durchgehend freundlich. Ja, es wäre toll, einen Großteil des Jahres afloat zu verbringen. Wir bräuchten bloß alle paar Wochen mal eben schnell in die Heimat zu fliegen, um in unseren Häusern nach dem Rechten zu sehen. Unsere Arbeit nehmen wir mit aufs Boot. Wir arbeiten beide am Computer und haben in England mobilen Internetanschluss."

„Ich werde bei einer Londoner Bank ein Konto eröffnen", versprach Pascal. „Darauf transferiere ich einen schönen Batzen Geld. Dann können wir alles in England direkt bezahlen: Versicherung, Bootslizenz, Internetgebühren und Einkäufe mit Geldkarte. Wir können in unserer Heimat-Marina sogar eine Postanschrift bekommen."

Rebekka machte ein skeptisches Gesicht: „Den Familien wird das wahrscheinlich nicht gefallen. Die wollen, dass du in Silberberg lebst."

„Was die wollen, geht mich nichts an", sagte Pascal. „Ich habe meinen Hauptwohnsitz in Silberberg angemeldet, wie es im Testament verlangt wurde. Ob ich jedes Jahr einige Zeit auf den englischen Kanälen verbringe, kann denen egal sein. Als ich Dr. Bendler fragte, ob ich mir eine Segeljacht in einem Mittelmeerland zulegen darf und jedes Jahr ein paar Monate auf Kreuzfahrt gehen könnte, sagte er, das sei in Ordnung, solange ich in Silberberg meinen Hauptwohnsitz habe."

Da will ich eh nicht weg, dachte er. Nicht, nachdem Magdalena zu mir gekommen ist. Er überlegte noch immer, wie er es Rebekka erzählen sollte. Er fühlte sich merkwürdig verunsichert, wenn er nur daran dachte. Wie würde sie reagieren? Er wusste es nicht, aber ihm war klar, dass er es nicht mehr lange aufschieben durfte. Eines Tages musste er Rebekka über Magdalena aufklären. Die Frage lautete: Wie erklärt man jemandem, dass ein Geist im Haus lebt?

*

Johanna stand im Zimmer mit den Bildern. Sie hörte ihre Mutter in der Küche rumoren. Auf dem Damebrett hatte jemand mit einem weißen Stein einen Zug gemacht.

„Es ist wieder passiert!“, flüsterte sie. Dann sagte sie laut: „Ich gehe nach oben, die Fenster kontrollieren.“ Sie stieg die Treppe hinauf und marschierte schnurstracks in das Zimmer mit dem Schreibpult. Der Stuhl stand nicht mehr direkt vorm Pult. Er war wieder ganz nach rechts gerückt. Johanna schaute ins oberste Regal. Diesmal fehlte ein Buch ganz links. Jemand war auf den Stuhl gestiegen und hatte dort ein Buch herausgenommen. Sollte ihre Mutter das wirklich getan haben? Dass sie die Spielsteine auf dem Damebrett bewegte, ging ja noch an, aber ihre Mutter würde sich gewiss nicht die Mühe machen, hier oben das Spielchen mit dem Stuhl abzuziehen. Das konnte sich Johanna wirklich nicht vorstellen.

Blieb als Lösung des Rätsels nur, dass ein Kind im alten Herrenhaus herumgeisterte.

Sie stellte den Stuhl wieder direkt vor das Schreibpult. Hier geht es nicht mit rechten Dingen zu, dachte sie. Niemand ist ins Haus eingebrochen und doch werden Sachen bewegt. Sie dachte an Lukas Ziegler, der nicht weit entfernt mit seinen Eltern wohnte. Hatte Lukas sich vielleicht heimlich einen Nachschlüssel zum Herrenhaus besorgt? Aber wie sollte das gehen? Armin und Ellen Hennes hätten niemals zugelassen, dass ein Weltlicher einen Schlüssel zu ihrem Haus in die Finger bekam, und warum hätte Lukas so etwas tun sollen?

Vielleicht hat er so kleine Werkzeuge, mit denen man Schlösser öffnen kann, überlegte sie. Sie hatte im Internet eine Doku gesehen. Leute vom Schlüsseldienst konnten die meisten Schlösser öffnen, wenn es sein musste. Wenn zum Beispiel jemand vergessen hatte, den Haustürschlüssel mitzunehmen, und nun vor verschlossener Tür stand.

Man musste mit ganz kleinen und dünnen Werkzeugen im Schloss herumfummeln und wenn man geschickt genug war, bekam man das Schloss auf.
Die Frage war: Warum sollte Lukas so etwas tun? Genau wie fast alle weltlichen Kinder Silberbergs mochte er das alte Herrenhaus nicht. Man erzählte sich zu viele gruselige Geschichten über den alten Kasten. Warum sollte ausgerechnet Lukas mutterseelenalleine ins Herrenhaus eindringen, noch dazu, wenn jeder sehen konnte, dass er sich an der Haustür zu schaffen machte?
„Durch die Hintertür kann er nicht rein", sagte Johanna halblaut, während sie alle Zimmer im ersten Stock kontrollierte. „Die ist von innen mit einem Riegel verschlossen. Es gibt kein Schloss." Sie wurde nicht schlau aus der Sache. Also beschloss sie, weiterhin die Augen aufzuhalten. Mehr konnte sie nicht tun.

*

„Oh, Mist!" Agnes Friedmann hielt den Wagen an. „Ich habe die Milch vergessen! Ich muss doch morgen früh Kuchen backen. Nachmittags kommt Tante Helga zu Besuch."
„Lass mich hier aussteigen", schlug Johanna vor. „Bis zum Herrenhaus sind es bloß noch ein paar Schritte. Gib mir den Schlüssel. Ich kann dann schon mal nach dem Rechten sehen. Fahr zum Supermarkt und besorg die Milch. Nachher brauchst du mich bloß abzuholen."
Ihre Mutter reichte ihr den Haustürschlüssel: „Fürchtest du dich nicht vor dem Geist, der im Herrenhaus spukt?"
„Ich glaube nicht an Geister, bis ich einen leibhaftig sehe", gab Johanna zurück. Sie stieg aus, schloss die Autotür hinter sich und marschierte los. Ihre Mutter wendete und fuhr den Weg, den sie gekommen waren, zurück. Johanna lief, so schnell sie konnte, zum Herrenhaus.
Vor der Haustür holte sie tief Luft, dann steckte sie den Schlüssel

vorsichtig ins Schloss, bemüht, nicht das allerkleinste Geräusch zu machen. Sie schob die Tür vorsichtig auf und schloss sie leise hinter sich. Als Erstes schlich sie in das Zimmer mit den Gemälden. Ein weißer Damestein war bewegt worden.

Sie hörte ein Geräusch im oberen Stockwerk. Sie musste schlucken.

„Wer immer diese Dame-Partie mit mir spielt, ist jetzt da oben", flüsterte sie. Auf leisen Sohlen schlich sie die Treppe hinauf. Sie wagte kaum zu atmen. Als sie am oberen Ende der Treppe ankam, sah sie die Tür des Raumes mit dem Schreibpult offenstehen. Offensichtlich hielt sich jemand in dem Zimmer auf. Mit angehaltenem Atem schlich Johanna zu der offenen Tür. Das Zimmer war nicht leer. Am Pult saß jemand. Es war ein Mädchen in ihrem Alter in Bluejeans und einem roten T-Shirt. Das Mädchen trug Sportschuhe und war damit beschäftigt, ein Bild zu malen.

Johanna warf einen schnellen Blick in die Runde. An den Wänden hingen vier handgemalte Bilder. Sie zeigten den Garten draußen mit allen möglichen Blumen und Tieren. Schmetterlinge gaukelten durch die Luft, ein Igel hockte unterm Apfelbaum, eine Maus huschte unter einen Busch und eine grüne Eidechse sonnte sich auf einem Stein. Wer immer diese Bilder gemalt hatte, hatte Talent.

Das Mädchen am Pult legte einen roten Farbstift zur Seite. Sie griff zu einem Bleistift. Dabei konnte Johanna ihr Gesicht im Profil sehen. Ihr fiel die Kinnlade herunter. Sie stieß einen erschrockenen Laut aus. Sie kannte dieses Mädchen! „Magdalena!" Das rutschte ihr einfach so heraus.

Das Mädchen am Pult zuckte erschrocken zusammen und fuhr herum. Dunkelblaue, weit aufgerissene Augen starrten Johanna aus einem kreidebleichen Gesicht an. Blankes Entsetzen stand in diesen Augen.

„W-Wer bist du?", stotterte das Mädchen. Es warf einen gehetzten Blick umher, als suche es einen Fluchtweg.

„Ich bin Johanna Friedmann", sagte Johanna. Ihr schlug das Herz bis zum Hals. Sie hatte mindestens genauso viel Angst wie das Mädchen am Pult. „Meine Mutter putzt hier im Herrenhaus. B-Bist du ein Geist?"
Das Mädchen schaute sie voller Angst an. „Bitte tu mir nichts!", flehte es. „Ich verschwinde auf der Stelle. Bitte …" Plötzlich brach es in Tränen aus. „Bitte verrate mich nicht. Bitte, bitte nicht! Sie dürfen nicht wissen, dass ich frei bin. Sie m-m-mauern mich sonst wieder lebendig ein!" Das Mädchen schluchzte herzzerreißend. „Oh bitte, verrate mich nicht!"
Johanna entspannte sich. Dieses Geistermädchen wollte ihr ganz sicher nichts Böses. Von ihr ging keine Gefahr aus. Sie betrat das Zimmer.
„Hab keine Angst", sprach sie beruhigend. „Ich verrate dich ganz bestimmt nicht. Ehrenwort!" Langsam ging sie auf das Mädchen zu. „Du bist es wirklich!", rief sie aus. „Du bist das Mädchen von dem Bild unten in dem Raum, wo das Damebrett auf dem Tisch aufgebaut ist. Du bist Magdalena Hennes! Aber wie kann das sein? Das Bild wurde 1631 gemalt!"
Das Mädchen schaute sie verängstigt an. „Verrätst du mich wirklich nicht?", fragte sie. Ihre Stimme zitterte.
Johanna schüttelte den Kopf: „Ganz bestimmt nicht. Ich werde schweigen. Versprochen. Bist du wirklich das Mädchen von dem Bild?"
„Ja, bin ich." Das Mädchen wischte sich die Tränen aus dem Gesicht. „Du darfst keiner Menschenseele von mir erzählen, sonst kommen sie mich holen!"
„Wer sind *sie*?"
„Die fünf Familien. Sie sind böse. Alle! Bis auf Pascal. Er hat mich aus meinem Verlies befreit."
Johanna riss die Augen auf: „Pascal Hennes? Der Mann, der seit Kurzem hier wohnt?"
Magdalena nickte: „Er hat den Fluch gebrochen, der auf mir lag. Er hat

mich befreit. Aber ich kann Silberberg nicht verlassen, weil in meinem Herzen die kalte Flamme brennt." Sie begann Johanna eine haarsträubende Geschichte zu erzählen.
„Ach du lieber Gott!", rief Johanna, nachdem Magdalena zu Ende erzählt hatte. „Es ist also alles wahr, was die Leute hinter vorgehaltener Hand erzählen. Nichts davon ist ausgedacht. Oh Mann! Das ist ja grauenhaft! Du warst die ganze Zeit da unten in dem geheimen Gang eingekerkert! Wie können Eltern nur so grausam sein!? Das ist entsetzlich!" Johanna war fassungslos. „Wenn Pascal nicht zufällig diesen versteckten Gang gefunden hätte, würdest du bis ans Ende aller Tage gefesselt da unten im Verlies schmachten. Oh Gott! Das ist ..."
„Johanna? Bist du da oben?"
Johanna schrak zusammen. „Meine Mutter!", flüsterte sie. „Versteck dich! Sie darf dich unter keinen Umständen sehen! Ich komme später wieder, vielleicht erst morgen. In Ordnung?"
„In Ordnung", sagte Magdalena ganz leise.
Johanna rannte die Treppe hinunter. Ihre Mutter stand unten. „Mit wem hast du geredet?", fragte sie.
„Mit dem Geist, der hier rumspukt", antwortete Johanna und grinste dazu. „Es ist gar kein böses Gespenst. Es ist ein total netter und freundlicher Geist. Wir spielen Dame miteinander."
Ihre Mutter lachte laut los. „Ich dachte wirklich, dich mit einem anderen Mädchen reden zu hören", prustete sie. „Das klang total echt."
„Weil es echt ist!", rief Johanna übermütig. „Ich habe mich mit einem Geist unterhalten." Sie veränderte ihre Stimme: „Es ist ein Geistermädchen, das so alt ist wie ich. Da sie ein Geist ist, ist sie natürlich viel älter. Über hundert Jahre älter. Trotzdem ist sie zehn Jahre alt, genau wie ich." Bei jedem Satz veränderte Johanna die Stimme ein wenig.

Ihre Mutter lachte noch lauter. „Gott, das ist zum Schießen! Ich wusste nicht, dass du so gut Stimmen imitieren kannst. Das war eine bühnenreife Vorstellung. Weiß Pascal Hennes von diesem famosen Hausgeist?“

„Natürlich“, rief Johanna. Diesmal ließ sie ihre Stimme etwas tiefer und rauer klingen. „Er ist ja selber ein Geist. Hast du das denn noch nicht bemerkt? Er kann durch Wände sehen. Die Leute vom Geheimdienst haben Apparate eingebaut, mit denen man durch geschlossene Wände sehen kann. Der Codename dieser Apparate lautet: F-E-N-S-T-E-R.“

Ihre Mutter wollte sich ausschütten vor Lachen. Es dauerte mehrere Minuten, bis sie sich wieder einkriegte.

„Nein, im Ernst, Mutti“, sagte Johanna mit ihrer eigenen Stimme. „Ich bin allein im Haus rumgelaufen. Ich habe mit mir selbst geredet, um mir Mut zu machen, und habe auf mein Herz gehört. Ich fand das Herrenhaus immer unheimlich. Aber es ist bloß ein altes Haus. Ich habe keine Angst mehr. In Zukunft komme ich allein her und sehe nach dem Rechten. Zum Gießen der Pflanzen brauchst du nicht mitzukommen, bloß an deinem regulären Putztag.“

„Das nenne ich Arbeitserleichterung“, meinte ihre Mutter. „Danke für deine Hilfe. Du kannst dann ja immer ein bisschen mit dem Gespenst spielen.“

„Mache ich“, sagte Johanna. Sie grinste. „Wir spielen Dame. Bisher habe ich alle Partien gewonnen, weil Papa mir so viele Tricks beigebracht hat.“

„Dann viel Spaß“, sagte ihre Mutter lächelnd. „Ich werde Herrn Hennes Bescheid sagen, dass du dich um seine Pflanzen gekümmert hast. Vielleicht zahlt er dir ein Taschengeld dafür.“

Das wäre nicht übel“, sagte Johanna. „Geld ist eine feine Sache und wird immer wieder gerne genommen.“

*

Pascal war zurück. Magdalena freute sich. Sie hatte sich ohne den Mann sehr allein und verlassen gefühlt. Sie hatte das Gefühl, immer in Pascals Nähe sein zu müssen. Er hatte sie schließlich aus ihrem unterirdischen Gefängnis befreit. Sie war frei, sich im Dorf und der näheren Umgebung zu bewegen. Nur die Grenze konnte sie nicht überschreiten. Tatsächlich war sie in der ersten Nacht nach Pascals Abreise spätabends im Dunkeln aus Silberberg hinausgeschlichen und war so lange durch den Wald gelaufen, bis sie die Nähe der Grenze spürte. Diese Grenze konnte sie nicht überschreiten, wollte sie nicht riskieren, dass die kalte Flamme in ihrem Herzen erlosch, was ihren sofortigen Tod bedeutet hätte. Es war die kalte Flamme, die der Fürst der Dunkelheit vor Jahrhunderten in ihr Herz gepflanzt hatte, die sie auf ewig am Leben hielt. Bis zum Jüngsten Tag.

Früher hatte Magdalena sich oft gewünscht, die Flamme möge erlöschen, damit sie aus der grausamen Herrschaft des dunklen Fürsten erlöst würde. Alle Mädchen, die in den Gängen unter Silberberg eingeschlossen waren, wünschten sich das. Sie wollten frei sein und sterben dürfen, frei von der Macht des grässlichen Dämons. Dann hätten sie nicht länger Hunger und Durst leiden müssen. Der ständige brennende Durst war am schrecklichsten. Es war absolut unerträglich.

Doch jetzt war alles anders. Pascal hatte Magdalena befreit und sie bei sich aufgenommen. Magdalena erinnerte sich ganz genau an den ersten Abend, als der Mann ihr einen Gutenachtkuss gegeben hatte. Sie war vollkommen fassungslos gewesen. So etwas hatte sie zeit ihres Lebens nicht erlebt. Ganz seltsam war ihr zumute gewesen. In ihrem Inneren hatte sich etwas geregt. Es fühlte sich an, als ob etwas aufgerissen wurde. Es tat weh, aber es war ein süßer Schmerz. Ganz warm war ihr im Herzen geworden. Und wenig später hatte Pascal sie umarmt und gedrückt und ihr gesagt, er habe sie lieb. Dabei war wirklich etwas in ihrem Inneren entzweigerissen und eine Wärme hatte ihr Herz erfüllt, dass sie beinahe weinen musste.

Seitdem war alles anders. Die kalte Flamme war nicht erloschen, aber sie war kleiner geworden, irgendwie schwächer. Ein wenig kleiner. Etwas war in ihrem Herzen aufgeblüht, an sanftes Glühen, das langsam wuchs. Es dauerte eine Zeit lang, bevor Magdalena verstand, was passierte. In ihrem Herzen entstand eine weitere Flamme und diese Flamme war warm! Noch war es ein winziges, schwaches Glimmen, doch sie konnte deutlich fühlen, wie dieses schwache Glimmen die Kälte aus ihrem Inneren zu vertreiben begann, und das Schönste dabei war, dass der dunkle Fürst in seiner momentanen Schwäche nichts davon merkte.

Magdalena war froh. Zum ersten Mal in ihrem Leben fühlte sie sich glücklich.

Und da war noch etwas. Sie hatte seit Neuestem ein Geheimnis. Dieses Geheimnis trug den Namen Johanna. Sie hatte sich mit dem Mädchen aus einer weltlichen Familie angefreundet. Sie trafen sich heimlich irgendwo draußen, meistens an einer Stelle im Wald, wo es eine kleine Quelle gab. Dann saßen sie zusammen und erzählten einander aus ihrem Leben. Manchmal brachte Johanna ein Damebrett mit und sie spielten einige Partien. Samstags und sonntags trafen sie sich im alten Hof von Alba Dahl. Am Wochenende arbeitete niemand an dem alten Bauernhaus und die Mädchen hatten das große Haus für sich allein. Magdalena konnte ja ohne Probleme in den Hof gelangen. Sie benutzte einfach den unterirdischen Gang. Sie ließ Johanna dann durch die Hintertür herein.

Magdalena mochte das Mädchen aus dem Dorf sehr. Sie hatte noch nie eine Freundin gehabt. Magdalena fühlte sich wohl. Sie hatte lediglich ein schlechtes Gewissen, wenn sie daran dachte, dass sie Pascal nichts von den anderen eingesperrten Mädchen gesagt hatte. Unter Silberberg gab es viele weitere Gefangene. Magdalena hatte Angst, es zu sagen. Was würde Pascal tun, wenn er davon erfuhr? Versuchen, alle zu befreien? Das war gefährlich. Vielleicht würde der dunkle Fürst etwas merken, wenn alle Opfer befreit wurden, und die fünf Familien konnten dahinterkommen und Pascals Leben bedrohen.

Nein, dachte Magdalena, ich darf Pascal nichts erzählen. Doch es betrübte sie, dass sie nichts für die Erlösung der anderen Mädchen tun konnte.

*

Sie grillten hinterm Herrenhaus. Pascal hatte einen Grill und Gartenmöbel angeschafft. Zieglers waren zu Besuch. Sie hatten Lukas mitgebracht. Als die Würste und Putenschnitzel auf dem Grillrost brutzelten, wandte sich Lukas an Pascal: „Was ist mit deinem Geistermädchen?"

Pascal grinste. „Oh, die hat sich sehr gefreut, als ich wieder da war. Sie war ja die ganze Zeit allein. Weißt du, auch Geister fürchten sich, wenn sie allein sind, im Dunkeln."

„Kommt sie nicht zum Grillen?", fragte Lukas.

Pascals Grinsen verbreitete sich: „Geister essen nichts. Schließlich sind sie Geister. Außerdem ist sie schrecklich schüchtern. Wenn Besuch da ist, versteckt sie sich im Keller. Ihre Schüchternheit macht ihr echt zu schaffen In der Geisterschule hat sie im Fach *Gruselig-Spuken* bloß eine Vier minus bekommen."

Lukas lachte laut. „So ist das also", meinte er gut gelaunt. „Schade. Ich hätte gerne mit deinem Gespenst gespielt. Spielt sie denn manchmal mit dir?"

Pascal nickte: „Oft. Sie spielt gerne Dame."

„Das tue ich auch", sagte Lukas. „Soll ich rüber zu unserem Haus gehen

und mein Damespiel holen?"
„Lukas!", sagte Ulrike Ziegler. „Jetzt hör aber auf! Lass Pascal in Frieden."
„Och! Wo er mir doch so viel von seinem Hausgeist erzählt hat. Ich möchte zu gerne mal ein richtiges Gespenst sehen."
„Und wenn sie sich unsichtbar machen kann?", fragte Pascal todernst. „Kann ja sein, dass sie von niemandem gesehen werden will außer von mir." Er beugte sich nach vorne: „Vielleicht steht sie ja jetzt gerade neben dir und schaut dich an?"
Lukas fuhr auf. Hastig sah er sich nach allen Seiten um. Alle lachten.
„Gib es auf, Lukas", meinte sein Vater mit gutmütigem Sport. „Pascals Geist ist dir über. Da kannst du leider nichts machen."

*

Pascal und Rebekka übernachteten in Rebekkas Haus. Rebekka hielt sich nicht gerne im Herrenhaus auf. Pascal konnte das gut verstehen. So oder so war es ihm egal, wo er die Nacht verbrachte. Sie hatten gerade ein schönes Schäferstündchen miteinander verbracht und lagen zufrieden nebeneinander.
„Wird Zeit, dass Albas Haus fertig wird", sagte Pascal. „Das ständige Hin und Her ist unbequem."
„Wann soll es denn so weit sein?", fragte Rebekka.
„Arno Brill hat gesagt, noch vor Weihnachten. Wenn ich Glück habe, wird das Haus sogar noch viel früher fertig. Es kommt halt drauf an, ob er die richtigen Handwerker zur richtigen Zeit bekommen kann."
„Weihnachten, das ist noch lange hin", meinte Rebekka.
„Sobald unser Boot fertig ist, gehen wir nach England", sagte Pascal. „Dort vertreiben wir uns die Zeit bis zum Einzugstermin. Dann sind wir die Familien los und keiner geht mir auf den Wecker mit dauernden Glückwünschen und Einladungen. Grillen mit Zieglers reicht mir völlig.

Die gehen einem wenigstens nicht auf die Nerven."
„Das heute Nachmittag war ja wohl ein Scherz", sagte Rebekka. „Als du Lukas von deinem Hausgeist erzählt hast, hat das fast wie echt geklungen."
Pascal schwieg.
Rebekka wandte ihm das Gesicht so: „Pascal?"
Schweigen. Sie richtete sich auf dem Ellbogen auf: „Pascal? Was ist los?"
Seine Antwort kam nach langem Zögern: „Das war kein Scherz."
„Wie bitte?" Rebekka schüttelte den Kopf. „Ich habe mich wohl gerade verhört."
„Hast du nicht, Rebekka."
Sie starrte ihn an. „Pascal, was sagst du da? Willst du etwa behaupten, dass im Herrenhaus ein Gespenst umgeht?"
„Behaupten tu ich überhaupt nichts. Es ist eine Tatsache. Sie ist dort. Sie war immer da."
„Sie? Wer?"
„Magdalena Hennes."
„Das Mädchen von dem Gemälde, das Johanna Friedmann immer so gerne anschaut?"
„Genau die."
Rebekka gab ein kleines verunglücktes Lachen von sich. „Pascal, dieses Mädchen ist seit rund vierhundert Jahren tot!"
„Ist sie nicht", gab er zurück. „Ich habe sie in einem geheimen Gang gefunden, der den Keller des Herrenhauses mit dem Keller von Albas Hof verbindet. Man hat sie lebendig eingemauert."
„Was?!?" Rebekkas Stimme klang wie ein Möwenschrei. In ihrem Gesicht spiegelte sich purer Unglauben. „Du willst mich wohl vergackeiern!"
Pascal schüttelte den Kopf. „Tu ich nicht. Rebekka, ich sage die

Wahrheit. Ich habe im Keller des Herrenhauses ein Regal umgeschmissen, und das hat beim Umkippen den Putz an der Wand aufgerissen. Dahinter befand sich eine mit Ziegeln zugemauerte Öffnung." Pascal begann zu erzählen.

Rebekka hörte zu, ohne ihn zu unterbrechen.

„Jesus Christus!", sagte sie, als Pascal mit Erzählen fertig war. Ihr Gesicht hatte eine ungesunde Farbe angenommen. „All die wilden Gerüchte …! Es ist also alles wahr?!? Das … das ist … unfassbar!"

„Ich konnte das auch nicht glauben", sagte Pascal. „Aber ich habe zugesehen, wie das kleine Mädchen in dem Alkoven die Augen öffnete, und dann sprach es mit mir. Der geheime unterirdische Gang existiert, Rebekka. Ich kann ihn dir morgen zeigen."

Rebekka biss sich auf die Unterlippe. „Die unterirdischen Gänge … Urgroßmutter Alba hat mich davor gewarnt. Dort sei es gefährlich, sagte sie. Ich dürfe nie einen solchen Gang betreten. Sie sind verschlossen worden. Seit dem Erdbeben von 1891 herrscht Einsturzgefahr. Alba sagte, die Leute aus den fünf Familien betreten die Gänge nie. Aber … sie sagte auch, es gibt keinen besseren Platz, um etwas zu verstecken, denn die fünf Familien gehen nie dorthin, sobald ein solcher Gang verschlossen wurde. Sie sind für sie tabu."

„Morgen zeige ich dir den Gang", sagte Pascal. Er schaute Rebekka an: „Und ich mache dich mit Magdalena bekannt. Du darfst mit niemandem über sie sprechen. Wirklich mit niemandem!"

*

Sie betraten das Herrenhaus. Sie hatten bei Rebekka zu Hause gefrühstückt und waren dann zum alten Herrenhaus gefahren. Wie immer hatten sich hier und da hinter den Fenstern der Häuser der fünf Familien Gardinen bewegt. Diese „Überwachung" ging Pascal allmählich auf die Nerven. Je öfter er sich beobachtet fühlte, desto mehr wünschte er sich, von Silberberg fortzukommen. Es gefiel ihm nicht mehr besonders in diesem Dorf. Nicht, seit er Magdalena kennengelernt hatte.

Er hielt vorm Herrenhaus und sie gingen.

Großvater und Vater hatten recht mit ihren Warnungen, dachte er, während sie ins Haus gingen. Silberberg ist kein guter Ort. Aber ich kann nicht weg. Ich bin per Testament verpflichtet, hier meinen Erstwohnsitz zu haben. „Aber …“ Er sprach das Wort laut aus.

Rebekka schaut ihn von der Seite aus an. „Was?“

„Ach. Nichts. Ich dachte nur gerade …“

„An was?“, fragte sie.

„Wie ich hier rauskönnte“, antwortete er. „Weg von Silberberg. Aber ich könnte Magdalena nicht mitnehmen. Sie kann die Grenze nicht überschreiten. Ich stelle sie dir jetzt erst mal vor.“

Pascal rief nach Magdalena. „Magdalena? Ich habe jemanden mitgebracht. Du brauchst keine Angst zu haben.“ Er nahm Rebekka an der Hand und führte sie zu dem Raum mit den Gemälden. Mitten im Raum stand ein zehnjähriges Mädchen in Jeans und einem dunkelblauen Sweater. Es hatte dunkelblonde Haare und blaue Augen.

Rebekka schlug die Hand vor den Mund: „Mein Gott! Sie ist es! Sie ist es tatsächlich!“

„Ja“, sagte Pascal. „Das ist Magdalena Hennes, das Mädchen, das auf dem Gemälde abgebildet ist. Sie wurde in der letzten Nacht des Jahres 1631 lebendig eingemauert, als Opfer für einen Dämon, der versprochen hatte, die fünf Familien reich zu machen. Die Eltern gaben ihr Kind her für schnödes Silber.“

„Mein Gott!“, hauchte Rebekka. „Das ist unfassbar!“

Magdalena stand ganz still da. Sie sah nur zu ihnen hin, ohne ein Wort zu sagen.

Rebekka fasste sich ein Herz. Sie ließ Pascals Hand los und trat zu den Mädchen hin. „Hallo, Magdalena“, sagte sie.

„Guten Tag“, sagte das Kind. Seine Stimme klang völlig normal.

Rebekka hob die Hand. Ganz langsam streckte sie den Arm aus, bis ihre Hand Magdalenas Wange berührte. „Du existierst wirklich! Du bist aus Fleisch und Blut“, flüsterte sie. „Du bist nie gestorben. Pascal hat es mir gesagt. Er hat mir alles über dich erzählt. Du warst fast vierhundert Jahre in einem unterirdischen Verlies eingekerkert. Armes Mädchen!“ Sie streichelte Magdalenas Wange.

Das Mädchen hielt still. Sie ließ es sich gerne gefallen.

„Du nimmst es ziemlich gefasst auf“, meinte Pascal. „Ich war viel erschrockener.“

„Dich hat ja keiner vorbereitet“, gab Rebekka zurück. Sie fasste Magdalena sanft an der Schulter: „Kommst du bitte mal ans Fenster? Ich möchte deine Augen besser sehen können.“

Magdalena wandte sich um und lief zum Fenster.

Rebekka stieß einen kleinen Schrei aus. „Pascal, sieh doch! Sie … Sie hat keinen Schatten!“

Pascal sah genauer hin. Er musste schlucken. Magdalena stand vorm Fenster. Sie hatte keinen Schatten.

Das Mädchen schaute sie aus großen Augen an. „Das ist der Fluch, der auf mir lastet“, sagte sie leise. „Die kalte Flamme hat mir den Schatten geraubt.“

Rebekka trat zu Magdalena. „Den Schatten geraubt. Das ist, als hätte man dir die Seele genommen.“

Magdalena schüttelte den Kopf, ganz langsam tat sie es. „Nein. Meine Seele hat der Fürst der Dunkelheit nie bekommen. Er kann nur meinen Körper gefangen halten. In dem Moment, in dem die kalte Flamme in mir erlischt, ist meine Seele frei und ich kann in Gottes Ewigkeit eingehen." Das Mädchen lächelte traurig. „Meine Seele ist in meinem Körper gefangen, aber sie gehört mir. Der Dunkle wird sie nicht bekommen. Er kann sie sich ansehen und die Hand danach ausstrecken. Mehr nicht. Aber das Allerbeste ist, dass ich keinen Hunger und keinen Durst mehr habe. Vorher war es entsetzlich. Ich habe so gelitten. Oft habe ich tagelang geschrien in meinem Verlies. Ich habe geheult wie ein Tier und um Wasser gebettelt."

„Du Armes", sagte Rebekka. Spontan schloss sie Magdalena in die Arme. Die ließ sich das gerne gefallen.

Rebekka blickte Pascal über Magdalenas Kopf an: „Jahrhundertelang eingemauert und der Macht eines Dämons ausgeliefert. Sie ist jahrhundertelang verdurstet und verhungert, eine nicht enden wollende Qual. Zeig mir den Ort, wo sie eingesperrt war."

Pascal besorgte Stirnlampen für sie alle. Er ging in den Keller voraus. Er zeigt Rebekka den Schrank an der Wand: „Sieht völlig unverfänglich aus, was? Drüben im Keller von Albas Haus steht auch ein Schrank vor dem Stolleneingang." Er grinste: „Jetzt weißt du, warum in beinahe jedem Keller der Welt ein alter Schrank rumsteht." Er schloss den Schrank auf. „Man kann von innen einen Riegel vorlegen, wenn man den Geheimgang benutzt, um zum Bauernhaus zu gelangen."

Sie betraten nacheinander den Gang. Pascal führte sie zu dem unterirdischen Raum, wo sich in der Stollenwand der kleine Alkoven befand, in den man Magdalena lebendig eingemauert hatte.

Rebekka starrte in die kleine Nische. „Gott im Himmel! So eng! Da drin war sie Jahrhunderte eingesperrt."

„Sie war an Händen und Füßen gefesselt", sagte Pascal. „Mit Schnüren, in die Silberdraht eingeflochten war."

„Jesus", flüsterte Rebekka. Sie stützte sich an der Stollenwand ab und bückte sich in den Alkoven: „Da liegen die Schnüre. Ich kann …" Sie zögerte. Sie richtete sich halb auf und drückte die Hand, mit der sie sich an der Stollenwand abgestützt hatte, fester an die Ziegelwand. „Das ist doch …" Sie drückte und ruckte. Dann richtete sie sich vollends auf. Sie betrachtete einen einzelnen Ziegel, drückte mit dem Finger darauf: „Hier ist was lose!" Sie rüttelte an dem Ziegel. „Der ist nicht fest eingemauert. Den kann man …" Sie versuchte, den Ziegel herauszuziehen.

„Lass mich mal", sagte Pascal. Er holte sein Taschenmesser hervor und klappte es auf: „Opas Taschenmesser kommt zum Einsatz. Wieder einmal. Damit habe ich schon Magdalenas Fesseln aufgeschnitten." Er steckte die Spitze der Messerklinge in die Lücke über dem losen Ziegelstein und hebelte ihn ein kleines Stückchen heraus. Immer wieder setzte er die kleine Klinge an, mal links und mal rechts. Stückchen für Stückchen kam der lose Ziegel aus der Wand heraus, bis Rebekka ihn mit den Fingerkuppen fassen und ganz herausziehen konnte.

Sie schaute in die frei gewordene Öffnung: „Da steckt was drin." Sie griff in das Loch an der Wand und zog zwei Dinge heraus: ein kleines, in Leder gebundenes Buch und ein Heft. Sie betrachtete das Heft: „Pascal! Weißt du, was das ist? Das ist das Vermächtnis meiner Urgroßmutter! Sie hat es vor ihrem Tod hier unten versteckt. Jetzt verstehe ich, was sie meinte, als sie sagte, in den geheimen Gängen könnte man etwas gut vor den fünf Familien verstecken. Die betreten keine zugemauerten Gänge!"

Sie warf einen Blick auf Magdalena: „Was mich nicht wundert. Sie haben Angst, dass die eingesperrten Kinder ihre Geisterhände nach ihnen ausstrecken, wenn sie einen versiegelten Gang betreten. Es muss Dutzende solcher Gänge unter Silberberg geben. All die vielen Opfer über die Jahrhunderte …!"

In diesem Moment wusste Pascal, was er immer am Rande seines Wahrnehmungsfeldes gespürt hatte. Die anderen Mädchen! Aber natürlich! Es war doch die Rede von vielen Opfern! Alle soundso viele

Jahre war ein Mädchen aus den Familien verschwunden. Weitere Opfer!
„Die sind alle hier unten", sagte er mit heiserer Stimme. „Unter Silberberg! Lebendig eingemauert!" Er schaute Magdalena an: „Stimmt´s? Du bist nicht die Einzige? Es gibt noch mehr eingemauerte Mädchen."
Magdalena nickte. „Ich weiß nicht, wie viele, aber es gibt noch mehr Opfer. In ihren Herzen brennt die kalte Flamme und erhält sie am Leben, damit sich der Fürst der Dunkelheit an ihrem Leiden laben kann."
Pascal schluckte hart. „Dieses verfluchte Dorf ist wahrscheinlich total unterhöhlt und überall sind kleine Mädchen eingemauert."
Rebekka erschauerte. „Ich will hier weg, Pascal! Raus aus diesem verfluchten Gang! Hier ist es unheimlich."
„Lass uns zu Albas Haus gehen", sagte Pascal. „Es ist Sonntag, da arbeitet niemand im und am Haus. Wir schauen uns das Vermächtnis deiner Urgroßmutter dort in Ruhe an. Die Küche ist ja bereits fertig restauriert und eingerichtet."
Sie folgten dem Gang, bis sie Albas Haus erreichten. Sie stiegen vom Keller nach oben und setzen sich an den Küchentisch. Als Erstes öffnete Rebekka das kleine, in Leder gebundene Buch. „Latein", sagte sie. „Wer soll das lesen? Nein danke. Dann lieber zuerst das andere." Sie legte das Buch zur Seite und nahm das Heft. Sie klappte es auf und las laut vor:
„Liebe Rebekka, mein liebes Kind. Wenn du dein Erbe angetreten hast und auf meinem Hof lebst, dann hast du heute mein Vermächtnis entdeckt. Bitte lies dir alles gut durch und dann triff deine Entscheidung. Du bist mehr eine Weltliche als eine von den fünf Familien. Das ist gut so, denn während es den inneren fünf Familien nicht möglich ist, Silberberg zu verlassen, kannst du fortgehen, fortgehen von einem bösen und ganz und gar verderbten Ort.
Rebekka, ich muss dir ein grausames Geheimnis eröffnen. Es gibt keinen

schonenden Weg, es zu tun, so leid es mir tut. Du lebst im Dorf des Bösen. Macht und Reichtum der fünf Familien von Silberberg haben keinen natürlichen Ursprung. Silberberg verdankt seinen Wohlstand einem unseligen Pakt mit einer dämonischen Macht.

Vor fast vierhundert Jahren gingen die Oberhäupter der fünf Familien diesen Pakt mit dem sogenannten Fürsten der Dunkelheit ein. Sie schworen, auf immer diesem Dämon Opfer darzubringen. Sie ließen zu, dass diese böse Macht ein Kind aus ihrer Mitte erwählte, und sie opferten dieses Kind in der letzten Nacht des Jahres 1631. Der dunkle Fürst verlangte als Opfer *eine Jungfrau, die nie zu einer werden wird,* also ein Mädchen, das noch nicht die Pubertät erreicht hat. Sie gingen hin und opferten die zehnjährige Tochter der Familie Hennes zu Silvester 1631.

Sie hielten eine Messe in der natürlichen Höhle ab, wo später die Silbermine aufgetan wurde. Nach der Messe führten die Anführer der fünf Familien das Mädchen in die unterirdischen Gänge, die unter dem Dorf verlaufen, seit man sie zu Beginn des Dreißigjährigen Krieges gegraben hat, um sich vor marodierenden Horden in Sicherheit zu bringen.

Rebekka, sie gingen hin und haben dieses Mädchen lebendig eingemauert! Eltern opferten das eigene Kind gewissenlos einer teuflischen Kreatur, um als Dank reich und mächtig zu werden. Der Dämon nahm das Opfer an. Er teilte den fünf Familien mit, dass nun die kalte Flamme im Herzen des geopferten Mädchens brennen würde.

Die Informationen für das Ritual, mit dem man den Dämonenfürsten beschwören kann, haben die Leute aus einem uralten Buch mit bösartigen Hexensprüchen. In diesem Buch steht nichts Gutes. Es ist ein Lexikon des Bösen. In diesem Buch steht geschrieben, wie man den Dämon anrufen soll.

Die Leute aus den Familien erweiterten das Netz von geheimen Gängen unter Silberberg, um Platz zu schaffen für neue Opfer, denn mit einem Opfer war es nicht getan. Nachdem sie die kleine Magdalena Hennes lebendig eingemauert hatten, kamen Macht und Wohlstand nach Silberberg. Die natürliche Höhle im Hügel im Wald öffnete sich und offenbarte ein reiches Silbervorkommen. Die fünf Familien wurden reich und mächtig.
Doch dieser Wohlstand hatte seinen Preis. Alle dreizehn Jahre mussten sie ein neues Opfer darbringen. Alle dreizehn Jahre wurde ein Mädchen aus den fünf Familien erwählt. In der Walpurgisnacht wurde die Wahl getroffen. Am nächsten Morgen hing am Haus des erwählten Mädchens ein Kranz aus Hexenkraut an dem Haken neben der Haustür. Dieses Mädchen war dadurch als nächstes Opfer erkoren.
Man hielt das geheim, bis zur Silvesternacht, wenn die fünf Familien ihre unselige Messe in der Silberhöhle hielten und sie das arme Mädchen in die unterirdischen Gänge brachten, wo man es lebendig einmauerte. Nachdem man das getan hatte, wurde dieser Gang an seinen Enden zugemauert. Man versiegelte die Eingänge auf immer. Die armen Kinder blieben dort unten. Sie sollten die kalte Flamme im Herzen tragen, auf dass sich der Fürst der Dunkelheit daran erfreue. Sie sind dort unten einen elenden Tod gestorben."
Rebekka sah auf. „Nein!" Ihre Stimme bebte vor Empörung. „Es war noch viel schlimmer. Sie starben nicht. Stattdessen erfüllte die kalte Flamme im Herzen sie mit unnatürlichem Leben. Die armen Mädchen waren dazu verdammt, auf immer in ihren Verliesen zu schmachten. Sie litten auf ewig unter Hunger und Durst. Gott, wer tut dem eigenen Kind so etwas Entsetzliches an? Wie kann ein Mensch zu so etwas fähig sein!"
„Gier nach Macht und Wohlstand kann ein sehr starker Antrieb sein", sagte Pascal. „Schon viele Menschen ließen sich von der Aussicht auf

Macht und Reichtum verblenden."

„Aber die eigenen Kinder!" Rebekka sah Magdalena an, die klein und zusammengesunken am Tisch saß.

„Ja, die eigenen Kinder", sagte Pascal. „Diese Leute waren absolut gewissenlos."

Rebekka musste sich räuspern, bevor sie weiter vorlesen konnte: „Seit jener unseligen Silvesternacht 1631 brachten die fünf Familien regelmäßig alle dreizehn Jahre dem dunklen Fürsten ein Mädchen als Opfer dar. Reihum war jede Familie verpflichtet, das Opfer zu stellen. Zu Walpurgis hing der Kranz aus Hexenkraut am Haus der Auserwählten und an Silvester des gleichen Jahres wurde das Mädchen lebendig eingemauert, all die Jahrhunderte lang. Zum Dank schenkte der Dunkle den Familien Macht und unermesslichen Reichtum.

Doch die Familien hatten das Buch nicht richtig gelesen. Sie mussten zusätzlich zu den Mädchen, die sie opferten, einen weiteren Preis zahlen: Sie konnten den Hort ihrer Macht und ihres Reichtums fortan nicht mehr verlassen. Es gab eine unsichtbare Grenze rund um das Dorf, die sie nicht überschreiten konnten. Diese Grenze verlief mitten im Wald. Sie waren Gefangene ihrer eigenen Heimat. Dafür beschützte der dunkle Fürst Silberberg. Nie wieder drangen feindliche Soldaten in das Dorf ein, auch wenn es nach 1631 viele Kriege im Land gab. Silberberg blieb stets verschont vor Beschuss, Bombardierung, Plünderungen, Mord und Totschlag.

Die fünf Familien hielten fest zusammen. Sie hielten sich möglichst fern von Leuten aus den sogenannten weltlichen Familien, die nicht zum inneren Kreis gehörten. Die fünf Familien heirateten keine Weltlichen. Sie blieben unter sich.

Das ging lange Zeit gut, doch es führte zu Inzucht. Es begann schleichend. Immer mehr der Frauen aus den Familien konnten keine

Kinder austragen. Je mehr Zeit verging, desto ärger wurde es, bis der Rat der Familien irgendwann um 1800 herum beschloss, auch Weltliche in die fünf Familien einheiraten zu lassen. Leicht fiel ihnen der Entschluss nicht, musste man doch die Menschen, die in die Familien einheiraten wollten, über die Macht des Fürsten der Dunkelheit aufklären. Das ging nicht immer gut. Nicht wenige Heiratskandidaten, Männer wie Frauen, wandten sich entsetzt ab.

Dann musste man diese Leute dazu bringen, zu schweigen. Dies geschah oft mit hohen finanziellen Abfindungen. Mit dem Geld wanderten die Beschenkten nach Amerika aus. Sie mussten sich zum Stillschweigen verpflichten.

Aber wie es so geht mit Schweigegelübden: Die wurden nicht immer zu hundert Prozent eingehalten. Seitdem gehen Gerüchte um unter den Weltlichen, bis zur heutigen Zeit. Und doch gab es stets genug Weltliche, die in die Familien eingeheiratet haben, verblendet von Macht und Reichtum.

Meine Mutter war keine davon. Sie wurde in die fünf Familien hineingeboren. Sie hatte keine Wahl. Aber sie hatte Glück. Keine ihrer Töchter wurde erwählt, ebenso wenig wie eine meiner Töchter. Doch es hätte jederzeit geschehen können, Rebekka! Nur deshalb harrte ich in Silberberg aus. Um die eigenen Töchter und ihre Nachkommen zu warnen. Ich wusste längst, dass ich als eine Person mit stark verwässertem Familienblut in der Lage war, Silberberg zu verlassen. Wäre eine meiner Töchter erwählt worden, hätte ich das ohne Zögern getan. Ich wäre mit ihr fortgegangen. So aber blieb ich hier, um über meine weiblichen Nachkommen zu wachen.

Eine Flucht wäre nicht leicht gewesen. Die fünf Familien bewachen ihre Familienmitglieder mit Argusaugen, aber es wäre nicht unmöglich gewesen. Schließlich haben es andere vor mir getan.

Im Jahr 1891 wäre ein neues Opfer fällig gewesen. Zu Walpurgis hing der Kranz aus Hexenkraut am Haus von Roland und Irene Hennes. Ihre neunjährige Tochter Gertrud war erwählt worden, zu Silvester dem Dämonenfürsten geopfert zu werden.

Roland und Irene ließen sich nichts anmerken. Sie taten, als sei alles in schönster Ordnung. Irene war eine Weltliche. Sie konnte Silberberg jederzeit verlassen. Roland war ein Halbblut. Er hatte nie versucht, die unsichtbare Grenze zu übertreten, denn er konnte nicht wissen, ob dies mit seinem Tod enden würde. Er nahm das Risiko aber ohne Zögern auf sich, als es darum ging, seine Tochter zu retten.

Irene, die außerhalb von Silberberg Verwandtschaft hatte, war gelegentlich zu Besuch bei ihren Leuten. Ohne dass jemand etwas merkte, schmuggelte sie im Laufe mehrerer Monate so viel Silber wie möglich aus Silberberg hinaus. Eines Nachts machten Roland und Irene sich mit ihren Kindern Gertrud und dem kleinen zweijährigen Otto davon. Roland nahm das Risiko auf sich, beim Überschreiten der Grenze den Tod zu finden, doch wie sich herausstellte, war sein Blut so verwässert, dass er die Grenze überschreiten konnte. Die Flucht gelang.

Das Ehepaar Hennes bestieg am nächsten Morgen den ersten Zug nach Süddeutschland. Sie flohen nach München. In dem Moment aber, als das auserkorene Opfer die Grenze überschritt, brach in Silberberg die Hölle los. Als die kleine Gertrud dem Machtbereich des Fürsten der Dunkelheit entzogen wurde, erschütterte ein Erdbeben das Dorf. So stark war dieses Beben, dass dabei die Silbermine im Wald zerstört wurde. Als die Arbeiter am nächsten Morgen zu der Mine kamen, fanden sie sie eingestürzt.

Man machte Grabungen. Dabei ging man mit äußerster Vorsicht zu Werke, denn die Erde war über Nacht instabil und brüchig geworden. Die Grabungen brachten nichts zutage. Die Mine war erloschen. Egal wie tief man Versuchsstollen in den Berg trieb, man stieß nur auf taubes Gestein. Es gab kein Silber mehr, so tief sie auch gruben. Dann stürzten immer wieder Stollen ein, bis die Arbeiter sich weigerten, noch länger in das Bergwerk einzufahren. Es gab eh nichts mehr abzubauen. Das Silber war weg.

Die fünf Familien waren am Boden zerstört. Sie wollten alles tun, den alten Zustand wiederherzustellen. Sie hielten Messen in der Höhle vor der eingestürzten Mine, auch wenn diese Höhle einsturzgefährdet war. Sie opferten zu Silvester 1891 ein anderes Mädchen, doch nichts geschah. Die Macht des dunklen Fürsten war mit der Flucht von Gertrud Hennes, dem auserwählten Opfer, ein Stück weit gebrochen worden.

Nie wieder hat der Dämonenfürst sich erholt. Trotzdem versuchten es die fünf Familien immer wieder aufs Neue. Alle dreizehn Jahre ließen sie das Los entscheiden und sie mauerten zu Silvester ein Mädchen lebendig ein. Der Fürst der Dunkelheit schwieg. Er hatte sich von Silberberg abgewendet.

Doch verschwunden ist er nicht. Er ist noch immer da, unten unter dem Dorf und wartet seine Zeit ab. Die fünf Familien wollen das alte Ritual wieder aufleben lassen. Sie glauben, dazu muss der zerbrochene Kreis geschlossen werden. Wenn einer aus der Familie der Geflohenen nach Silberberg zurückkehrt, wird sich der Kreis schließen, so sagen sie.

Sei auf der Hut, Liebes! Das könnte passieren. Vielleicht gelingt es ihnen, einen Nachkommen von Roland und Irene Hennes nach Silberberg zu locken und ihn in den inneren Kreis aufzunehmen. Dann könnte die alte Macht des Dämonenfürsten wiederaufleben. Wenn ein Hennes ins Dorf zurückkehrt, könnte das unselige Ritual auf ewig fortgesetzt werden.

Dies kann letzten Endes nur verhindert werden, wenn man den Dämon vernichtet. Das Buch drückt sich vage darüber aus. Es ist die Rede davon, das Haus des dunklen Fürsten auszulöschen. Mit Feuer kann man die Macht des Dunklen brechen und die Höhle im Wald auf immer verschließen. Wortwörtlich steht geschrieben: *Kräht der rote Hahn auf des Fürsten Haus in einer einzigen Nacht, so bricht die Macht des Dunklen auf immer und die kalte Flamme wird erlöschen und nicht wiederkehren.*

Ich weiß nicht, was damit gemeint ist. Was soll man mit der Höhle im Wald tun? Denn davon ist ja wohl die Rede. Dort hat man den dunklen Fürsten einst angerufen und er ist dem Ruf gefolgt. Er kam aus der Höhle hervor nach Silberberg.

Das ist aber noch nicht alles! Das Buch enthält noch ein schreckliches Geheimnis! Es ist im Laufe der Zeit in Vergessenheit geraten. Von den fünf Familien weiß niemand mehr davon, sonst würden sie nicht so sehr auf die Rückkehr eines Menschen aus Rolands und Irenes Nachkommenschaft hoffen. Das unselige Buch verschwand etwa hundertfünfzig Jahre, nachdem der Fürst der Dunkelheit angerufen worden war. Eine meiner Vorfahrinnen ließ es klammheimlich verschwinden. Die Anführer der fünf Familien haben es nie gefunden, so sehr sie auch danach suchten.

Rebekka, es gibt eine Möglichkeit, dem Dämon wieder zu seiner alten Macht zu verhelfen. Es steht in dem verruchten Buch. Wenn die Familien dreimal hintereinander zu Vollmond ein fünffaches Opfer darbringen, wird der Fürst der Dunkelheit in alter Macht und Würde wiederauferstehen und Macht und Wohlstand werden nach Silberberg zurückkehren.

Dieses Buch darf auf keinen Fall in die Hände der Familien geraten! Ich habe versucht, es zu verbrennen, aber das geht nicht. Irgendeine teuflische Macht beschützt das bösartige Ding. So blieb mir nur, es in dem unterirdischen Gang direkt neben dem Alkoven zu verstecken, denn die fünf Familien meiden die Opferalkoven wie der Teufel das Weihwasser. Halte das Buch gut versteckt, das Leben deiner Nachkommen hängt unter Umständen davon ab. Die fünf Familien dürfen das Buch niemals zu Gesicht bekommen.

Ich liebe dich, Rebekka. Gott sei mit dir. Deine Urgroßmutter Alba."

Rebekka legte das Heft auf den Tisch. „Mein Gott", flüsterte sie. „Fünfzehn Kinder! Wenn die Chefs der fünf Familien herausfinden, wie es geht, werden sie, ohne zu zögern, fünfzehn Mädchen opfern." Sie packte das Buch und das Heft: „Lasst es uns sofort zurückbringen! Hier im Hause sind die zwei Dinger nicht sicher. Auch sonst wo nicht."

Sie brachten Buch und Heft in den unterirdischen Gang und taten sie in das Versteck hinter dem losen Ziegel zurück.

„Mehr können wir nicht tun", sagte Rebekka. „Jedenfalls vorläufig." Sie schaute Magdalena an, dann Pascal: „Dir ist klar, dass noch etliche Mädchen lebendig in unterirdischen Gefängnissen eingeschlossen sind?"

Pascal nickte: „Wir müssen sie befreien, irgendwie."

Rebekka schlug mit der flachen Hand gegen die Wand: „Dieser Stollen hat keinen Zugang zu dem verzweigten Netz von Gängen unter Silberberg. Wahrscheinlich ist ein großer Teil dieser Stollen versiegelt und man kommt nicht so leicht ran. Die Eingänge liegen natürlich unter den Häusern von Angehörigen der fünf Familien. Wir können nicht einfach so da reinmarschieren, in den Keller gehen, einen Gang aufbrechen und ein eingemauertes Mädchen freilassen. Das würden sie nie im Leben zulassen."

„Wir lassen uns etwas einfallen", versprach Pascal. „Es muss eine Lösung geben."

„In dem Buch steht, dass man die kalte Flamme zum Erlöschen bringen kann", sagte Rebekka. Sie schaute Magdalena an: „Wenn die kalte Flamme erlischt …"

„Dann verliert der Dunkle seine Macht“, sagte Magdalena. „Dann ist die Seele des Mädchens befreit, ebenso sein Leib. Das unnatürliche Leben wird weichen und das Mädchen kann in Gottes Ewigkeit eingehen.“

„Also sterben“, sagte Rebekka leise. „Wenn das geschieht, wirst du sterben.“

Magdalena sagte kein Wort. Sie schaute Rebekka und Pascal bloß stumm an.

*

Einige Tage später kam aus England die Nachricht, dass das Narrowboat fertig sei. Pascal und Rebekka beschlossen, zwei Wochen später nach England zu gehen, um das Boot in Empfang zu nehmen und dann eine ausgedehnte Tour auf den Kanälen zu unternehmen. Sie baten Agnes Friedmann, während ihrer Abwesenheit nach dem Herrenhaus zu sehen. Die Arbeiten an Albas Haus würden weitergehen, wie geplant.

Arno Brill hatte eine gute Nachricht für sie. Die neuen Fenster waren lange vor dem verabredeten Termin fertig geworden und man würde sie in den nächsten Tagen einbauen. Dadurch konnte Arno sich viel früher an den Innenausbau machen. Das Haus würde nicht erst zu Weihnachten fertig werden, sondern bereits in wenigen Wochen.

„Das ist ja mal eine gute Nachricht.“ Pascal freute sich. Arno war persönlich vorbeigekommen, um die frohe Botschaft zu überbringen. Ursprünglich waren die Fenster erst für Oktober bestellt. Die kleine Schreinerei, die die typischen saarländischen Sprossenfenster wie anno dazumal herstellte, hatte volle Auftragsbücher, aber dann war ein Kunde abgesprungen und Arno hatte Pascals Bestellung vorziehen lassen.

„Das Dach gehen wir nächste Woche an“, versprach Arno. „Dann die Fenster. Die Inneneinrichtung geht dann ganz schnell. Strom und Wasser sind ja bereits verlegt und die Wände verputzt. Ihr beide werdet schon bald in euer neues Heim einziehen können.“

„Gott sei Dank“, sagte Rebekka. „Hier im Herrenhaus gefällt es mir nicht besonders. Ich mag den alten Kasten nicht, mochte ihn noch nie.“

„Da bist du nicht die Einzige“, sagte Arno. „Viele Leute mögen das Haus nicht. Es hat irgendwie eine unangenehme Ausstrahlung.“

In diesem Moment dachte Pascal zum ersten Mal daran, das Herrenhaus abreißen zu lassen. Mietwohnungen darin anlegen zu lassen, erschien ihm nutzlos. Da viele Silberberger das alte Haus nicht mochten, würden sich wahrscheinlich keine Mieter finden. Wenn man die Bude abriss, war man den Anblick des scheußlichen alten Kastens ein für alle Mal los. Den Familien konnte er erzählen, im Haus sei Schwamm festgestellt worden. Er war nicht auf Mieteinnahmen angewiesen. Er hatte mehr als genug Geld geerbt. Einen Tag zuvor hatte er eine sehr große Summe auf sein Konto bei der Londoner Bank transferiert, damit er und Rebekka genug Geld zur Verfügung hatten, wenn sie mit ihrem Narrowboat auf Reisen gingen. Er brauchte das Geld in England. Er und Rebekka hatten beschlossen, erst mal für eine gewisse Zeit dort zu bleiben, erst recht, nachdem sie Albas Vermächtnis gelesen hatten.

In Silberberg gefiel es Pascal nicht mehr. Anfangs hatte er gegenüber den Mitgliedern der fünf Familien eine leise Abneigung empfunden, weil die Leute so aufdringlich waren. Inzwischen empfand er nichts als Abscheu. Mit Leuten, die Menschenopfer darbrachten, wollte er nichts zu tun haben. Er hatte mit Rebekka darüber gesprochen. „Sollen wir zur Polizei gehen? Wenn die die eingesperrten Kinder in den unterirdischen Gängen ausgraben, geht es den Familien an den Kragen.“

Aber Rebekka warnte ihn, dass das nicht so einfach werden würde. „Die betreffenden Gänge sind alle zugemauert, und das teilweise seit Jahrhunderten. Selbst wenn die Polizei eingemauerte Opfer findet und befreit, was kann sie schon groß tun? Den fünf Familien können sie nichts anhaben. Die werden einfach behaupten, nichts von den geheimen

Gängen gewusst zu haben. Das sei nur eins von vielen Gerüchten gewesen, die in Silberberg umgingen. Man kann ihnen nichts anhängen. Die sind viel zu gerissen. Denen kommt man nicht so schnell bei."
Rebekka biss sich auf die Unterlippe: „Wenn ich nur wüsste, was meine Urgroßmutter meinte, als sie schrieb, man könne die Macht des finsteren Dämons brechen. Sie drückt sich viel zu vage aus. Ich werde nicht schlau daraus."
Pascal sah sich um. Magdalena war nicht da. In letzter Zeit stromerte sie gerne draußen herum. Sie schlich heimlich durch die Gärten und dann in den Wald. Es gefiel dem Mädchen, seine neu erworbene Freiheit im Wald zu genießen. Oft war sie einen halben Tag lang weg. Pascal gönnte es ihr. Sie war fast vier Jahrhunderte eingekerkert gewesen. Sollte sie frei im Wald herumstreifen. Er hatte das Mädchen lediglich gebeten, vorsichtig zu sein und sich vor Spaziergängern zu verbergen.
„Es geht ja auch um Magdalena", sagte er. „Wenn wir es schaffen, die Macht dieses Fürsten der Dunkelheit zu brechen, dann erlischt die kalte Flamme in Magdalenas Herz. Du weißt, was das bedeutet."
„Sie würde aufhören zu existieren", sagte Rebekka. „Sie dürfte nach all den vielen Jahren endlich sterben. Ich frage mich, ob das nicht eine Erlösung für sie wäre. Ihre Existenz ist unnatürlich. Denk bloß daran, dass sie keinen Schatten hat. Was wird mit ihr in ein paar Jahren? Sie wird auch in zwanzig oder dreißig Jahren so sein wie heute. Sie wird für alle Zeiten ein zehnjähriges Mädchen sein. Auf ihr liegt ein Fluch. Der Tod wäre eine Erlösung für sie."
„Ja, schon", meinte Pascal. „Aber sie hängt an ihrem Leben, seit sie aus dem Verlies befreit wurde, und sie hängt an uns. Der Gedanke, etwas zu tun, das ihren Tod bedeutet, behagt mir nicht. Vielleicht sollten wir dieses Buch mit nach England nehmen und es genauer erforschen. Vielleicht finden wir eine Lösung."

„Dieses ekelhafte Ding mitnehmen?“, fuhr Rebekka auf. „Nie im Leben! Dieses Buch ist dämonisch. Es ist teuflisch. Denk daran, dass Alba es nicht verbrennen konnte. Außerdem kann keiner von uns beiden Latein. Wie sollen wir lesen, was drinsteht, wenn wir die Sprache nicht beherrschen? Wer sagt dir, dass dieses abscheuliche Machwerk nicht Macht über den gewinnt, der es liest? Bei den fünf Familien war es jedenfalls so. Nein, das scheußliche Buch bleibt im Verlies! Das rühre ich nie wieder an. Du hast darüber nachgedacht, das alte Herrenhaus abreißen zu lassen. Wenn wir das tun, sollten wir den unterirdischen Stollen komplett auffüllen und danach versiegeln lassen. Dann kommt keiner mehr an dieses verruchte Hexenbuch heran. Dann ist es für alle Zeit begraben.“

Magdalena kam zur Hintertür hereingeschlüpft. Sie roch nach frischer Luft und Wald.

„Da bist du ja, Schätzchen“, sagte Pascal. „Hast du Lust auf eine Partie Dame?“

Magdalena schüttelte den Kopf. „Nein, ich habe gerade … gerade daran gedacht, mir die Bücher über Tiere und Pflanzen des Waldes anzuschauen. Ich habe im Wald Eichhörnchen gesehen und einmal sogar einen Baummarder.“ Sie hopste quer durchs Zimmer und verschwand. Pascal und Rebekka hörten sie die Treppe hinaufhüpfen.

Nein, dachte Pascal, ich möchte nicht, dass dieses Mädchen stirbt, weil wir dem Dämon, der unter Silberberg haust, den Garaus machen. Sie hat doch gerade erst angefangen zu leben, das arme Ding.

*

Magdalena lief in ihr Zimmer. Sie holte ein Buch aus dem Regal. Pascal hatte ihr jede Menge Bücher im Internet bestellt. Inzwischen wusste sie sehr gut über die Welt da draußen Bescheid.

Sie schlug das Buch auf. Ganz vorne gab es ein großformatiges Foto einer Waldlichtung bei einer Quelle. Dort stand eine grob gezimmerte Sitzgruppe aus Holz um einen klobigen Tisch herum. Sonnenstrahlen, die durch das Blätterdach des Waldes fielen, malten goldene Kringel auf alles. Es sah zauberisch aus. Genau wie die Lichtung an der Quelle, wo sie sich immer mit Johanna traf. Sie hatten dort ein Damespiel versteckt und wenn immer sie zusammenkamen, spielten sie einige Partien.

Magdalena traf sich oft mit Johanna. Es war toll, eine Freundin zu haben. Am besten gefiel ihr, dass Johanna sich nicht an ihrer Andersartigkeit störte. Nach dem ersten Schock bei Magdalenas Anblick hatte das weltliche Mädchen sich daran gewöhnt, dass sie sozusagen einen Geist zur Freundin hatte. Nur die Tatsache, dass Magdalena keinen Schatten hatte, versetzte sie noch immer in Erstaunen. Einmal hatte sie Magdalena angefasst, als sie auf einer Wiese am Waldrand standen.

„Du bist fest", sagte Johanna. „Ich kann dich spüren. Wie kommt es dann, dass die Sonnenstrahlen durch dich hindurchgehen, denn wenn sie es nicht täten, hättest du einen Schatten."

Darauf wusste Magdalena keine Antwort. Sie wusste nur, dass sie anders war. Der Fluch des Fürsten der Dunkelheit lastete auf ihr und die kalte Flamme brannte in ihrem Herzen. Sie würde auf immer zehn Jahre alt sein und sie hatte keinen Schatten, nicht mal in der prallen Sonne.

Doch über Magdalenas Andersartigkeit sprachen die Mädchen nicht oft. Johanna erzählte von ihrer Familie und von der Schule. Eines Tages rückte sie damit heraus, dass sie ein bisschen auf Lukas Ziegler stand. Sie erzählte auch, dass sie mit ihrer Familie dieses Jahr in den Sommerferien in Urlaub fahren würde, weil ihre Mutter im alten Herrenhaus viel mehr Geld verdiente als früher.

Wenn sie nicht redeten, streiften die Mädchen durch den Wald und die Natur. Dabei passten sie sehr gut auf, dass niemand sie sah. Wenn sie in der Ferne Spaziergänger hörten, versteckten sie sich. Das war ein spannendes Spiel. Im Wald beobachteten sie Eichhörnchen, Vögel und Rehe. Manchmal gingen sie zu dem kleinen Bach im Wald. Der Boden des Bachs war mit feinem Sand bedeckt. Dann liefen sie im Wasser barfuß den Bach aufwärts. Wenn niemand in der Nähe war, gingen sie aus dem Wald heraus in die Wiesenlandschaft rund um Silberberg. Sie flochten Kränze aus Wiesenblumen und setzten sie sich gegenseitig aufs Haar.

Magdalena mochte Johanna sehr. Sie war froh, eine Freundin zu haben. Pascal und Rebekka würden irgendwann fortgehen, um in England mit ihrem neuen Boot auf den Kanälen zu fahren. Dann würde sie nicht ganz allein sein. Johanna würde regelmäßig ins Herrenhaus kommen, um nach dem Rechten zu sehen, und sie hatten dann das Haus für sich allein.

Magdalena war traurig, dass sie nicht mit Pascal und Rebekka Ferien auf dem Boot machen konnte. Sie hatte im Internet Dokus über die englischen Schmalboote angesehen und etliche von Pascals Bootsmagazinen durchgesehen. Es musste herrlich sein, kreuz und quer durch das ländliche England zu fahren und anzuhalten, wo immer man Lust dazu hatte. Magdalena hatte sogar angefangen, Englisch zu lernen, damit sie Pascals Hefte lesen konnte und die Videos verstand, die fast alle auf Englisch gedreht waren. Aber auch wenn Magdalena nicht mit nach England kommen konnte, war sie zufrieden. Sie war aus dem kalten Verlies unter der Erde befreit worden und hatte Aufnahme bei lieben Menschen gefunden. Sie hatte Pascal sehr gerne und Rebekka auch. Auch die Frau an Pascals Seite hatte sie schon öfter in die Arme genommen und ihr gesagt, sie habe sie lieb. Das tat so gut. Magdalena liebte Pascal und Rebekka. Der winzige Funke in ihrem Herzen wuchs täglich weiter heran. Schon war es eine kleine Flamme, die ihr Herz wärmte und die böse, kalte Flamme ein Stück weit vertrieb. Und nun hatte sie sogar eine Freundin. Magdalena war glücklich, vielleicht zum ersten Mal in ihrem Leben.

*

Sie saßen auf einer Bank bei der Waldquelle. Johanna hatte Lukas Ziegler getroffen, als sie mit dem Fahrrad unterwegs war. Lukas hatte sein Fahrrad ebenfalls dabei und sie hatten sich kurz entschlossen für eine kleine Spritztour durch den Wald entschieden. Auf der Quelllichtung hatten sie angehalten, um von dem frischen, kalten Wasser zu trinken. Jetzt saßen sie auf einer Bank der Sitzgruppe und unterhielten sich. Johanna hatte Lukas gefragt, ob er gerne Dame spielte. Lukas hatte bejaht und Johanna hatte das Brettspiel aus dem Versteck geholt und auf dem Tisch aufgebaut.

„Wow! Du hast mitten im Wald ein Damespiel hervorgezaubert. Spielst du hier im Wald mit den Rehen Dame? Oder mit den Eichhörnchen? Nein, lass mich raten …" Der Junge lächelte, was Johanna Herzklopfen bescherte. „Du spielst mit Waldgeistern Dame! Mit Quelljungfern und Baumfeen."

„Nicht ganz", sagte Johanna. „Aber du bist nah dran. Du hast richtig vermutet. Ich spiele hier an der Quelle mit meiner geheimen Freundin Dame."

„Geheime Freundin?", fragte Lukas. „Wie jetzt? Geheim?"

„Niemand darf von ihrer Existenz wissen", sagte Johanna. „Sonst holen sie sie und sperren sie wieder ins Verlies unter der Erde."

Lukas schaute neugierig. „Sie? Wer sind sie?"

„Die Leute aus den fünf Familien. Die haben sie vor vierhundert Jahren ins Verlies gesteckt. Sie haben sie lebendig eingemauert, als Opfer für einen Dämonenfürsten."

„Tatsächlich?" Lukas grinste. „Vor vierhundert Jahren? Dann muss das ja eine ganz schön alte Oma sein."

„Sie ist so alt wie ich. Zehn Jahre. Sie heißt Magdalena. Sie ist eins der Kinder, die von den Silberbergern geopfert wurden, um dafür zu Macht und Reichtum zu kommen. Du kennst doch die Geschichten, die man sich hinter vorgehaltener Hand im Dorf erzählt. Es verschwinden immer wieder Kinder aus Silberberg. Es sind immer Mädchen aus den fünf Familien. Magdalena heißt mit Nachnamen Hennes. Sie war im Jahr 1631 das erste Opfer, das dem Fürsten der Dunkelheit dargebracht wurde."

„Echt jetzt?", fragte Lukas. „Und sie ist deine Freundin?"

Johanna nickte: „Schon eine ganze Weile."

Lukas kam aus dem Grinsen nicht mehr heraus. Er schaute ein wenig lauernd. „Wie kann sie deine Freundin sein, wenn sie in einem Verlies unter der Erde eingesperrt ist? Eingemauert, hast du gesagt. Ah ... ich verstehe. Du siehst natürlich ihren Geist, so eine weiße, halb durchsichtige Erscheinung. Schon klar." Jetzt grinste Lukas über beide Backen.

„Magdalena ist echt. Sie ist aus Fleisch und Blut", sagte Johanna. „Man kann sie anfassen."

„Wie bitte schön konnte sie aus ihrem Verlies raus?", bohrte Lukas nach. „Hast du eine magische Formel aufgesagt und sie erlöst?"

„So ähnlich", sagte Johanna. „Pascal Hennes hat in seinem Keller zufällig einen alten Geheimgang entdeckt und das Verlies von Magdalena mit einer Spitzhacke geöffnet. Er hat Magdalena befreit."

„Und seitdem spukt sie in Silberberg herum?", fragte Lukas.

„Sie spukt nicht. Sie ist kein Gespenst. Sie ist total nett."

„Ein nettes Gespenst also", sagte Lukas. Er feixte. „Das ist eine absolut coole Geschichte, die du dir da ausgedacht hast. Beinahe hätte ich dir geglaubt." Er kicherte. „Johanna Friedmann hat einen Geist als Freundin und spielt mit diesem Geist im Wald Dame." Lukas kicherte noch mehr. „Spielt ihr auch Spiele auf dem Smartphone?"

„Sei doch nicht so blöd!", sagte Johanna. „Wir sind bloß Freundinnen. Wenn du mir nicht glauben willst, dann lass es eben! Aber du darfst mit niemandem über Magdalena sprechen! Niemand darf von ihrer Existenz wissen."
„Keine Angst", meinte Lukas lapidar. „Ich bin ja nicht auf den Kopf gefallen. Wenn ich das jemandem erzähle, lande ich doch glatt im Irrenhaus. Nein danke." Er machte einen Zug auf dem Damebrett: „Gleich hab ich dich! Du verlierst. Da hilft dir auch kein nettes Gespenst."
Die beiden setzten die Partie Dame fort. Sie sahen die geduckte Gestalt hinter einem dichten Gebüsch nicht, die mit weit aufgerissenen Augen zu ihnen hinstarrte. Es war Julius Theiß. Julius war im Wald spazieren gegangen, als er ein gewisses Bedürfnis verspürte. Also hatte er sich in die Büsche geschlagen und eine Stange Wasser in den Wald gestellt. Kaum war er fertig mit Pinkeln, tauchten die zwei Kinder an der Quelle auf.
Julius war kreidebleich. Er hatte jedes einzelne Wort der Unterhaltung mitbekommen. Er blieb in seinem Versteck und verhielt sich mucksmäuschenstill. Er wartete, bis die Kinder auf ihren Rädern davonfuhren. Dann lief er, so schnell ihn seine Beine trugen, ins Dorf.

*

Sie hatten sich im Haus von Adam Stolz zusammengefunden. Sämtliche Familienälteste waren dem Ruf von Julius Theiß gefolgt. Nun lauschten sie atemlos dem Bericht, den Julius zum Besten gab.
„Das ist ungeheuerlich!", rief Adam Stolz, nachdem Julius alles erzählt hatte. „Wie konnte das geschehen? Das ist ein Ding der Unmöglichkeit! Der Alkoven war versiegelt. Dieses Siegel ist unüberwindbar. Man kann diese Mauern nicht so einfach mit einem Pickel öffnen."
„Es sei denn, Pascal hat beim ersten Schlag ausgerechnet mitten in das

Pentagrammzeichen gehackt", sagte Harald Köhler.
„Woher hätte er das wissen können?", fragte Simon Dahl. „Dieses Wissen haben nur Eingeweihte."
„Purer Zufall", gab Harald zurück. „Nichts als Zufall." Er schüttelte den Kopf. „Ich kann es immer noch nicht recht glauben. Bist du dir ganz sicher, Julius?"
„Zu hundert Prozent", antwortete der Familienälteste. „Die Tochter von Agnes Friedmann hat Details genannt. Zum Beispiel, dass das Mädchen keinen Schatten hat. Heißt es nicht: Der Dunkle nimmt sich ihren Schatten? Die kleine Friedmann hat nicht gelogen. Die hat sich diese Geschichte nicht aus den Fingern gesogen! Pascal Hennes hat das erste Opfer an den Fürsten der Dunkelheit befreit. Ein ungeheuerlicher Frevel! Es braucht eine Wiedergutmachung! Das Opfer muss dem Fürsten der Dunkelheit zurückgegeben werden, sonst erreichen wir nie eine Umkehr. Dann werden die alten Zeiten niemals mehr wiederhergestellt. Verdammt! Es sah alles so gut aus. Als Pascal und Rebekka zusammenkamen, schien alles in bester Ordnung. Wir waren sicher, Pascal auf unsere Seite ziehen zu können. Und jetzt das! Wenn er herausgefunden hat, wer Magdalena ist, wird er gewiss gegen uns eingestellt sein. Es wird nicht leicht sein, ihn zu überzeugen, sich jetzt noch auf unsere Seite zu stellen."
„Er muss!", rief Julius Theis. „Da gibt es kein Wenn und Aber!"
„Wir müssen mit ihm reden", sagte Adam Stolz. „Wir kommen nicht darum herum. Lasst es uns gleich jetzt tun. Die Sache duldet keinen Aufschub."
„Was ist, wenn er sich nicht überzeugen lässt?", fragte Harald Köhler. „Was, wenn er sich gegen die Familien stellt?"
Adam Stolz sah die Männer um sich herum an: „Dann gibt es nur noch eine letzte Lösung. Ihr wisst, was ich meine."

*

Pascal saß hinterm Herrenhaus. Bei dem schönen Wetter mochte er nicht drinnen bleiben, auch, weil er das Herrenhaus mit jedem Tag, der verging, weniger mochte. Er hatte eine große Abneigung gegen das Haus entwickelt. In diesem Haus hatte das ungeheuerliche Verbrechen seinen Anfang genommen. Das Haus war verflucht und besudelt von der Verderbtheit und Gottlosigkeit der fünf Familien. Es war ein Teufelshaus.

Vom Haus ertönte ein Ruf: „Pascal? Bist du da?"

Pascal verdrehte die Augen. Es war die Stimme von Adam Stolz. Was wollte der Kerl schon wieder von ihm? Ihn bequatschen, in der Ukraine ein Kind zu bekommen? Damit ihr es, wenn es ein Mädchen wird, zu gegebener Zeit unter der Erde einmauern könnt, was? Nicht mit mir, mein Bester!

Er stand auf, um ums Haus herum nach vorne zu gehen, da kamen sie bereits zu ihm. Sie waren einfach eingedrungen. Alle Familienältesten waren gekommen: Adam Stolz, Julius Theiß, Harald Köhler, Simon Dahl und Dieter Hennes.

„Guten Tag, Pascal", sagte Adam. „Hast du einen Moment Zeit für uns? Wir müssen dringend mit dir reden, mein Junge."

Mein Junge! Da war er wieder, dieser gönnerhafte Tonfall, den Pascal auf den Tod nicht ausstehen konnte. „Worum geht es?"

„Ich will gleich zur Sache kommen, mein Junge", sagte Adam. „Pascal, wir wissen, dass du unten in einem der alten Gänge warst und ein Siegel aufgebrochen hast. Du hast deine Nase in Dinge gesteckt, die dich nichts angehen. Du hast eins der Opfer freigelassen! Rede nicht dagegen! Wir wissen Bescheid!" Adam trat einen Schritt auf Pascal zu: „Pascal, was du getan hast, war ein Frevel! Du hast etwas befreit, das für alle Zeiten weggeschlossen bleiben muss! Es droht Gefahr! Du glaubst vielleicht, du hättest ein kleines Mädchen aus seinem Kerker befreit, aber das ist kein kleines Mädchen. Das ist sie nur der Gestalt nach, Pascal! In Wirklichkeit haben unsere Vorfahren vor Jahrhunderten eine Bedrohung unter der Erde eingeschlossen, damit diese Bedrohung nie mehr über Silberberg kommen kann. Diese ... Geistererscheinung ist gefährlich, Pascal! Sie muss schnellstens wieder unter die Erde gebannt werden, sonst sind wir alle in großer Gefahr."

„Ach, tatsächlich?" Pascal fühlte Wut in sich aufsteigen, als er die verlogenen Worte des Familienältesten hörte. „Große Gefahr? Klar, Adam, verstehe. Und die Erde ist eine Scheibe. Hör auf, dich zu verstellen! Ich weiß genau Bescheid."

„Weißt du nicht!", rief Adam. Sein Gesicht nahm Farbe an. „Pascal, was dieses Dämonenwesen dir erzählt hat, waren Einflüsterungen! Es ist ein teuflisches Wesen! Es kennt nur Lug und Trug. Es wird Unglück über dich und die Deinen bringen. Es wird nicht ruhen, bis es dir größten Schaden zugefügt hat. Dazu muss es sich dein Vertrauen erschleichen. Bist du in diese Falle getappt, schnappt sie zu. Pascal, hör mich an! Dein Leben ist in Gefahr!"

„Du solltest dich hören, Adam", sagte Pascal. Er musste sich Mühe geben, nicht laut loszubrüllen. Er hielt sich eisern unter Kontrolle, doch innerlich kochte er vor Wut. „Dein Auftritt gerade war filmreif. Spar dir die Mühe. Wie ich bereits sagte: Ich weiß Bescheid. Dieses arme Kind wurde vor Jahrhunderten einer dämonischen Lebensform geopfert, weil die fünf Familien sich von diesem Opfer Macht und Reichtum erhofften. Diese Hoffnung hat sich tatsächlich erfüllt. Nicht Magdalena ist dämonisch, sondern die Wesenheit, der sie als Opfer dargebracht wurde."

Julius Theiß trat neben Adam Stolz: „Pascal, misch dich nicht in Dinge ein, die dich nichts angehen. Du bringst uns alle in Gefahr. Dieses

Mädchen darf nicht frei sein! Es muss dem Fürsten zurückgegeben werden und zwar schnellstens! Sie gehört IHM. Er wird sehr ungehalten sein, wenn er zum Jahreswechsel wiederkommt. Das Opfer muss in sein Verlies zurückgebracht werden. Dir bleibt keine Wahl. Wenn du nicht riskieren willst, dass ganz Silberberg eine Katastrophe erlebt, musst du mit uns kooperieren."

Adam trat zu Pascal. Er legt ihm eine Hand auf die Schulter: „Ich kann verstehen, wie du dich fühlst, Pascal. Das ist ja verständlich. Weil du dich nicht auskennst. Du weißt nicht um die Gefahr, die von diesem Wesen ausgeht, das du aus seinem unterirdischen Verlies herausgelassen hast. Aber dieses … dieses Etwas muss zurück in seinen ewigen Kerker. Überlege dir gut, auf wessen Seite du stehen solltest. Halte zu uns, wenn du leben willst! Dir bleibt keine Wahl, mein Junge. Es geht leider nicht anders. Wir kommen übermorgen wieder. Dann wollen wir deine Entscheidung hören. Ich vertraue auf deinen Verstand, Pascal. Bis dann."

Die fünf Männer drehten sich um und gingen nach vorne zur Straße. Pascal schaute ihnen nach. Er hätte am liebsten Steine hinter ihnen hergeworfen.

Eine leise Stimme ertönte hinter ihm: „Sind sie weg?"

„Ja. Du kannst rauskommen." Die Hintertür öffnete sich und Rebekka kam aus dem Haus. Sie war kreidebleich. „Ich habe jedes Wort mit angehört", sagte sie. Sie schüttelte den Kopf. „Die glauben doch nicht selbst an den Mist, den sie da von sich gegeben haben. Alles Lüge, sage ich!"

„Natürlich war alles gelogen", gab Pascal ihr recht. „Magdalena stellt keine Gefahr dar. Jedenfalls nicht für uns. Für *die* schon, denke ich. Wenn dieser Dämonenfürst zu Silvester hier in Silberberg aufkreuzt und feststellt, dass sein erstes Opfer ausgebüxt ist, wird er wahrscheinlich ziemlich sauer, schätze ich. Dann droht tatsächlich Gefahr."

„Was sollen wir tun?", fragte Rebekka. „Pascal, das darfst du nicht auf die leichte Schulter nehmen! Die sind imstande, im Rudel über uns herzufallen und ..." Sie ließ den Satz offen.
„Wir müssen weg!", entschied Pascal. „Wir müssen von der Bildfläche verschwinden, und zwar sofort! Hier ist es im Moment zu brenzlig." Er schaute Rebekka an. „Wir gehen nach England. Dorthin können sie uns nicht folgen. Sie sind hier in Silberberg eingesperrt. Wir hauen ab und warten, was passiert. Lass uns auf der Stelle alles einpacken, was wir in England brauchen: Klamotten, unsere Computer und sonst alles. Dann verziehen wir uns."
Rebekka sah ihn zweifelnd an: „Die werden uns nicht einfach so ziehen lassen, glaub mir! Die sind zu allem fähig. Ich habe Angst, Pascal! Wirklich Angst!"
„Lass uns das Auto beladen", sagte er. „Ich habe eine Idee."

*

Eine Stunde später ging das Garagentor auf. Pascal stieg in seinen Wagen und ließ den Motor an. Er fuhr los. Der Wagen bockte. Dann starb der Motor ab. Pascal stieg aus. „*Verdammt!* Was soll das?", rief er aufgebracht. „Das hat mir gerade noch gefehlt! Ich muss zum Supermarkt, Herrgott noch mal!" Er stieg ins Auto und startete den Motor erneut. Er fuhr an, kam aber nicht weit. Als er richtig Gas gab, bockte der Motor schon wieder.
Er stieg aus, holte sein Smartphone heraus und telefonierte. Er unterhielt sich mit jemandem aus einer Autowerkstatt in einem Ort, nicht weit von Silberberg entfernt. „Ja, genau!", rief er. Er fuchtelte mit dem freien Arm. „Ich wollte einkaufen fahren, da ging es wieder los. Diese dämliche Mistkarre! Das war vor ein paar Tagen schon mal. Sie sind auf Wartung und Reparatur dieser Automarke spezialisiert. Ich bringe meinen Wagen nicht gerne in so eine Null-acht-fuffzehn-Werkstatt. Sie sind eine

Vertragswerkstatt, das ist besser. Was? Nein, es war … doch, ja. Ganz genau! Genauso war es. Sobald ich richtig Gas gab, starb der Motor ab. Bitte? Ja, kann ich machen. Kann ich den Wagen heute noch vorbeibringen? Nein, nicht so wichtig. Hören Sie, ich bringe Ihnen die Karre vorbei, dann können Sie morgen früh gleich drangehen. Einverstanden? Ja, sicher. Natürlich bin ich auf den Wagen angewiesen. Ich brauche ihn übermorgen unbedingt! Ich will mit meiner Partnerin in Urlaub fahren. Ja? Tatsächlich? Prima! Ich bringe die Kiste gleich zu Ihnen. Danke, dass ich noch dazwischenrutschen kann. Ja. Vielen Dank. Auf Wiederhören."

Pascal beendete das Gespräch.

Rebekka kam aus dem Haus: „Was ist los?"

Er machte eine wegwerfende Bewegung mit der Hand. „Der Wagen macht Zicken. Genau das Gleiche wie vor zwei Tagen. Sobald man richtig Gas gibt, stottert der Motor oder er geht aus. Ich muss ihn in die Werkstatt bringen. Die Kiste muss schließlich funktionieren, wenn wir übermorgen losfahren wollen. Ich bring den Wagen zur Werkstatt und komme mit dem Taxi zurück. Die haben zugesagt, sich das Auto gleich morgen früh vorzunehmen." Er umarmte Rebekka und küsste sie. „Ich muss los. Ich bin bald zurück. Fang schon mal an, die Taschen für unsere Reise zu packen."

Er stieg ins Auto und fuhr los. Direkt vorm Haus auf der Straße starb der Motor ab. Man sah Pascal hinter der Windschutzscheibe fluchen. Er startete den Wagen und fuhr los, diesmal sehr langsam und vorsichtig. Bald verschwand das Auto hinter einer Straßenbiegung.

Rebekka kehrte ins Haus zurück. Sie tat, als hätte sie die Gestalt nicht gesehen, die sich auf der gegenüberliegenden Straßenseite hinter eine dichte Hecke duckte. Ein Spion der Familie, dachte sie. Wie schön. Dann hat Pascal die Schau nicht umsonst abgezogen.

*

Sie saßen im Wohnzimmer zusammen.
„Der Wagen steht draußen außerhalb der Grenze bereit“, sagte Pascal. „Wir gehen natürlich nicht erst übermorgen weg. Das war eine Finte, gedacht für den Spion hinter der Hecke. Wir türmen heute Nacht. Sobald es dunkel ist, machen wir uns davon. Wir gehen außen ums Dorf herum, dann sieht uns niemand. Wir müssen raus aus Silberberg. Die Typen, die heute da waren, sind mir nicht geheuer. Denen traue ich alles zu. Menschen, die Kinder als Opfer darbringen, sind zu allem fähig.“
„Darauf kannst du Gift nehmen“, sagte Rebekka. „Nachdem wir Urgroßmutters Vermächtnis gelesen haben, ist nichts mehr, wie es war. Ich glaube, die schrecken auch nicht vor Gewalttaten zurück. Wir müssen hier weg, und zwar schleunigst.“
Pascal schaute zu Magdalena hin. Das Mädchen saß klein und zusammengesunken am Tisch. Sie wirkte verängstigt und niedergeschlagen. „Ich kann nicht mitkommen“, sagte sie. Ihre Stimme bebte verdächtig. „Ich kann die Grenze nicht überschreiten. Wenn ich das tue, erlischt die kalte Flamme in meinem Herzen und ich vergehe.“ Sie blickte Pascal an. Blanke Verzweiflung stand in ihren Augen. „Was, wenn sie mich holen kommen?“
„Du musst dich verstecken“, verlangte Pascal. „Nicht im Dorf! Draußen in den Wäldern rund um Silberberg. Kannst du die Grenze fühlen?“ Magdalena nickte. „Gut. Halte dich immer innerhalb der Grenze auf und verstecke dich im Wald, dann kriegen sie dich auf keinen Fall. Rebekka und ich werden einen Weg finden, dich zu beschützen. Wir werden zurückkehren und den Halunken das Handwerk legen. Aber im Moment ist hier der Boden zu heiß für uns. Wir müssen so schnell wie möglich verschwinden. Wie Rebekka bereits sagte: Diesen Leuten ist alles zuzutrauen. Wir sind in Gefahr. Wir können nicht länger

hierbleiben. Wenn sich die Wogen geglättet haben, kehren wir zurück. Wir finden einen Weg. Versprochen."

Magdalena kam um den Tisch herum und warf sich in Pascals Arme: „Lasst mich nicht allein! Bitte nehmt mich mit!"

Pascal drückte sie. „Das geht nicht, Magdalena, das weißt du doch. Du bist hier gefangen. Ich verspreche dir, wir werden einen Weg finden, dich aus Silberberg herauszuholen." Er gab Magdalena einen Kuss auf die Wange. „Ich habe dich lieb."

Magdalena hielt sich eine Minute lang an ihm fest. Dann ließ sie los. „Ich gehe jetzt gleich", sagte sie. „Ich laufe durch den Garten und klettere über den Zaun. Von dort ist es nicht weit bis zum Waldrand. Ich glaube, es ist besser, wenn ich mich sofort verstecke."

Pascal stand auf und umarmte sie noch einmal. „Pass auf dich auf, Liebes", sagte er. „Halte dich gut versteckt. Niemand darf dich sehen. Auch keiner von den Weltlichen. Vertraue niemandem."

„Ist gut", sagte Magdalena. Sie verließ das Zimmer. An der Tür drehte sie sich noch einmal um: „Kommt ihr wirklich zurück zu mir?"

„Ja", sagte Pascal. „Wir kommen wieder. Versprochen."

*

„Übermorgen, sagst du?"

Der Angesprochene nickte: „Übermorgen. Ich habe es deutlich gehört. Er hat seinen Wagen in die Werkstatt gebracht, weil der Motor Probleme macht. Er ist mit dem Taxi zurückgekommen. Das Auto wird morgen repariert. Er kann es nachmittags abholen. Das hat er zu Rebekka gesagt, als er aus dem Taxi ausstieg."

„Dann hat er morgen das Auto wieder. Was ist mit dem Wagen von Rebekka?"

„Der steht bei ihr zu Hause."

„Die beiden sind im Herrenhaus?"

„Ja."
„Und … das Mädchen?"
„Ich habe niemanden außer Pascal und Rebecca gesehen." Harald Köhler schüttelte den Kopf. „Wenn ich die Reaktion von Pascal nicht mit eigenen Augen gesehen hätte, ich würde fast behaupten, die Kleine von Friedmanns hat eine ausgedachte Geschichte erzählt. Aber Pascal hat das Opfer wirklich aus dem versiegelten Verlies freigelassen. Das ist Frevel!"
„Ganz recht", sagte Adam Stolz. Er blickte in die Runde: „Wir müssen damit rechnen, dass Pascal und Rebekka fliehen. Das dürfen wir nicht zulassen. Ihr wisst, warum! Wir warten nicht. Wir gehen heute Abend noch hin. Pascal muss sich entscheiden. Entweder er steht auf unserer Seite oder …" Er holte tief Luft. „Das Opfer muss zurück in das Verlies. Sie gehört dem Fürsten der Dunkelheit. Sie ist sein Eigentum. Wir bringen sie zurück."
„Und was ist, wenn Pascal dabei nicht mitmacht?", fragte Simon Dahl. „Was, wenn er und Rebekka sich sträuben?"
„Die kalte Flamme muss brennen", sagte Adam Stolz. „Brennen auf immer oder bis sie ausgelöscht wird." Er machte eine Pause. „Von heißen Flammen", sprach er grimmig. „Wenn Pascal uns keine andere Wahl lässt, müssen wir zum Äußersten greifen. Ihr wisst, was in solch einem Fall zu tun ist."
Die Männer nickten. Sie wussten, wie mit Abtrünnigen zu verfahren war.
„Geht!", sagte Adam. „Ruft alle eingeweihten Mitglieder der Familie zusammen. Wir werden heute Abend eine Entscheidung von Pascal Hennes verlangen."

*

Draußen wurde es dunkel.
„Gut so", sagte Pascal. „Lass uns noch eine Stunde warten, bis es

wirklich Nacht ist. Dann verduften wir. Ich will schleunigst hier weg. Den Typen von den fünf Familien traue ich nicht über den Weg."

Rebekka, die am Fenster zur Straße stand, stieß einen Schrei aus: „Da sind sie! Sie sind da! Alle!" Pascal trat neben sie und schaute zum Fenster hinaus. Draußen auf der Straße näherte sich eine Menschenmenge. Das halbe Dorf schien angetreten zu sein. „Verdammt! Das sieht übel aus."

Vorm Herrenhaus blieb die Meute stehen. Adam Stolz trat vor die Leute. „Pascal!", rief er.

Pascal ging zur Haustür und öffnete sie. „Was wollt ihr?", fragte er.

„Wir wollen das Mädchen!", rief Adam. „Gib sie heraus! Sie gehört dem Fürsten der Dunkelheit, der seine Hand schützend über Silberberg hält. Er muss sie zurückbekommen. So will es das Gesetz."

„Was für ein Gesetz?", fragte Pascal. „Das Gesetz des Teufels? Ein Gesetz Gottes ist es jedenfalls nicht."

Adam trat einen Schritt nach vorne. „Hör zu, Pascal", begann er. „Ich kann verstehen, dass du Probleme damit hast. Dir kommt es vielleicht nicht richtig vor. Ich verstehe das. Aber es gibt nun einmal Gesetze und an diese Gesetze müssen wir uns halten, auch du. Du bist ein Bürger von Silberberg. Du bist einer von uns. Du stammst aus einer der fünf Familien. Du hast keine Wahl. Du musst die Gesetze von Silberberg befolgen. So war es immer. So wird es immer sein. Gib das Mädchen heraus. Gib sie uns und alles ist gut. Dann vergessen wir die Angelegenheit. Du hast nichts zu befürchten. Wir alle verstehen, dass du erschrocken bist. Niemand nimmt dir das übel, mein Junge. Doch dir bleibt nichts anderes übrig, als dich an die Gesetze von Silberberg zu halten. Mit dem Antritt deines Erbes hast du das akzeptiert."

„Ich kann mich nicht erinnern, so etwas unterschrieben zu haben", sagte Pascal. Er sah, wie Leute rechts und links am Haus vorbei nach hinten liefen. Das sah nicht gut aus, überhaupt nicht gut. „Ich habe lediglich zugesagt, meinen Erstwohnsitz in Silberberg anzumelden, und das habe ich getan."

„Damit hast du inoffiziell unsere familieninternen Gesetze akzeptiert", sagte Adam. Er gab sich jovial. „Bitte, Pascal, Widerstand ist zwecklos. Mach einfach mit. Wir bekommen das Mädchen so oder so. Du musst sie herausgeben, dir bleibt keine Wahl. Der Fürst der Dunkelheit will sie zurück. Wenn er zum Jahreswechsel wiederkehrt und sein Opfer nicht vorfindet, wird er sehr ungehalten sein. Dann droht uns allen große Gefahr, auch dir und Rebekka. Komm schon, Pascal. Das Mädchen kann nicht bei dir bleiben. Sie ist kein Mensch mehr. Sie ist eine Untote und von ihr geht Gefahr aus. Gib sie uns und wir vergessen die Angelegenheit. Mein Wort darauf. Du hast nichts zu befürchten."

Pascal schwieg. Er überlegte, die Polizei anzurufen, aber irgendetwas in seinem Inneren sagte ihm, dass keine Polizei in Silberberg auftauchen würde. Die fünf Familien hatten große Macht im Dorf.

„Komm schon, Junge", lockte Adam. „Gib das Mädchen heraus und alles wird gut." Er trat noch einen Schritt auf Pascal zu: „Du brauchst sie uns nicht selbst auszuliefern. Lass uns einfach herein und wir holen sie. Dadurch hast du nichts mit der Sache zu tun, okay? Wir kommen jetzt rein."

Die Ältesten der fünf Familien setzten sich in Bewegung.

„Eher friert die Hölle zu!", rief Pascal und schlug ihnen die Tür vor der Nase zu.

Adam Stolz hämmerte gegen die Haustür: „Pascal, mach keinen Unsinn! Geh in dich! Wir holen sie uns! Du kannst nichts dagegen tun. Es gibt auch noch einen anderen Weg, an das Mädchen heranzukommen und sie dem Fürsten zurückzugeben. Mach die Tür auf, Pascal!"

„Leck mich, Adam!", schrie Pascal. „Du kommst mir nicht ins Haus!"

Draußen ertönte ein vielstimmiger Aufschrei.

„Wie du willst!", brüllte Adam Stolz. „Dann gehen wir den anderen Weg. Los, Leute!" Der vielstimmige Schrei wiederholte sich. Plötzlich barst eine Fensterscheibe, als etwas hereingeworfen wurde. Es war eine Glasflasche. Sie schlug auf dem Boden auf und zerbrach. Benzin spritzte nach allen Seiten. Augenblicklich begann es zu brennen.

Rebekka schrie auf.

„Die sind ja irre!", rief Pascal. „Das ist ein Brandbeschleuniger!" Weitere Scheiben zerbarsten, als noch mehr Molotowcocktails geworfen wurden. Es mussten zwanzig oder dreißig von den Dingern sein. Schon stand der Raum in Flammen. Das Feuer breitete sich rasend schnell aus.

„Die bringen uns um!", schrie Rebekka. „Um Himmels willen, die bringen uns um!"

Draußen brüllte eine Stimme auf, ein Kreischen voller Hass: „Wir können das Opfer auch mit der heißen Flamme an den großen Fürsten übergeben, wenn die kalte Flamme versagt. Ihr werdet brennen! Ich habe euch gewarnt! Brennen sollt ihr!"

Pascal packte Rebekka am Handgelenk. „Zurück!", schrie er. „Nach hinten! Schnell!"

Da klirrten auch auf der Rückseite des Hauses Fensterscheiben.

„Wir sind eingeschlossen!", rief Rebekka panisch. Sie war kreideweiß vor Angst.

Auch Pascal war einer Panik nahe. „In den Keller!", befahl er. „Wir müssen den Gang benutzen."

Sie rannten zur Kellertreppe und rissen die Tür auf. Von den hinteren Zimmern fraß sich eine Flammenwand auf sie zu. Das uralte Haus war völlig ausgetrocknet. Die Holzböden und das Fachwerk brannten wie Zunder.

„Runter!" Pascal ließ Rebekka vorgehen. Dann folgte er ihr und schloss die Kellertür hinter sich. Qualm wälzte sich die Treppe hinab. Sie

rannten zu der Ecke, wo der Schrank den Eingang in den unterirdischen Stollen versperrte. Pascal sperrte den Schrank hastig auf. Sie traten ein und er schloss die Schranktür hinter ihnen und legte den Riegel vor. Er fischte zwei Stirnlampen aus dem Regal im Schrank und reichte Rebekka eine: „Wir brauchen Licht."
Rebekka stand wie erstarrt. Ihre Augen waren weit aufgerissen.
Pascal zögerte. „Was ist mit dir?"
„Hörst du es?" Über ihnen erwachte ein Brüllen, ein Brüllen wie von einem wütenden Tier. „Das ist das Feuer! Das Feuer frisst das Haus auf!"
„Dann nichts wie weg, bevor es über unseren Köpfen zusammenkracht", rief Pascal. Er zog die Stirnlampe an und schaltete sie ein. „Nichts wie weg."
Sie stolperten durch den engen Stollen. Hinter ihnen brüllte das Höllenfeuer, das über das alte Herrenhaus hergefallen war. Sie kamen an dem aufgebrochenen Alkoven vorbei, in dem Magdalena eingesperrt gewesen war.
„Das Buch!", schrie Rebekka. „Das Vermächtnis meiner Urgroßmutter! Wir müssen es mitnehmen! Vielleicht finden wir einen Weg, der Herrschaft des Bösen in Silberberg ein Ende zu bereiten." Sie zerrte an dem losen Ziegel.
Da ertönte hinter ihnen ein ungeheures Getöse. „Jesus!", schrie Pascal. „Das Haus stürzt ein! Lass das Zeug, wo es ist! Wir müssen auf der Stelle hier raus, sonst überleben wir das nicht!" Wie zur Bestätigung begann die Decke des Ganges zu ächzen. Pascal sah nach hinten, wo sie in den Gang hineingestiegen waren. Dort kam die Decke krachend herunter. Der ganze Gang brach ein.
In Panik stürzten sie los. Eine Minute später kamen sie unter Albas Haus aus dem Gang. Hinter ihnen krachte und donnerte es.
„Das ist die perfekte Gelegenheit, um zu türmen", rief Pascal. „In dem

Durcheinander sehen die Dreckschweine uns nicht. Wir müssen weg!"
Sie rannten die Treppe hinauf. Durch die Fenster des Hauses sahen sie eine gespenstische Szene. Gut hundert Leute standen drüben auf der anderen Straßenseite in sechzig Metern Entfernung beisammen und schauten gebannt ins Feuer. Das alte Herrenhaus brannte lichterloh. Kein Mensch schaute zu Albas Hof herüber.
„Wir gehen hinten raus und schleichen durch die Gärten zum Wald", sagte Pascal. „Im Augenblick schaut keiner hierher. Das ist unsere Chance, die einzige, die wir bekommen." Sie verließen das Haus durch die Hintertür und machen sich davon. Tief geduckt huschten sie durch den Garten und dann durch Nebensträßchen aus dem Dorf hinaus. Erst als sie den Wald erreichten, hörten sie auf zu rennen.
Pascal führte Rebekka zu dem Wanderparkplatz, wo er seinen Wagen am Tag zuvor abgestellt hatte. „Sag mal", fragte er unterwegs, „Hast du irgendwelche Feuerwehrsirenen gehört? Ich jedenfalls nicht."
Rebekka hielt sich an seinem Arm fest. „Machst du Witze?!? Es kommt keine Feuerwehr! Die haben da angerufen und gesagt, es sei ein Scheunenbrand und sie hätten alles unter Kontrolle. Etwas in der Art. Glaub mir, die fünf Familien haben genug Macht dazu. Denen fährt keiner an die Karre. Auf die Polizei brauchst du genauso wenig zu hoffen." Sie klammerte sich noch fester an Pascals Arm. „Die haben versucht, uns umzubringen. Wahrscheinlich glauben sie, dass wir tot unter den Trümmern des Hauses liegen. Der alte Kasten hat wie Zunder gebrannt. Der bleibt nicht stehen. Da kracht alles zusammen."
Pascal fuhr los. „Wir stellen den Wagen weit weg von hier ab, damit die Silberberger Mörderclique ihn nicht aufspürt", sagte er. „Oder sollen wir ihn gleich mit nach England nehmen?"
„In England findet ihn jedenfalls keiner, der die Familien kennt", meinte Rebekka.

Pascal nickte. „Also abgemacht. Wir fahren nach Norden und dann nehmen wir einen Zug, der durch den Eurotunnel nach England fährt. Es gibt Züge, in denen man sein Auto mitnehmen kann. Bis dahin halten wir nur zum Tanken an. Ich will so schnell wie möglich raus aus Deutschland. Wer weiß, wo die Familien überall Kontakte haben."
Sie fuhren durch die Nacht nach Norden.

*

In Silberberg standen die Mitglieder der fünf Familien beim Herrenhaus und sahen zu, wie es abbrannte. Ganz zum Schluss stürzte der Bau, der größtenteils aus Holz bestand, in sich zusammen. Außer den Familien war niemand auf der Straße. Die Weltlichen zogen es vor, in ihren Häusern zu bleiben. Sie wollten mit den Machenschaften der fünf Familien nichts zu tun haben, aber so mancher überlegte, ob es nicht besser sei, demnächst Silberberg zu verlassen.

*

Am darauffolgenden Tag kehrten die fünf Familienältesten zur Brandstätte zurück. Das Feuer war vollständig erloschen. Wo das imposante Herrenhaus gestanden hatte, gab es nur noch rauchende Trümmer.
„Gehen wir zu Albas Haus", sagte Adam Stolz. „Ich habe einen Kuhfuß dabei. Wir brechen die Hintertür auf."
Zehn Minuten später standen sie im Keller des alten Hauses.
„Hier irgendwo muss der Eingang zu dem Stollen sein", sagte Adam. „Der Gang verbindet das Herrenhaus mit Albas Hof. Das Verlies liegt genau in der Mitte."
Julius Theiß zeigte auf einen Schrank: „Es müsste hinter dem Schrank sein. Schieben wir ihn beiseite."
Gemeinsam schoben sie den Schrank zur Seite. Dahinter gähnte eine Öffnung in der Kellerwand.

„Das ist ja …!“ Adam war sprachlos. „Auf dieser Seite auch? Ich dachte, Pascal hat den Eingang unterm Herrenhaus gefunden.“
Sie knipsten ihre Taschenlampen an und betraten den Stollen. Bald standen sie vor dem aufgebrochenen Alkoven. Julius Theiß zeigte auf die herumliegenden Trümmer: „Der Kerl hat mit dem Pickel genau ins Pentagramm geschlagen. So hat er das Siegel aufgebrochen.“ Er leuchtete in den Stollen hinein, der zum Herrenhaus führte: „Könnten die in dem Keller überlebt haben?“
„Vollkommen ausgeschlossen“, sagte Harald Köhler. „Der alte Kasten ist ganz schnell in sich zusammengebrochen. Ich glaube nicht mal, dass sie es in den Keller geschafft haben. Das Feuer war so schnell, dass sie das nicht mehr tun konnten.“ Er lief ein Stück in den Gang hinein. Eine Minute später kehrte er zurück: „Alles eingestürzt. Da drüben lebt nichts mehr, kein Pascal, keine Rebekka und erst recht kein Opfer, das dem dunklen Fürsten gehört. Sogar der Gang ist ein Stück weit eingestürzt.“
Er lief nahe an der Wand entlang. Plötzlich blieb er mit der Schulter irgendwo hängen. „Verflixt! Ich habe mich gestoßen!“ Er leuchtete mit der Taschenlampe. Er erkannte einen Ziegel, der ein kleines Stückchen in den Gang hinausragte. Harald griff nach dem Stein: „Da ist was lose.“ Er begann, an dem Backstein zu zerren. Nach vielem Hin und Her gelang es ihm, den Ziegel aus der Wand zu ziehen. Er leuchtete mit der Taschenlampe in das Loch in der Wand: „Da liegt was!“
Er zog ein kleines ledergebundenes Buch und ein Heft aus der Höhlung. „Sieh einer an! Ein geheimer Tresor!“
Er öffnete das Buch. „Das ist es!“, schrie er. „Das verschollene Buch! Nun können wir herausfinden, was wir tun müssen, um den Fürsten der Dunkelheit erneut anzurufen.“
Adam Stolz nahm ihm das Heft aus der Hand. Er blätterte darin herum. „Das ist von Alba.“ Er blätterte weiter. Dann stieß er einen Schrei aus.

„Das ist der Beweis!“ rief er. „Pascal und Rebekka sind nicht durch diesen Stollen vor dem Feuer geflohen. Hätten sie es getan, hätten sie das Heft und das Buch nie und nimmer in dem Versteck hinter dem losen Ziegel zurückgelassen, weil sie damit rechnen mussten, dass wir es finden. Freunde, hier steht, was wir tun müssen, um die Gunst des dunklen Fürsten zurückzuerlangen. Da steht es schwarz auf weiß: fünf Mädchen gleichzeitig in der Vollmondnacht an drei hintereinanderliegenden Vollmonden opfern. Freunde, wir haben es geschafft! Wir brauchen Pascal nicht länger. Es gibt einen wesentlich einfacheren Weg, den zerbrochenen Kreis zu schließen. Wir werden einen neuen Kreis erschaffen. In zwei Wochen ist Vollmond.“
Er schaute sich den kleinen Raum an, der dem Alkoven gegenüberlag, und maß ihn mit den Augen ab. „Das ist groß genug für fünf Opfer“, meinte er. „Die erste Opferung findet hier statt. Für die folgenden zwei müssen wir in anderen unterirdischen Gängen Platz schaffen.“
Adams Augen leuchteten vor Begeisterung. „Lasst uns gehen. Wir müssen mit den anderen reden. Wir rufen die Familienvorstände und ihre Frauen zusammen.“
Sie verließen das Haus durch den aufgebrochenen Hintereingang.
„Eilt!“, rief Adam stolz. „Holt alle zusammen! In einer Stunde treffen wir uns hier wieder. Dann werde ich verkünden, was zu tun ist, um die Gunst des Fürsten der Dunkelheit zurückzuerlangen. Es wird keine nutzlosen Opfer mehr geben. Die nächsten Opfer werden Wirkung zeigen. In drei Monaten wird es in Silberberg wieder so sein wie vorher. Macht und Reichtum werden Einzug halten.“
Sie zogen los. Niemand bemerkte die kleine Gestalt, die sich hinter dem halb verfallenen Geräteschuppen duckte. Es war Magdalena. Das Mädchen hatte jedes Wort mitangehört. Die fünf Ältesten hatten laut diskutiert. Sie erinnerte sich an jedes einzelne Wort Adams: „Diesmal

wird der dunkle Fürst das Opfer nicht selbst erwählen. Es wird kein Kranz am Haus des auserwählten Opfers am Haken hängen. Wir werden das Los entscheiden lassen. In der ersten Vollmondnacht werden wir im Wald in der Höhle die Messe für IHN abhalten und die ersten fünf auserwählten Mädchen dann in den Stollen unter Albas Haus bringen."

Die Augen von Adam Stolz hatten einen fanatischen Glanz angenommen. „Bald!", hatte er ausgerufen. „Bald, Freunde! Schon bald werden wir unsere alte Macht und unseren alten Reichtum wiedererlangen! Bald kehrt der Fürst in sein Haus zurück, zurück nach Silberberg. Unsere Häuser werden wieder SEIN Haus sein!"

Das hatte Adam Stolz laut ausgerufen. Und er hatte noch etwas gesagt. Er hatte gesagt, dass Pascal Hennes und Rebekka Dahl tot waren, begraben unter den Trümmern des Herrenhauses. Magdalena wusste, dass Adam recht hatte. Wären Pascal und Rebekka durch den Stollen entkommen, hätten sie nie im Leben das bösartige Teufelsbuch und Albas Vermächtnis in dem Versteck hinter dem losen Ziegel zurückgelassen.

Magdalena brach in die Knie. „Sie sind tot!", flüsterte sie. Tränen schossen ihr in die Augen. „Tot! Pascal, du darfst nicht tot sein! Oh, Pascal!"

Aber er war tot, das wusste sie. Bevor das Herrenhaus einstürzte, hatte sie Pascal immer spüren können. Da war etwas in ihrem Herzen gewesen, etwas wie ein kleines Glöckchen. Wenn Pascal da war, hatte sie ein ganz leises Klingeln gehört oder eher gefühlt. Doch in ihrem Herzen herrschte Totenstille. Das Glöckchen der Liebe war verstummt. Weil Pascal tot war. Sie hatten ihn umgebracht. Sie hatten Pascal und Rebekka bei lebendigem Leib im Herrenhaus verbrannt.

„Ihr Mörder!" schluchzte Magdalena. „Ihr verruchten Mörder! Ihr habt

Pascal umgebracht! Pascal!" Sie kam vor Schmerz schier um. Magdalena weinte lange dort in dem verlassenen Garten hinter Albas Haus.
Irgendwann hatte sie keine Tränen mehr. Ihr Inneres war wund vor Schmerz. Sie spürte die kalte Flamme in ihrem Herzen und die neue warme Flamme, die heller denn je brannte, die Flamme der Liebe, gegen die das kalte Teufelsfeuer nicht ankam. Sie brannte jetzt nutzlos. In Magdalena war keine Liebe mehr. Die fünf Familien hatten diese Liebe ausgelöscht. Sie hatten Pascal ermordet.
Magdalena schaute zum Himmel. Noch war er klar und blau. Wenn die Nacht kam, würde der Mond aufgehen, ein sehr schmaler Mond, eine Sichel nur, aber mit jeder Nacht würde dieser Mond zunehmen, bis er voll war und die Teufelsanbeter aus den Familien aufs Neue Angst und Qual über unschuldige Kinder bringen würden in ihrer grenzenlosen Gier nach Macht und Reichtum.

*

Pascal und Rebecca hatten ihr Narrowboat übernommen. Sie waren nicht gleich losgefahren, sondern sie hatten das Boot in eine nahe gelegene Marina gebracht, wo sie einen ganzjährigen Anlegeplatz angemietet hatten. Sie waren von ihrer überstürzten Flucht so mitgenommen, dass sie erst einmal ein paar Tage in der Marina verbringen wollten, bevor sie zu ihrer Tour auf den Kanälen aufbrachen. Sie waren noch immer fassungslos. Ihr Verstand weigerte sich zu glauben, was sich in Silberberg abgespielt hatte.
„Mein Großvater und mein Vater haben mich gewarnt", sagte Pascal. Sie saßen ganz vorne im Bug ihres Bootes. Das Wetter war angenehm. Pascal erzählte Rebecca alles. „Die wussten mehr als ich", meinte er. „Aber warum haben sie mir nicht alles gesagt? Ich war ja kein kleines Kind mehr, als ich nach Silberberg fragte. Ich finde es im Nachhinein absolut dämlich, dass sie um den heißen Brei herumgeredet haben. Mit dem

vagen Gefasel haben sie glatt das Gegenteil erreicht. Ich war danach erst recht neugierig auf das Dorf, vor dem sie mich gewarnt haben. Hätten sie mir reinen Wein eingeschenkt, hätte ich diese Erbschaft wahrscheinlich niemals angetreten."

Er fasste nach Rebekkas Hand. „Andererseits muss ich ihnen dankbar sein, denn wäre ich nicht nach Silberberg gekommen, hätte ich dich nicht kennengelernt. Du bist das Beste, das mir in meinem Leben passiert ist. Ich möchte nicht mehr ohne dich sein." Er seufzte. „Aber ich kann es immer noch nicht glauben." Er schüttelte den Kopf. „Die haben uns umgebracht! Uns eiskalt ermordet! Sie wissen ja nicht, dass wir überlebt haben. Sie haben uns umgebracht. Einfach so. Nur weil wir nicht nach ihrer Pfeife tanzen wollten. Das ist ungeheuerlich! Einfach unvorstellbar. Ein Mob ist über uns hergefallen und hat uns bei lebendigem Leib verbrannt. Sie wissen ja nicht, dass wir in letzter Sekunde entkommen sind. Für die fünf Familien sind wir tot, du, Magdalena und ich. Sie haben gemeinschaftlich einen Dreifachmord begangen." Wieder schüttelte er den Kopf. „Und vorher haben sie einen auf nett und gutmütig gemacht. Diese verlogene Mischpoke! Mein Vater und mein Großvater hatten recht: Silberberg ist böse. Das Dorf ist verflucht. Weißt du, was ich am schlimmsten finde? Dass sie auch dich eiskalt umbringen wollten. Deine eigenen Leute haben dabei mitgemacht. Das ist unfassbar."

„Die Menschen, die mir verwandtschaftlich wirklich nahestehen, waren nicht dabei", sagte Rebekka. „Ich habe genau hingesehen, als sie vor dem Herrenhaus aufmarschierten. Denen hat man offenbar verschwiegen, was abging."

„Perfide!", sagte Pascal. „Die haben es erst hinterher erfahren, als alles vorbei war. Was Magdalena wohl im Moment macht …? Sie ist ganz allein draußen im Wald. Was geht wohl in diesem Kind vor? Ich habe ihr gesagt, dass du und ich nach einem Weg suchen werden, um sie von dem Fluch zu erlösen, der auf ihr liegt."

„Das können wir immer noch", sagte Rebekka.

Pascal sah sie fragend an.

„Das böse Buch und Albas Vermächtnis", sagte Rebecca. „Darin steht die Lösung. Wir müssen es uns nur holen."

Pascal erschrak: „Du willst zurück an diesen verfluchten Ort?"

„Wir müssen!", gab Rebekka zur Antwort. „Wir dürfen nicht riskieren, dass die Familien durch Zufall auf das Teufelsbuch stoßen. Sie würden den alten Opferbrauch wiederaufleben lassen. Das darf nicht geschehen, Pascal! Die Kinder können nichts dafür, dass sie in eine der fünf Familien hineingeboren werden. Sie sind unschuldig. Denk daran, was meine Urgroßmutter in ihrem Vermächtnis schrieb: Wenn man dreimal hintereinander fünf Mädchen opfert, kommt der Fürst der Dunkelheit zurück in alter Macht. Willst du zulassen, dass fünfzehn kleine Mädchen lebendig eingemauert werden? Wir müssen zurück nach Silberberg."

„Okay", sagte Pascal. „Wir gehen hin. Wir fliegen nach Deutschland und nehmen uns einen Mietwagen. Dann machen wir Quartier in einer kleinen Pension außerhalb von Silberberg und nachts schleichen wir uns ins Dorf. Ich habe die Schlüssel zu Albas Haus. Wir gehen heimlich rein und holen das Buch und Albas Heft und dann nichts wie raus."

„Wir tippen den Text des bösen Buches ab", sagte Rebekka. „Sobald wir alles im Computer haben, können wir es von einem Übersetzungsprogramm ins Deutsche übertragen lassen. Wir müssen die Lösung finden. Wir müssen uns beeilen. Jeder Tag, der vergeht, könnte dazu führen, dass die Familien das Buch finden. Das darf niemals geschehen."

Pascal nickte: „Einverstanden. Wir buchen für morgen einen Flug und einen Leihwagen. Wir müssen zurück, auch wenn sich alles in mir dagegen sträubt, nach Silberberg zu gehen. Wenn wir das Buch erst einmal haben, können wir vielleicht den Fluch, der auf Silberberg lastet, beenden."

*

Es war Nacht. Silberberg lag im tiefen Schlaf. Niemand war mehr wach. Niemand sah die kleine Gestalt, die aus dem Wald kam und durch die Gassen im Dorf schlich. Es war Magdalena Hennes. Magdalena war noch immer gefangen in tiefer Trauer wegen Pascal Hennes. Sie kam vor Schmerz schier um. Es war, als hätte man ihr ein Messer ins Herz gerammt und drehe es nun hin und her, immer wieder um und um.
Magdalena weinte lautlos. Sie konnte an nichts anderes denken als an Pascal und Rebekka. Pascal hatte sie aus dem unterirdischen Verlies befreit und sie bei sich aufgenommen. Pascal hatte sie umarmt und ihr gesagt, er habe sie lieb. Ihre Eltern hatten das nie getan. Eine kleine Flamme war in Magdalenas Herz erblüht, die Flamme der Liebe. Sie weitete ihr das Herz und sie drängte die kalte Flamme ein Stück weit zurück. Zum ersten Mal in ihrem Leben fühlte Magdalena sich geliebt und sie liebte auch. Sie liebte Pascal und Rebekka.
Pascal hatte versprochen, nach einem Weg zu suchen, wie er den Fluch von ihr nehmen konnte. Magdalena war voller Hoffnung gewesen.
Und jetzt waren Pascal und Rebekka tot, hingemordet von einem wahnsinnig gewordenen Mob von machtgierigen Unmenschen, die dem Fürsten der Dunkelheit zu seiner alten Macht verhelfen wollten, Ungeheuern in Menschengestalt, die in den nächsten drei Monaten fünfzehn Mädchen opfern wollten und danach alle dreizehn Jahre ein weiteres, bis in alle Ewigkeit.
„Das werdet ihr nicht!", sagte Magdalena. „Es muss ein Ende haben! Ihr habt Pascal und Rebekka ermordet! Das war eure letzte Schandtat! Ich werde es hier und heute Nacht beenden! Ich werde die kalte Flamme

zum Erlöschen bringen. Soll sie auch in meinem Herzen verlöschen, das ist mir gleichgültig."

Jetzt, wo Pascal tot war, war Magdalena nichts mehr wichtig. Sie wusste, dass sie in dem Moment sterben würde, in dem die kalte Flamme in ihr erlosch. Dann wäre ihre Seele frei und sie konnte in Gottes Ewigkeit eingehen, genau wie die Seelen all der Mädchen, die in ihren unterirdischen Kerkern eingemauert waren.

„Besser sterben, als ohne Pascal zu leben", flüsterte Magdalena. Sie weinte noch immer. Sie kam zur Dorfmitte. Hier stand das Haus von Adam Stolz, dem Familienältesten, der in der Familie Stolz das Sagen hatte.

„Nicht mehr lange!", flüsterte Magdalena. „Du selbst hast gesagt, was zu tun ist, Adam Stolz. Ich habe deine Worte gehört."

Oh ja, das hatte sie. Sie erinnerte sich daran, wie Adam Stolz seine Kumpane mit leuchtenden Augen angeschaut hatte. Seine Worte hallten immer noch in ihrem Kopf wider: „Bald kehrt der Fürst in sein Haus zurück, zurück nach Silberberg. Unsere Häuser werden wieder SEIN Haus sein."

Da hatte Magdalena gewusst, was mit dem Haus des dunklen Fürsten gemeint war, und sie verstand, was Rebekka aus dem Vermächtnis ihrer Urgroßmutter Alba vorgelesen hatte: „Kräht der Rote Hahn auf des Fürsten Haus in einer einzigen Nacht, so bricht die Macht des Dunklen auf immer und die kalte Flamme wird erlöschen und nicht wiederkehren."

Magdalena starrte das Haus von Adam Stolz an. Es war fast genauso groß wie das Herrenhaus. Es war das Haus eines reichen und einflussreichen Mannes, die Wohnstatt eines Mächtigen.

„Eure Häuser sind SEIN Haus!", flüsterte sie. „All die Häuser, unter denen kleine Mädchen in kalten Verliesen unter der Erde eingeschlossen sind. Nicht mehr lange!“

Magdalena spürte, wie ihre Trauer und ihr Schmerz wichen, verdrängt von etwas anderem. Die kleine, warme Flamme der Liebe loderte in ihrem Herzen auf, angefacht von einem wahren Sturmwind aus blanker Wut. Hass brodelte in Magdalena auf, Hass auf eine Bande von Mördern und Teufelsanbetern, die kleine Kinder opferten. Der Zorn kochte in ihr hoch wie heißes Magma. Sie wusste, dass es hier und jetzt ein Ende haben musste. Sie musste die Dämonenanbeter aufhalten und die Macht des dunklen Fürsten brechen.

Sie hob die Stimme. „Kräht der rote Hahn auf des Fürsten Haus in einer einzigen Nacht“, rief sie in die Nacht hinaus, „so bricht die Macht des Dunklen auf immer und die kalte Flamme wird erlöschen und nicht wiederkehren!“

Magdalena reckte die Arme in die Höhe. „Roter Hahn!“, schrie sie. „Roter Hahn, höre mich an! Ich rufe dich herbei! Komm herbei und setze dich auf SEIN Haus! Krähe, roter Hahn! Krähe laut auf SEINEM Haus!“

Sie packte all ihren Schmerz, all ihre Wut, all ihre Verzweiflung, all ihre Angst und all ihre Liebe und schleuderte sie auf das große Haus.

Mehrere Sekunden lang passierte nichts. Dann flammte hinter den Fenstern ein Licht auf. Es war grell. Ein orangeroter Blitz zuckte durch das ganze Haus. Flammen loderten auf. Mit lautem Klirren implodierten sämtliche Fenster in der Häuserfront, die zur Straße zeigte, nach innen. Wind fuhr heulend in die zerstörten Fensteröffnungen und entfachte im Inneren des Hauses einen Feuersturm. In Jahrhunderten ausgedörrte Holzdecken brannten wie Zunder. In weniger als fünfzehn Sekunden war das Haus von Adam Stolz ein einziges Flammenmeer. Der rote Hahn war Magdalenas Ruf gefolgt. Er krähte auf dem Dach des Hauses. Das Feuer brüllte.

Nicht nur hier. Überall in Silberberg gingen die Häuser der Angehörigen der fünf Familien in Flammen auf. Tödliches Feuer fraß sich durch das gesamte Dorf.

*

Astrid Kluding erwachte von lautem Krachen. Sie schaute zum Fenster, das auf die Straße hinausging. Greller, orangefarbener Lichtschein blendete sie. Sie sprang aus dem Bett und lief zum Fenster. Auf der gegenüberliegenden Straßenseite war die Hölle ausgebrochen. Das Haus von Adam Stolz brannte lichterloh. Es war ein einziges Flammenmeer. Auf der Straße stand eine kleine Gestalt. Es war ein Mädchen, vielleicht zehn Jahre alt. Sie hatte die Arme hochgereckt wie eine kleine Rachegöttin, die einen Brand beschwor. Von vorne war sie von den orangeroten Flammen angeleuchtet. Hinter ihr war deutlich ihr schwarzer Schatten zu sehen. Astrid Kluding starrte mit aufgerissenen Augen in die Nacht. Überall im Dorf brannte es. Ganz Silberberg war übersät mit Feuersbrünsten.

„Die Häuser der Familien!“, flüsterte sie. „Sämtliche Häuser der Familien brennen!“

*

Überall im Dorf standen die Leute herum und starrten in die Brände, die im ganzen Ort wüteten. Niemand beachtete die kleine Gestalt, die sich durch die Straßen schleppte. Die Gestalt hatte einen Schatten, aber für die Bewohner von Silberberg war sie so gut wie unsichtbar. Es war Magdalena Hennes. Sie taumelte die Straße entlang wie eine Betrunkene. Sie konnte sich kaum noch auf den Beinen halten, so schwach war sie. Sie fühlte, wie die kalte Flamme in ihr immer kleiner wurde. Sie hatte fast keine Macht mehr über Magdalena.

Mit letzter Kraft schleppte sie sich voran. Jeder einzelne Schritt war ein Kraftakt. Sie war völlig ausgepumpt. Sie war zu Tode erschöpft, im wahrsten Sinne des Wortes. Sie hatte all ihre Kraft mit der Anrufung des

Roten Hahns verausgabt.
Sie dachte an Johanna, ihre liebe Freundin. Gerne wäre sie zu dem Mädchen gegangen, um noch einmal mit einem freundlich gesonnenen menschlichen Wesen zusammen zu sein, aber der Weg zum Haus der Friedmanns war zu weit. Magdalena wusste, dass sie es nicht bis auf die andere Seite des Dorfes schaffen würde. Sie war innerlich ausgehöhlt. Sie war entleert. Sie hatte all ihre Lebenskraft für die Anrufung des Feuers hingegeben. Die kalte Flamme schwand dahin. Mit jeder Sekunde wurde sie schwächer, genau wie Magdalena.
Sie kam zu Albas Hof. Sie torkelte hinter das Haus. Sie wollte die Hintertür versuchen, um hineinzugelangen, aber sie war zu schwach. Mitten auf dem kleinen gepflasterten Platz hinterm Haus brach sie zusammen. Sie fiel auf die Knie. Sie musste erst mal tief durchatmen, bevor sie sich bewegen konnte. Sie setzte sich im Schneidersitz hin und lauschte auf ihr Inneres. Sie war zum Platz des Anfangs zurückgekehrt. Hier hatte alles begonnen. Hier hatte Pascal sie aus ihrem unterirdischen Verlies befreit und ihr ein neues Leben geschenkt, ein Leben in Freiheit und Liebe. Pascal hatte versprochen, nach einem Weg zu suchen, um Magdalena vollends von dem Fluch zu erlösen, der auf ihr lastete.
Magdalena ließ den Kopf hängen. Sie wusste, dass es keine Erlösung für sie gab. Pascal war tot. Er konnte sie nicht mehr erlösen. Rebekka war genauso tot und sie selbst würde auch bald tot sein. Wenigstens würde sie dann frei sein, frei von dem grausamen Fluch, der sie fast vier Jahrhunderte geknechtet hatte. Sie würde frei sein von der bösartigen dämonischen Macht, die sie in all den Jahrzehnten beherrscht hatte. Sie hatte diese Macht vernichtet. Sie hatte IHN vernichtet, das konnte sie spüren. SEIN Haus, das in den Häusern der fünf Familien war, war niedergebrannt.
In der Ferne erklang lautes Tatütata. Die Feuerwehr kam. Jemand von

den Weltlichen musste sie gerufen haben oder welche von denen, die nur noch sehr lose mit den fünf Familien verbunden waren. Die Feuerwehr kam zu spät. Sie würden nichts mehr ausrichten können. Das Feuer, das sämtliche Häuser der fünf Familien verzehrte, war ein besonderes Feuer. Es war wie ein Sturm über SEIN Haus gekommen und hatte es verschlungen, vernichtet in einem brüllenden Feuersturm. In einer einzigen Nacht.

Keiner der Erwachsenen war entkommen. Das Feuer hatte sie im Schlaf überrascht, aber Magdalena hatte gesehen, wie Kinder aus den brennenden Häusern flohen. Die noch unschuldigen Kinder waren vom Roten Hahn verschont worden. Alle anderen waren nicht mehr. Sie waren tot. Wie Pascal.

„Pascal!“, klagte Magdalena. Sie war unendlich traurig. Sie begann zu weinen. „Pascal!“ Sie fühlte jetzt nichts mehr außer Verzweiflung und unendlicher Traurigkeit. Sie war ganz allein in der Nacht und die kalte Flamme in ihr erlosch allmählich, gab Magdalenas Seele frei. Sie konnte spüren, wie überall unter Silberberg kleine eisige Flammen erloschen. Sie hörte das Seufzen der Mädchen, deren Seelen frei wurden und die friedlich eingingen in Gottes Ewigkeit. Sie waren erlöst. Sie mussten nicht mehr auf immer eingeschlossen unter der Erde leben. Sie schliefen sanft ein, ohne Angst.

Magdalena wollte noch einmal den Kopf heben, um in die Nacht hinauszuschauen, aber sie hatte die Kraft dazu nicht mehr. Sie fühlte, wie die kalte Flamme in ihr erlosch, wie sie verging und ihre Seele freigab. Sie dachte noch einmal an Pascal und an Rebekka und an Johanna, die einzige Freundin, die sie in ihrem Leben gehabt hatte.

Die kalte Flamme funkelte noch einmal in ihrem Herzen und dann verging sie. Wärme breitete sich in Magdalenas Herz aus, hüllte sie sanft ein. Sie fühlte sich wie ein kleines Kind, das von seiner Mutter in die

Arme genommen wird. Alle Verzweiflung und Traurigkeit verschwanden. Magdalena fühlte nur noch Friede. Dann ging es zu Ende und sie fühlte nichts mehr.

*

Am folgenden Tag untersuchten Polizei und Feuerwehr die abgebrannten Häuser. Man fand heraus, dass es sich nicht um Brandstiftung handelte. Die Häuser waren kurz nach Mitternacht alle gleichzeitig in Brand geraten. Das Feuer hatte die alten, zundertrockenen, größtenteils aus Holz erbauten Häuser völlig verwüstet. Sie waren bis auf die Grundmauern niedergebrannt.

Die Leute begannen zu munkeln. Nur Häuser der fünf Familien waren verbrannt und nur die Häuser derer, die den Familien wirklich sehr nahestanden. Etliche Häuser von Leuten, die nur noch über sieben Ecken mit den Familien Stolz, Theiß, Dahl, Köhler und Hennes verwandt waren, waren verschont geblieben.

Von einer bösen Macht war die Rede, einer Macht, die seit Jahrhunderten über Silberberg geherrscht hatte, angebetet von den fünf Familien, die dieser Macht ihre eigene Macht und ihren Wohlstand verdankten. Diese böse Macht hatte sich gegen die Familien gewandt und sie mit Stumpf und Stiel ausgelöscht. Alle waren sie in ihren Häusern verbrannt. Lediglich einige Kinder waren den Bränden wie durch ein Wunder entkommen. Sie kamen bei entfernten Verwandten unter.

„Da war ein Gang, der mitten durch das Feuer führte", erzählte ein siebenjähriger Junge aus der Familie Stolz den Polizeibeamten. „Ich konnte hindurchgehen, ohne mich zu verbrennen. Ich habe noch schnell mein kleines Schwesterchen aus ihrem Bettchen geholt und bin dann nach draußen gelaufen. Hinter mir hat sich der Gang, der durchs Feuer führte, geschlossen. Ich konnte nichts mitnehmen außer meiner kleinen

Schwester und unserer Familienbibel." Er zeigte den Beamten ein kleines, altes, in Leder gebundenes Buch. „Mama und Papa sind nicht rausgekommen. Ihr Schlafzimmer ist oben und da hat es ganz furchtbar schlimm gebrannt. Sie sind tot."

Die anderen überlebenden Kinder berichteten Ähnliches.

*

Dietmar Kluding, Herbert Lehmann und Helmut Ranker standen mitten in einer bis auf die Grundmauern niedergebrannten Ruine. Sie gehörten zu den Feuerwehrleuten, die ihre Kollegen am frühen Morgen abgelöst hatten. Vor den drei Männern gähnte eine rechteckige Öffnung im Boden. Eine steinerne Treppe führte in den Keller hinunter.

Dietmar kratzte sich am Kinn. „Wir müssen runter und nachsehen. Ihr wisst, was ich meine."

Seine Kollegen nickten. Sie mussten nachsehen, ob Bewohner des brennenden Hauses in den Keller geflüchtet waren. Wenn es so war, würden sie höchstwahrscheinlich nur halb verkohlte Leichen vorfinden, aber nachsehen mussten sie.

Dietmar Kluding ging voraus. „Sieh sich einer die Kellerdecke an!", rief er. „Das ist unfassbar! Der Kasten hat lichterloh gebrannt. War ja fast alles aus Holz. Alles ist abgefackelt, aber der Boden vom Erdgeschoss ist bloß leicht angekokelt. Die Kellerdecke ist immer noch da." Dietmar schüttelte den Kopf. „Wie kann das sein? Eigentlich müsste auch dieser Boden ein Opfer der Flammen geworden sein. Er ist komplett aus Holz und Jahrhunderte alt. Alles ausgedörrt." Wieder schüttelte er den Kopf. „Verstehe einer die Welt!"

„Die Straße rauf auf dem Grundstück von Albert Köhler sieht es genauso aus", sagte Helmut, „und zwei Straßen weiter bei Dahls ebenfalls."

„Bei anderen Häusern ist auch der Boden des Erdgeschosses vollkommen weggebrannt", sagte Dietmar. Er schaltete seine

Taschenlampe ein und beleuchtete den Keller. „Vielleicht, weil es ja unten nichts gibt, das brennt. Der Kohlenkeller ist leer. Da ist die Waschküche. Auch nichts, was brennt."
„Da drinnen stehen Vorratsregale", meldete Herbert Lehmann. Er leuchtete in einen anderen Kellerraum hinein. „Alles aus Metall." Er ging zum nächsten Raum: „Holla, die Waldfee! Ein gefundenes Fressen für ein Feuerchen! Die haben hier unten ihr Grillholz gestapelt. Ein ganzer Raum voll mit klein gehacktem Holz. Schön trocken." Herbert kratzte sich am Kinn. „Trotzdem hat hier nichts gebrannt. Seltsam."
Sie kamen zum letzten Raum unter dem Haus. „Was ist denn das?" Dietmar leuchtete die Rückwand an. Dort gähnte eine mannshohe Öffnung in der Mauer. Überall lagen Ziegelsteine verstreut. „Sieht aus wie ein alter Stollen, der zugemauert war. Ihr kennt doch die alten Geschichten von den Geheimgängen unter Silberberg. Nun, wie es aussieht, ist was dran an den Erzählungen. Das muss ein Fluchttunnel aus der Zeit des Dreißigjährigen Krieges sein. Sieht man an der Höhe des Ganges. Im Mittelalter waren die Menschen viel kleiner als heutzutage."
Dietmar schaute seine Kollegen an: „Kann sein, dass die Hausbewohner durch diesen Gang fliehen konnten, als das Feuer sie im Haus einschloss."
Herbert schüttelte den Kopf: „Nee du. Kann nicht sein." Er zeigte zur Kellerdecke: „Da oben gibt es bloß eine Handvoll Kinder, die aus den brennenden Häusern rausgekommen sind. Von den Erwachsenen keine Spur."
Dietmar trat zu der Öffnung in der Wand: „Dann hat es sie womöglich da drinnen erwischt. Lasst uns nachsehen." Er wandte sich an Helmut Ranker: „Du bleibst hier, falls was passiert. Ich habe keine Ahnung, ob dieser Stollen stabil ist. Herbert und ich gehen rein und sehen uns die Sache mal an."

Er gab Herbert einen Klaps auf die Schulter: „Komm, Großer. Ich gehe vor. Tapp mir nicht die Hacken runter." Dietmar betrat den Gang. „Verdammt eng hier! Zieh den Kopf ein, Großer, sonst stößt du ihn dir an." Langsam arbeiteten die beiden Männer sich voran. Sie waren etwa zwanzig Meter in den Gang eingedrungen, als er sich zu einem kleinen Raum verbreiterte, groß genug, dass ein Dutzend Leute darin stehen konnten. Ziegelsteine lagen auf dem Boden verstreut.

„Da ist offenbar noch ein zugemauerter Gang", meinte Dietmar. „Sieht aus, als wäre diese Verschlusswand aus Ziegeln geradezu nach außen explodiert." Er leuchtete mit der Lampe. „Oh Gott! Um Himmels willen! Sieh dir das an!" Im Schein der Lampe erkannte man die Öffnung in der Seitenwand des Stollens. Es war kein weiterer unterirdischer Gang, es war nichts als ein kleiner Alkoven. In der engen Nische kauerte ein kleiner zusammengesunkener Körper.

„Heiliger Strohsack!", rief Herbert. „Das gibt´s doch nicht! Das … das ... ist das ein Kind?"

„Sieht so aus", sagte Dietmar. Er trat zu dem Alkoven. Dort kauerte ein totes Kind am Boden. Der kleine Leichnam war erstaunlich gut erhalten. Noch immer bedeckte Haut das Skelett. Lange dunkle Haare auf dem Kopf wiesen die Tote als ein Mädchen aus. Auch die nur leicht verrottete Kleidung war Mädchenbekleidung. Wo die Augen des Kindes gewesen waren, dräuten leere Höhlen.

„Das ist eine Mumie", sagte Herbert. „Ich habe im Fernsehen eine Doku über so was gesehen. Man hat unter einer Stadt in mittelalterlichen Gängen erstaunlich gut erhaltene Leichen gefunden. Die Trockenheit hat die Toten konserviert, die man in den Gängen beerdigt hat."

„Dieses Kind wurde nicht beerdigt", sagte Dietmar. Er hatte plötzlich einen schlechten Geschmack im Mund. „Dieses Kind wurde an Händen und Füßen gefesselt. Man hat es lebend unter die Erde gebracht und

eingemauert. Gott im Himmel! Wer tut so etwas? Das ist bestialisch!"
„Die fünf Familien waren es", sagte Herbert. „All die alten Geschichten sind wahr. Wird nicht erzählt, dass alle zehn bis fünfzehn Jahre Kinder verschwinden? Immer sind es kleine Mädchen, acht bis zwölf Jahre alt, und es sind immer Mädchen aus den fünf Familien. Frag deine Cousine Astrid. Die weiß eine Menge über die alten Schauergeschichten." Er zeigte auf die zusammengesunkene Gestalt in dem Alkoven. „Ein Opfer! Man hat die Mädchen einer bösen Macht geopfert. Man hat sie lebendig eingemauert."
„*Die* Mädchen?" Dietmar starrte Herbert an. „*Die*?!?"
Dietmar zeigte auf das tote Kind. „Es gibt noch mehr solcher Mumien unter Silberberg, da gehe ich jede Wette ein. Die alten Geschichten sind wahr. Nichts daran ist erfunden. Im Laufe der Jahrhunderte wurden immer wieder kleine Mädchen zum Sterben in all den alten Stollen eingemauert. Gott, ist das widerlich! Ich glaub, ich muss kotzen!"
Dietmar holte sein Smartphone heraus und machte einige Fotos von der mumifizierten kleinen Leiche. „Raus hier!", sagte er. „Wir müssen die Polizei rufen. Es müssen alle Keller der abgefackelten Häuser untersucht werden. Ich denke, man wird eine Menge solcher Stollen entdecken."
Die beiden gingen. Draußen auf der Straße riefen sie die Polizei an und machten Meldung über den grausigen Fund in dem unterirdischen Gang.

*

Die Neuigkeit machte schnell die Runde im Dorf. Überall, wo es möglich war, stieg die Feuerwehr mit der Polizei in die Keller der niedergebrannten Häuser hinunter und suchte nach Stollen oder zugemauerten Eingängen. Sie wurden oft fündig und als sie in die unterirdischen Gänge eindrangen, fanden sie noch mehr Leichen von Mädchen, die lebendig eingemauert worden waren.

Am Ortsrand, wo es in den Wald zu der aufgegebenen Silbermine ging, entdeckten die Suchtrupps einen großen unterirdischen Raum. Die Höhlung unter der Erde war fast so groß wie das Innere einer Kirche und mit einem Altar und Sitzbänken bestückt. Hier hatten also die Mitglieder der fünf Familien ihre geheimen schwarzen Messen abgehalten.

Leute von Presse und Fernsehen tauchten auf und stürzten sich auf die grausigen Neuigkeiten wie Aasgeier. Abends kam in den Nachrichten, dass in Silberberg eine Teufelssekte seit Jahrhunderten kleine Mädchen einer dämonischen Macht geopfert hatte.

„Zehnjährige Mädchen lebendig eingemauert!", brüllten tags darauf die Schlagzeilen in den Tageszeitungen. *„Die Kindermörder von Silberberg"* und: *„Teufelssekte opfert Kinder bei lebendigem Leibe."*

Am späten Nachmittag rollte ein Mietwagen durchs Dorf. Er hielt vor Albas Hof. Hagen und Ulrike Ziegler, die mit zwei Polizeibeamten vor der Ruine des Herrenhauses standen, starrten die Leute, die ausstiegen, an wie eine Erscheinung.

„Pascal! Rebekka!", rief Ulrike. „Ihr lebt! Wir dachten, ihr seid bei dem Brand ums Leben gekommen."

„Sind wir nicht", sagte Rebekka. „Wir konnten entkommen, aber es war knapp. Die wollten uns umbringen."

„Wir haben es aus den Nachrichten erfahren", sagte Pascal. „In einer einzigen Nacht sind sämtliche Häuser der Familien niedergebrannt."

Hagen nickte. „Ja, der Rote Hahn hat auf den Dächern der Teufelsanbeter gekräht. Keiner von denen hat überlebt. Sie sind in ihren brennenden Häusern ums Leben gekommen. Nur eine Handvoll Kinder ist der Feuersbrunst entkommen. Die Leute von Silberberg stehen unter Schock. Man erfährt nicht alle Tage, dass ein paar alte Gruselgeschichten auf Wahrheit beruhen und dass alles noch viel schlimmer war, als man es sich hinter vorgehaltener Hand erzählt hat. Der innere Kreis der fünf Familien war nichts als eine Bande von Verbrechern, die in regelmäßigen Abständen kleine Mädchen opferten. Lebendig eingemauert! Man stelle sich das vor! Die Kinder müssen unter entsetzlichen Qualen gestorben sein. Was für eine Angst die Kleinen gehabt haben müssen! Es ist grauenhaft. Man wagt kaum, daran zu denken."

Pascal und Rebekka blickten einander in die Augen. Sie wussten es besser. Die Mädchen waren nicht kurz nach ihrer Einmauerung gestorben. Ihr Schicksal war noch viel furchtbarer gewesen. Sie waren quasi jahrhundertelang gestorben – eine nie endende Qual.

Sie machten einander Zeichen mit den Augen: Nicht darüber sprechen! Die halten uns sonst für verrückt. Sollen sie glauben, die armen Opferkinder seien in ihren finsteren Verliesen innerhalb weniger Tage elend verschmachtet. In Wirklichkeit sind sie erst in der Nacht der Brände erlöst worden. Sie starben eine halbe Ewigkeit lang und genauso lange litten sie unvorstellbare Qualen.

Die Polizeibeamten befragten Pascal und Rebekka. Sie gaben zu Protokoll, dass sie in der Nacht, in der der wütende Mob ihr Haus anzündete, mit knapper Not durch einen unterirdischen Gang entkommen waren, der vom Herrenhaus zum Hof von Alba führte. Sie waren in den Wald geflohen und nach England gegangen, um sich erst einmal in Sicherheit zu bringen. Nachdem sie von den Vorkommnissen in Silberberg erfahren hatten, waren sie nach Deutschland zurückgekehrt.

Das stimmte zwar nicht exakt, aber sie wollten den Polizisten nichts davon sagen, dass sie gekommen waren, um das verfluchte Teufelsbuch an sich zu bringen und es zu vernichten.

„Das ehemalige Haus meiner Urgroßmutter wird bald fertig zum

Einziehen sein", sagte Rebekka. „Wir sehen nach dem Rechten und dann gehen wir wahrscheinlich wieder nach England auf unser Hausboot, bis das Haus so weit ist. Ein paar Tage bleiben wir noch hier, um alles zu regeln."

„Bitte kommen Sie in den nächsten Tagen aufs Revier, um Ihre Aussage zu machen", bat einer der beiden Polizisten. „Wir geben die Information, dass Sie noch am Leben sind, schon mal weiter. Es ist wichtig, dass Sie bezeugen, dass man einen Mordanschlag auf Sie verübte."

Pascal und Rebekka gingen zu Albas Hof. Pascal sperrte die Haustür auf. Sie liefen schnurstracks in den Keller und in den unterirdischen Stollen hinein.

„Oh nein!" Rebecca stand vor dem Alkoven. „Alles weg! Jemand hat den losen Ziegel herausgezogen und das Buch und Uromas Vermächtnis gestohlen."

„Wer könnte das gewesen sein?", fragte Pascal.

„Wer wohl?", rief Rebekka. „Die von den fünf Familien! Die müssen in Albas Haus eingedrungen sein, um zu schnüffeln. Die wussten, dass es den Gang gibt und dass Magdalena aus dem Alkoven befreit worden ist. Bei der Untersuchung des aufgebrochenen Alkovens wurden sie auf den losen Ziegel aufmerksam und haben sich das Buch gekrallt."

„Damit sie ihre Teufelsanbetungen wieder aufnehmen konnten", sagte Pascal. „Fünf Mädchen zu Vollmond opfern, dreimal hintereinander. Aber es ist ihnen was dazwischengekommen."

Rebekka grinste unfroh: „Urgroßmutter Albas Spruch: *Kräht der Rote Hahn auf des Fürsten Haus in einer einzigen Nacht, so bricht die Macht des Dunklen auf immer und die kalte Flamme wird erlöschen und nicht wiederkehren.* Die Häuser, Pascal! Die Häuser der fünf Familien waren SEIN Haus! Dort wohnte der dunkle Fürst, so wie Jesus in den Herzen gläubiger Christen wohnt. Der Rote Hahn hat auf SEINEM Haus gekräht."

Pascal schaute in die leere Öffnung in der Wand: „Wer hat den Roten Hahn herbeigerufen? Von selbst ist das Feuer nicht nach Silberberg gekommen. Jemand muss es beschworen haben."

„Wer weiß, vielleicht waren es die Familienältesten selber", sagte Rebecca. „Vielleicht haben sie in ihrer Gier irgendeinen falschen Spruch aufgesagt und statt den Fürsten der Dunkelheit zu beschwören, riefen sie den Roten Hahn und damit ihr Verderben nach Silberberg. Die Familien selbst haben das Feuer gerufen."

„Nein", sagte eine leise Stimme hinter ihnen. „Ich war es. Ich habe den Roten Hahn angerufen."

Sie fuhren herum. Im Gang stand ein Kind.

„Magdalena!", rief Rebekka. „Du lebst!"

„Ihr auch", sagte Magdalena. Sie warf sich in Pascals Arme. Sie krallte sich weinend an ihm fest. „I-Ich dachte, du bist tot", schluchzte sie. „Ich dachte, ihr beide seid im Herrenhaus verbrannt. Ich konnte euch nicht mehr spüren."

Pascal hielt das Mädchen fest umarmt. „Wir sind über die Grenze gegangen. Deshalb konntest du uns nicht mehr wahrnehmen. Wir sind nach England gegangen, um uns in Sicherheit zu bringen."

Magdalena weinte lange in Pascals Armen. Sie beruhigte sich nur langsam. Schließlich war sie fähig, Fragen zu beantworten.

„Wieso bist du nicht tot?", wollte Pascal wissen. „All die anderen Mädchen, die in den unterirdischen Verliesen eingemauert waren, sind tot."

„Sie starben in dem Moment, als die kalte Flamme auf immer erlosch", sagte Magdalena. „Vorher steckten sie untot in ihren kalten Kerkern fest, dazu verurteilt, auf immer zu leiden und zu verschmachten. Als die

Macht des Fürsten der Dunkelheit brach, waren sie frei und ihre Seelen gingen in die Unendlichkeit ein.“ Sie schmiegte sich fest an Pascal: „Ich war auch dort … fast. Als die kalte Flamme erlosch, war ich … ich ging … irgendwie … fort … aber ich konnte nicht gehen. Etwas hielt mich fest. Da, wo die böse kalte Flamme in meinem Herzen gebrannt hatte, glomm eine warme Flamme auf. Sie flammte hell auf und erfüllte mich mit Wärme und Liebe. Deshalb konnte ich den anderen Mädchen nicht folgen. Die warme Flamme hielt mich auf der Welt fest, auf der ganzen Welt.“

Rebekka nickte Pascal zu: „Sie ist keine Untote mehr. Als der Fluch von ihr wich, wurde sie lebendig.“ Sie fasste Magdalena am Arm: „Du bist keine Gefangene mehr, nicht wahr? Dir steht die ganze Welt offen. Es war die kalte Flamme, die dich in Silberberg gefangen hielt.“

„Ich bin frei“, sagte Magdalena. „Ich kann gehen, wohin ich will. Aber ich will nicht.“ Sie kuschelte sich noch fester an Pascal. „Ihr habt mir mit eurer Liebe das Leben zurückgegeben. Ich will bei euch bleiben. Für immer.“

„Das wirst du“, versprach Pascal. „Du gehörst zu uns. Du bist unsere Tochter.“

Da drückte sich Magdalena noch fester an ihn. Dann ließ sie ihn los und trat einen Schritt zurück. Mit großen Augen schaute sie zu ihm auf. „Ich habe Hunger“, sagte sie leise. „Ich habe ganz furchtbaren Hunger.“

Erst jetzt sahen sie, dass das Mädchen einen Schatten hatte.

*

Pascal und Rebecca hatten die Zieglers zum Grillen eingeladen. Auch Magdalenas Freundin Johanna Friedmann war eingeladen. Die kleine Party fand hinter Albas Haus statt. Dort gab es inzwischen fließendes Wasser und Strom und die Toilette funktionierte. Bis sie in das Haus ziehen konnten, würde es aber noch etwas dauern. Pascal und Rebekka

hatten beschlossen, solange nach England zu gehen und über die Kanäle zu schippern.
Eine Woche zuvor hatten sie im kleinen Kreis geheiratet und danach die Adoption Magdalenas beantragt. Vielleicht waren die fünf Familien einmal einflussreich gewesen, aber die Weltlichen waren auch nicht ohne. Zwei Frauen aus Silberberg arbeiteten beim Jugendamt in der Kreisstadt. Pascal hatte keine Ahnung, wie die es gedeichselt hatten, aber Magdalena hatte Papiere bekommen und lebte nun offiziell in sogenannter Adoptionspflege bei ihm und Rebekka.
Sie waren zu dritt zum Supermarkt gefahren, um Grillgut einzukaufen. Als sie mit ihrer Beute bei Astrid Kluding anhielten, um eine Tüte Brötchen zu besorgen, kam die Frau hinter dem Tresen hervor. Sie blieb vor Magdalena stehen. „Hallo, Liebes. Gut siehst du aus. Du bist nicht mehr so dünn und ein Stück gewachsen bist du auch."
„Kein Wunder", meinte Rebekka vergnügt. „Bei den Portionen, die sie verdrückt."
„Ja", sagte Astrid. „Man sieht, dass ihr euch gut um eure Adoptivtochter kümmert."
Sie umarmte Magdalena und gab ihr einen Kuss. „Du hast das Richtige getan, Kind", sagte sie. „Ich habe dich gesehen in jener Nacht. Für das, was du getan hast, brauchst du dich nicht zu schämen. Du hast das Böse aus unserem Dorf vertrieben. Ich weiß, wer du bist, Mädchen. Alle wissen es." Als sie Magdalenas fragenden Blick auffing, lächelte sie. „Sie wissen Bescheid, aber sie schweigen aus Höflichkeit. Alle Alten wissen, wer du bist. Den Kindern haben sie es noch nicht gesagt. Vielleicht irgendwann einmal. Keiner ist dir gram, im Gegenteil. Du hast Silberberg von einem jahrhundertealten Fluch befreit." Sie küsste Magdalena noch einmal: „Ich wünsche dir alles Gute und viel Glück in deinem neuen Leben, Liebes."

*

Die Zieglers kamen an. Pascal hatte den neu angeschafften Grill bereits angeworfen und im Kühlschrank in der Küche standen Getränke bereit.
Johanna nahm Lukas an der Hand: „Komm mal mit!“
Der Junge folgte ihr ins Haus. In dem Raum neben der Küche stand ein Tisch mit vier Stühlen. Auf der Tischplatte lag ein Damebrett. Ein Mädchen in Johannas Alter saß davor und machte einen Zug mit einem weißen Spielstein. Johanna zeigte auf das Mädchen. „Das ist sie. Siehst du?“
Lukas schaute sie fragend an: „Ja … wie? Wer denn?“
Johanna ging zu dem Mädchen und legte ihr einen Arm um die Schultern: „Darf ich vorstellen: Das ist Magdalena Hennes, geboren im Jahr 1621. Das ist meine Freundin, der Geist, von dem ich dir erzählt habe.“
Lukas prustete los. „Das da? Ein Geist? Ja, richtig, und die Erde ist eine Scheibe!“ Er lachte. „Das ist das Adoptivkind von Pascal und Rebekka. Weiß doch jeder. Pfffft! Ein Geist! Ja, ja!“
„Das ist das Mädchen von dem Bild im Herrenhaus“, beharrte Johanna. „Das Bild wurde im Jahr 1631 gemalt. Das steht auf dem Bilderrahmen eingeschnitzt.“
„Aaah jjjjaaa“, sagte Lukas. „Und wo bitte schön ist dieses Bild? Zeige es mir.“
„Das ist verbrannt, als das Herrenhaus abgefackelt wurde.“
„Aber klar doch“, höhnte Lukas. „Das ist echt praktisch. Der einzige Beweis, dass deine Freundin ein Geist ist, ist verbrannt.“
„Wenn du früher mal im Herrenhaus gewesen wärst, hättest du dir das Bild ansehen können“, sagte Johanna.
„Wie praktisch, dass dieses Bild verbrannt ist“, wiederholte Lukas. Er streckte Johanna die Zunge heraus: „Das ist ein Mensch aus Fleisch und

Blut." Er ging zu Magdalena hinüber und fasste sie am Oberarm an. „Das ist nie und nimmer ein Geist!"

Johanna zog ein Gesicht. „War ein Fehler, dass ich es dir gesagt habe. Ich dachte, du bist vernünftiger. Aber in echt bist du einfach nur blöd."

Magdalena stand auf und legte nun ihrerseits einen Arm um Johannas Schultern. „Lass doch", sagte sie. „Er hat ja recht. Ich bin jetzt ein Mensch aus Fleisch und Blut. Seit die Macht des Fürsten der Dunkelheit auf immer gebrochen wurde, bin ich kein untotes Geistergeschöpf mehr."

„Trotzdem ist er ein Blödmann", grollte Johanna. „Der kann mir den Buckel runterrutschen."

„Ach, komm schon", sagte Lukas. Plötzlich klang er versöhnlich. „Ich habe es nicht so gemeint. Dann ist deine Freundin eben ein Geist. Mir doch egal." Er lächelte: „Übrigens ein sehr hübscher Geist." Als er sah, wie sich Johannas Blick verdüsterte, schob er hastig hinterher: „Aber nicht so hübsch wie du."

Die drei gingen nach draußen und stromerten auf dem weitläufigen Gelände herum, das zu Albas Hof gehörte.

Später saßen sie alle einträchtig beim Essen zusammen. Lukas wandte sich an Pascal: „Johanna hat gesagt, eure Adoptivtochter ist das Mädchen auf dem verbrannten Bild im Herrenhaus. Stimmt das?"

„Wenn sie es sagt", meinte Pascal lapidar.

Lukas grinste schräg: „Also nicht! Dachte ich es mir doch."

Johanna wollte zornig auffahren, da holte Ulrike Ziegler ihr Smartphone hervor. „Lass nur, Fräulein Friedmann", sagte sie. „Das Bild ist verbrannt, aber es gibt jede Menge Fotografien davon." Sie rief eine Datei auf und reichte ihrem Sohn das Smartphone: „Schau mal."

Lukas nahm das Smartphone entgegen und betrachtete das Foto auf dem kleinen Bildschirm. Es zeigte ein Gemälde an einer Wand. Auf dem unteren Rand des Bilderrahmens stand: Magdalena Hennes, 1631.

Lukas riss die Augen auf. Er starrte Magdalena an, dann das Foto, dann wieder Magdalena. Das Mädchen auf dem Bild glich Magdalena aufs Haar. Er sagte er etwas, das wie „Grlmpfmumpflll!" klang.

„Im Dorf wissen jede Menge Leute Bescheid", sagte seine Mutter. „Nun weißt du es auch. Sei ein guter Junge und rede nicht großartig darüber. Das wäre unhöflich. Nimm es, wie es ist. In Silberberg ist es schon immer nicht so ganz mit rechten Dingen zugegangen. Aber seit der Rote Hahn auf den Häusern der Teufelssekte gekräht hat, ist Schluss damit. Magdalena ist jetzt eine von uns."

*

Rebekka und Magdalena standen im Heck des Narrowboats. Magdalena trug Jeans, ein knallrotes T-Shirt mit dem Aufdruck *I Love The Waterways* und einen Strohhut. Pascal löste die Halteleinen und kam an Bord

„Bring sie zum Fahren", rief er Magdalena gut gelaunt zu.

Magdalena, die am Ruder stand, ließ den Bootsdiesel an. „Kann losgehen", rief sie übermütig. Sie war glücklich, so glücklich, dass sie die ganze Welt hätte umarmen mögen. Der grausige Fluch, der Jahrhunderte auf ihr gelastet hatte, war von ihr genommen. Sie war frei und sie war kein untotes Geschöpf mehr, sondern ein richtiger Mensch. Pascal, Rebekka und sie würden für zwei Monate über die englischen Kanäle fahren. Anschließend würden sie nach Silberberg zurückkehren, wo keine finstere Macht mehr über das Dorf herrschte und keine schlechten Menschen ihr Böses wollten. Silberberg war frei wie sie selbst.

Magdalena war die Tochter von Pascal und Rebekka geworden. Sie liebte ihre neuen Eltern und sie liebte ihre Freundin Johanna Friedmann. Magdalena liebte das Leben. Sie war frei. Sie hätte vor Freude am liebsten laut gejauchzt. Frei! Für immer! Sie packte den Gashebel und schob ihn nach vorne. Der Diesel grollte auf. Das Boot löste sich vom Ufer und glitt auf den Kanal hinaus. Magdalena betätigte das Horn. Das Boot fuhr los.

Auf dem Kabinendach stand ein CD-Radio. Aus den Lautsprechern dudelte kroatische Volksmusik. Beim Refrain sang Magdalena laut mit:

„Ajca, vinca-ca, vinca rumena, a-ha-ha.
Ajca, vinca-ca, vinca rumena."

Leise tuckend glitt das Narrowboat übers Wasser. Vorne auf dem Bug und ganz hinten auf der Kabine stand in großen Lettern der Name des Hausboots: MAGDALENA.

ENDE

Printed in Poland
by Amazon Fulfillment
Poland Sp. z o.o., Wrocław

49738379R00132